新媒介视域下中国当代文学发展研究

吴丹 ⊙ 著

中国纺织出版社有限公司

图书在版编目（CIP）数据

新媒介视域下中国当代文学发展研究 / 吴丹著. --
北京：中国纺织出版社有限公司，2025.7. -- ISBN
978-7-5229-2852-4

Ⅰ．I209.7

中国国家版本馆CIP数据核字第2025RX2389号

责任编辑：郭　婷　　责任校对：王蕙莹　　责任印制：储志伟

中国纺织出版社有限公司出版发行
地址：北京市朝阳区百子湾东里A407号楼　邮政编码：100124
销售电话：010—67004422　传真：010—87155801
http://www.c-textilep.com
中国纺织出版社天猫旗舰店
官方微博http://weibo.com/2119887771
河北延风印务有限公司印刷　各地新华书店经销
2025年7月第1版第1次印刷
开本：710×1000　1/16　印张：14
字数：220千字　定价：98.00元

凡购本书，如有缺页、倒页、脱页，由本社图书营销中心调换

前 言

从20世纪90年代至今,在新媒介的影响下,社会的转型已经成为不争的文化事实。新媒介的全方位渗透,不但改变了人们的日常生活,也改变了人们的审美观念和对世界的感知。在强势的新媒介语境下,文学作为人类最重要的艺术审美表现形式之一,也必然会发生变化。由此,以新媒介为出发点,研究当下文学自身如何存在以及其存在状况就具有特别的意义。

本书研究的基本思路如下:第一,把文学置于新媒介的视域下进行考察。深入分析在新媒介构建的"媒介文化"语境下,文学场域中呈现的意识形态嬗变、权力机制重构与资本逻辑扩张等多重共生关系。第二,对文学转向所产生的文学后果进行研究,考察新媒介所产生的影响力以及文学所采取的应对措施。第三,对文学主体的转变进行研究。在文学中,无论是作家、作品还是读者,都处于世界之中,文学的存在方式和存在意义都来自主体之于世界的关系之中。

基于以上思路,全书的具体安排主要有以下几个方面:

第一,在绪论中,主要阐述了本书对"文学"和"文学研究"内涵的理解,并对研究对象的范畴进行界定,在对以往相关研究进行梳理的基础上阐述了本文的研究空间及其价值所在。

第二,在第一章中通过"走进中心的新媒介""新媒介下的文化语境""文化生产机构的转变"等方面,指出随着新媒介的技术发展,新媒介权力的日益扩展使大众化的文化语境得以生成,新的文化格局得以形成。

第三,通过"艺术家←作品→世界"这一场域,分析新媒介产生的影响力以及文学自身所采取的应对措施。认为在新媒介的作用下,文学也呈现出"大众化"的倾向,主要表现为以"日常生活"为表征。借鉴赫勒的"日常生活"

理论，本书把当下文学的"日常生活"存在形式分为"文学的自在存在"和"文学的自为存在"两个方面。通过对20世纪90年代以来不同类型的小说文本及其变化进行具体的分析，认为新媒介时代中的中国当代文学在"日常生活"的表征下，其实质是激发人的物质"欲望"需求和精神"欲望"诉求。相应地也反映出新媒介下文学的自由性和不自由性。

第四，通过"欣赏者←作品→世界"这一场域，阐述了文学受众对新媒介的接受方式及产生的心理机制转变，探讨了文学受众脱离了传统阅读的范式而产生的新特征。在这里，阅读的"主体"作为更类似于海德格尔所说的常人"此在"，成为"大众受众"中的一员。

经过以上具体的探寻、分析，本书认为：从文学自身来看，在新媒介"权力中心"的语境下，"日常生活叙事"已经逐步成为20世纪90年代以来中国文学一种新的"宏大叙事"，"现实"成为作家热心注目的问题，"写实"也成为相对应的叙事策略。同时对这一文学变化，本书提出了自己的思考：一是从"去历史化"到"务实"的转变，这一去"魅"的本身客观上是否也落入了另一种"魅"的圈套？二是从文学和新媒介的关系来看，新媒介使文学自身有了全新的维度，促进了文学的形式多样化和个性丰富化。同时也指出，无论新媒介给予文学多大程度的"自由"，但在大众媒介的笼罩下，文学"写什么""怎么写"都不可避免地有着大众媒介的积极参与和呼应。三是对新媒介下的文学如何生存和发展，提出了自己的一些见解。笔者认为文学存在的本质乃是人对自身所在世界的反思，新媒介下的文学存在之核心在于生命如何在"自在"之中保留"自为"，在于如何在"自在"和"自为"之中走向人类的"为我们存在"。

目 录

绪论 ·· 1

第一章　新媒介及其中心权力的生成 ································ 28
第一节　走进中心的新媒介 ·· 28
第二节　新媒介下的文化语境 ·· 34
第三节　文化生产机构的转变 ·· 38
第四节　本章小结 ·· 45

第二章　新媒介下的文学生存模式 ····································· 47
第一节　文学作为日常生活的"自在存在" ······················ 49
第二节　文学作为日常生活的"自为存在" ······················ 58
第三节　文学的"他律性"彰显 ······································· 63
第四节　本章小结 ·· 72

第三章　新媒介下的个性化文学存在 ································· 74
第一节　断裂：文学"日常生活"的出场与呈现 ················ 75
第二节　新媒介与"80后"："青春小说"的生发与分化 ···· 92
第三节　新世纪写实："底层"日常生活的现实观照 ·········· 103
第四节　另一种存在："民间"的精神之旅 ······················· 115
第五节　微观转向：家国情怀的日常化表达 ···················· 128
第六节　本章小结 ·· 136

第四章　新媒介下的女性文学存在 ································· 139
第一节　女性的出场与言说 ································· 140
第二节　追求多言的女性书写 ······························· 146
第三节　摄影镜下的女性"声音" ···························· 151
第四节　本章小结 ··· 158

第五章　新媒介下的文学受众之存在 ···························· 162
第一节　新媒介下的受众接受机制 ·························· 164
第二节　新媒介下的受众心理机制 ·························· 173
第三节　文学受众阅读方式的转变 ·························· 179
第四节　本章小结 ··· 184

第六章　新媒介·文学·诗意家园 ································ 187

参考文献 ··· 196

附录 ··· 203

后记 ··· 218

绪论

一、新媒介：观照中国当代文学的必要视角

20世纪90年代以来，中国新媒介❶在迅猛崛起后，发生了全方位的变化，并形成了兼具"历史"与"现实"的双重性质。科技的发展推动了传播技术从"铅与火"走过了"光与电"的路程，来到了"数与网"的时代，而在此过程中生成的"媒介文化"已经渐渐深入参与到21世纪中国社会的新型建构之中。学者们曾喜忧参半地反复向学术界提示：新媒介的发展在当代社会里怎样重塑了人对时间和空间的感知。我国学者在深入考察中国20世纪90年代文化变迁的复杂状态后明确指出，"媒介文化"是一种全新的文化，"它构成了我们的日常生活和意识形态，塑造了我们关于自己和他者的观念；它制约着我们的价值观、情感和对世界的理解；它不断地利用高新技术，诉求于市场原则和普遍的非个人化的受众……总而言之，媒介文化把传播和文化凝聚成一个动力学过程，将

---

❶ 目前学术界对"新媒介"并没有一个统一的、确定的说法。但大致上存在着两种看法：一种范围较为宽泛，泛指电子媒介。这种媒介是相对于传统印刷媒介而言的，不仅包括新兴的网络、手机、数字电视等数字化媒介，而且也包括传统的电视、电影、电话、广播、传真等。另一种范围较为狭窄，专指以数字技术为基础，以网络为载体进行信息传播的媒介。包括网络、手机、数字电视、车载移动电视、楼宇电视等。所以，我们通常所说的"新媒介"是一个内涵并不固定的相对概念。根据麦克卢汉提出的"媒介即讯息"这一思想，可以看出"新媒介"应该有以下几种特征：第一，一种新媒介的产生，会在社会中产生新的行为标准和方式；第二，媒介（或技术）自身创造出新的环境，而环境又影响着人们的生活和思维方式。由于本书研究对象是20世纪90年代以来的中国文学，从此立场出发，虽然手机、数字电视、楼宇电视等电子媒介突破了传统的电视、影视、广播等的场所限制，但其自身信息的制作和消费的方式对于文学的影响和转变，与传统的影视并没有实质性的差别，如果忽略了传统的电视、电影等电子媒介及其所带来的环境对文学的影响，显然是不完整的。因此，在本书中的"新媒介"采取的是宽泛的范畴界定，即包括传统电子媒介和数字化媒介。

每一个人裹挟其中"。❶新媒介语境下的新媒介话语已经成为不容忽视的角色，并具有强烈的侵蚀性，它不仅组织和改造着人们的生活方式、审美风尚，更多的是改变着人们感知世界的方式、对象与内容，深入人们的文化心理，影响着人们传统的文化心理结构。特别是新媒介与市场经济相结合，使消费主义意识进一步地深入人心，同时还不断地制造出新的消费需求、消费时尚和消费文化，使人们从对消费商品的使用价值转移到对商品的意义、文化价值甚至符号的消费上来。"一切都在证实，传播媒介不仅是文化生产与文化传播的工具，同时它还决定了文化的类型、风格以及作用于社会现实的方式和范围"❷。

麦克卢汉提出了"媒介即讯息"这一具有划时代意义的思想。在他看来，"媒介"作为讯息的载体，其自身所产生的影响远远超过它本身所传播的内容。他认为："媒介是一种'使事情所以然'的动因，而不是'使人知其然的动因'。"❸也就是说，世界存在于媒介之中，媒介本身构成了世界，人生活在媒介的世界之中。从外在形式来看，媒介形式塑造了人的潜意识层面的思维习惯和感知模式；从内在内容来看，媒介内容触及了人意识层面的思想观念和意识形态。也正是如此，在新媒介与全球化的冲击下，视觉文化成了主要的文化样式，"日常生活审美化"成为一种新的当代中国文化艺术现实介入的理论范式和解读，文学也发生了前所未有的变化。

伴随着高科技和新兴媒体的发展和普及，影视、音像制品等文化产品构成了当下时代特有的日常生活审美化景观，在社会中出现的艺术世俗化和生活艺术化现象日趋明显。从审美上来看，"日常生活审美化"成为20世纪90年代以来一直持续的热门话题。必须承认的是，"日常社会审美化"诚然是一个西方消费社会命题在中国的"理论旅行"❹，但更多的是出于一个不争的社会现实：在新媒介的影响下，越来越多的艺术元素和影视形象对中国当代大众的生活品味和方式产生了潜移默化的影响，这种影响使谋求某种审美规划和艺术效果的达

---

❶ 马克·波斯特：《信息方式——后结构主义与社会语境》，范静哗译，见周宪、许钧：《文化和传播译丛·总序》北京：商务印书馆，2000年，第3页。
❷ 南帆：《双重视域》，南京：江苏人民出版社，2001年，第8页。
❸ 埃里克·麦克卢汉、弗兰克·秦格龙：《麦克卢汉精粹》，何道宽译，南京：南京大学出版社，2000年，第266页。
❹ 范玉刚：《2012年审美文化与文化产业研究报告》，见高建平主编：《中国中外文艺理论研究2013》，北京：中国社会科学出版社，2014年，第409页。

成成为一种可能,从而造成审美突破了以往的艺术藩篱而呈现出世俗化的态势,并与新媒介所带来的"消费性"一起形成了一种共谋性合作关系。❶恰如陆扬所指出的那样,当下"日常生活审美化"的热门话题,可以与20世纪80年代的审美文化构成一种对话,最显著的区别有两处:一是有直接的西方理论资源;二是表现为地道的本土化的话语形态。❷在这里,所谓的本土化的话语形态,其实就是指在新媒介作用下,当代中国社会日益明显的审美泛化的事实,使"日常生活审美化"成为在社会现实基础之上所进行的美学话语转型的一种选择。

电子媒介与数字媒介的发展,改变了"文字引导"的读写传统,把人们带到了"图像时代",人们的感知结构被流行的新媒介所重塑。❸视觉文化成为当下文化的中心,文学与图像之间的关系、视觉文化与视觉文化研究在国内也渐成显学,视觉文化理论、图像转向等概念已经深入人心。截至2016年底,在"中国知网数据库"中以"视觉文化"为题的社科类基础研究为383572篇,文艺作品为41799篇,以"读图时代"为题的社科类基础研究文章达16814篇,文艺作品为1140篇。而从新世纪以来,对西方有关视觉文化研究的书籍进行翻译和引进也日渐增多:吉林人民出版社出版的阿莱斯·艾尔雅维茨的《图像时代》(2003)、北京大学出版社出版的汤姆·米歇尔的《图像理论》(2006)和《图像学:形象,文本,意识形态》(2012)、人民出版社出版的尼古拉斯·米尔佐夫的《视觉文化导论》(2006)、凤凰出版传媒集团和江苏美术出版社出版的《西方当代视觉文化艺术精品译丛》(2009)❹、辽宁科学技术出版社出版的大卫·柯罗的《L→R 从文字到图像》(2010)、译林出版社出版的理查德·豪厄尔斯的《视觉文化》(2014)等。而在国内,进行视觉文化研究的学者们从2008年开始也进入到了一个新阶段:2008年周宪的《视觉文化的转向》(北京大学出版社)可以作为国内第一部研究视觉文化的专著,❺该书在对主体进行文化分析的基础

---

❶ 王德胜、李雷:《"日常生活审美化"在中国》,《文艺理论研究》,2012年第1期,第10–16页。
❷ 陆扬:《超越审美化》,《学术月刊》,2010年第6期,第86–92页。
❸ 宋玉雪、胡疆锋:《文化研究:众声喧哗中的冷静坚守——2014年度中国内地文化研究类著译盘点》,《中国图书评论》,2015年第2期,第37–44页。
❹ 该丛书由常宁生、顾明华主编,汇集了美国、波兰、英国、加拿大等国家对"视觉文化"进行研究的最新成果,包含《视觉研究:怀疑式导读》《视觉与文本》《艺术、历史、视觉、文化》《超现实主义与视觉艺术》等,共计22册。
❺ 赵勇:《视觉文化时代的文学状况——2008年文化研究学术前沿报告》,《贵州社会科学》,2009年第3期,第29–38页。

上，对视觉消费、虚拟现实、读图时代、时尚设计、奇观电影、老照片、身体审美化等问题进行了解析。随后，曾军的《观看的文化分析》(山东文艺出版社2008)、章戈浩的《可见的思想》(山东文艺出版社2008)、陆文彬的《视觉文化与中国文学的现代性失聪》(安徽教育出版社2008)、陈永国主编的《视觉文化研究读本》(北京大学出版社2009)、高燕的《视觉隐喻与空间转向——思想史视野中的当代视觉文化》(复旦大学出版社2009)等书相继出版。❶

此外，与视觉文化相关的大型学术研讨会议也陆续开展起来：2004年5月，复旦大学召开了以"全球化：可见的与不可见的——视觉文化的理论与实践"为主题的学术研讨会，这是中国首届视觉文化传播国际学术研讨会；2008年，江西省社会科学院中国叙事学研究中心开展了以"跨媒介叙事"为主题的学术研讨会；2009年，在重庆召开的"中国中外文艺理论学会叙事学分会第二届国际会议暨第四届全国叙事学研讨会"中，把"跨媒介叙事研究"作为会议的主要议题之一，视觉文化与叙事学的结合成为叙事学研究的新领域；❷2012年，由中国中外文艺理论学会和河南大学共同主办了"新媒介与当代文论转向"研讨会暨中国中外文艺理论学会新媒介文论分会成立大会，在该研讨会中，把探讨图像时代文学的使命、图像转向的效果等问题作为主要议题之一；2012年，由南京大学文学院主办、国家重点学科文艺学承办的"文学与图像"学术研讨会在南京举行，全国各地100余名专家学者就文学与图像的理论问题提出了各自独特的见解；2014年，由中国文艺理论学会、《文艺理论研究》编辑部主办的"中国文艺理论学会青年论坛暨'当代西方前沿文论'学术研讨会"在华东师范大学举行，在该研讨会中，把"视觉文化及现象学问题"作为深入交流研讨的四大主题之一，众多学者纷纷认为理论要与中国当代语境、人们的感性生活紧密结合，视觉文化是不可避免的话题。视觉文化研究的兴盛，是与新媒介迅速发展的社会现实分不开的，也是对"日常生活审美化"进一步的呼应和深化。❸

---

❶ 葛红兵、许峰：《文化产业振兴、新媒介热升温与马克思主义文论中国化进程》，《当代文坛》，2010年第1期，第24-28页。

❷ 龙迪勇：《空间叙事学：叙事学研究的新领域(续)》，《天津师范大学学报》(社会科学版)，2009年第1期，第58-63页。

❸ 赵勇：《视觉文化时代的文学状况——2008年文化研究学术前沿报告》，《贵州社会科学》，2009年第3期，第29-38页。

视觉文化与新媒介文化的传入和兴起已产生了"鲶鱼效应",从而对中国文学产生了新的动力。❶

从文学自身来看,世俗的日常生活在文学中取得了合法的地位并开始成为一种真正的文学叙事。重视普通人的普通生活,把小人物、俗人、俗事放在了中心,"日常生活"成为人得以存在的一切根本和基础。无论是对"日常生活中"物欲的抒写、"底层小说"对农民工的人文关怀,或是"女性主义小说"对女性自身"身体"的解放、"70后"对个性的张扬、"80后"的两端写作分化、2010年《人民文学》提倡的"非虚构"写作❷等,我们都可以看到"日常生活"成为一种"新的宏大叙事"。在这一过程中,"现实"成为作家热心注目的问题,"写实"成了相对应的叙事策略,从而完成了文学自身的"日常生活"转向。

互联网的出现和普及,带来了一种新的文学样态,即"网络文学"。孙玉桃对"网络文学"这一概念进行了阐释:把网络文学分为广义的网络文学和狭义的网络文学两种。广义的网络文学是指互联网上传播的所有文学和类文学样态;狭义的网络文学是指只能存在于互联网上,不能印刷出版,充分体现网络特征的网络超文本文学、多媒体文学,由网友共同创作的接龙文学,通过电脑软件创作的准文学等。❸目前以狭义的网络文学进行创作的作家作品并不多。更多地被理解为网络文学的定义是:网民利用电脑进行创作,首先发表于互联网上,供网民欣赏、批评或者参与的文学或类文学作品。这类作品由于受众面积大、读者数目多而对社会产生了不小的影响,这也是在本文中所关注的"网络文学"。按照这个概念,网络文学里程碑式的作品则是1998年发表在电子公告栏(BBS)上的蔡智恒的代表作《第一次的亲密接触》,随后从1999年开始,榕树下、起点、幻剑、17K、红袖添香等文学网站先后成立,涌出了一大批知名的作家,如李寻欢、安妮宝贝、慕容村雪……直到今天的血红、天下霸唱、烟雨江南、安知晓、西子情、海子等。时空穿越十几年,网络文学也一步步走向

---

❶ 葛红兵、许峰:《文化产业振兴、新媒介热升温与马克思主义文论中国化进程——2009年文艺理论批评的三个热点问题》,《当代文坛》,2010年第1期,第24—28页。

❷ 《人民文学》从2010年第2期起,设立了《非虚构》栏目,同年10月启动了"人民大地·行动者"非虚构写作计划,提倡走出书斋、走向生活的"非虚构"写作。陆续发表了一些前沿作家的作品,如梁鸿的《梁庄》(第2期)、董夏青青的《胆小人日记》(第4期)、李晏的《当戏已成往事》(第9期)、萧相风的《词典:南方工业生活》(第10期)等。《大家》在各个栏目中给予重点推介,形成了"南北呼应"的局面。

❸ 欧阳友权:《网络文学词典》,北京:世界图书出版公司,2013年,第29页。

壮大和成熟，主要文学网站在2016年达到了99个，❶在2010年，仅全国文学网站签约的作者人数就已经突破了百万。❷网络文学已经进入了旺盛的发展阶段。到了2018年1月31日，国家互联网络中心（CNNIC）发布《第41次中国互联网络发展状况统计报告》显示，截至2017年12月，网络文学用户规模达到3.78亿，占网民总体的48.9%，而手机网络文学用户规模为3.44亿，占手机网民的45.6%。❸步入21世纪以来，2009年对于网络文学来说是一个里程碑式的一年，也正是从这一年开始，网络文学从自由、散漫的写作方式开始了与传统文学的正式接轨：2009年鲁迅文学院与盛大文学网站合作举办网络作家培训班，进行探索性地发展。2010年9月6日鲁迅文学奖首次把网络文学纳入了评奖作品的征集范围，而同年由中国作协所创办的"网络文学研讨会"在北京召开。2014年1月全国首家网络作家协会在浙江省成立。2017年属于传统文学榜单的"茅盾文学新人奖"中，首次增设了"网络文学新人奖"……一系列网络文学的相关制度逐步得以完成，网络文学及其相关文学体制已经逐步成型与完善。

　　文学作品在内容、形式上的发展和变化也带来了相关的文学批评"新气象"：2014年《人民日报》开设了20余期的"文学现象"栏目，邀请了学者、批评家如陈晓明、吴义勤、南帆、白烨等以及作家张玮、贾平凹、阿来等进行对话参与，并陆续发表了《文学不能"虚无"历史》《文学，请回归生活》《重塑文学的"真"》《文学是民众的文学》等文章，探讨了在当下日常生活中，文学如何日益深入人心的价值观问题。而《文艺报》则在2014年开辟了"文学如何表达现实"的理论探讨专栏，刊发了李敬泽、梁鸿鹰、李洱的《如何确立文学对现实的有效表达》、孟繁华的《现实主义文学的表现与超越》等文章，"文学与现实"的理论问题自20世纪90年代的"现实主义冲击波"之后再次被隆重提出来。2016年6月3—5日由人民文学杂志社、南方文坛杂志社和中共绍兴市

---

❶ 李敬译：《2016中国当代文学年鉴》，武汉：长江文艺出版社，2017年，第407-410页。
❷ 马季：《网络文学：与传统逐渐融合，生产消费机制形成》，《文艺争鸣》，2010年第1期，第128-136页。
❸ 《第41次中国互联网络发展状况统计报告》，http://www.cnnic.net.cn。（中国互联网络信息中心，简称CNNIC，是经国家主管部门批准并于1997年组建的管理和服务机构，行使国家互联网络信息中心的职责，负责中国网络基础资源的运行管理和服务，承担中国网络基础资源的技术研发并保障安全，发布的中国互联网统计信息具有权威性。其调查报告的数据应用广泛，除被纳入中国政府统计年度报告外，还被联合国、国际电信联盟等国际组织普遍采纳。）

委宣传部联合主办，绍兴市文联承办的第四届青年作家批评家主题峰会❶在绍兴召开。来自全国各地的近三十位青年作家、批评家，以"中国故事与青年写作"为主题，对多媒体给写作带来的挑战与机遇展开了热烈讨论。

由此可见，"文学与现实"的问题之所以重新被提出，主要的原因一是在新媒介的时代，新闻及非虚构艺术作品对于文学所构成的一种巨大压力；二是在新媒介的冲击下，国家制度的改革使社会生活变得错综复杂，面对复杂的社会生活，"写实"成为一种试图寻求与图像时代相适应的尝试与探索。

网络文学的出现也拓宽了文学批评的研究范围，使文学批评展开了新的领域：据"中国知网数据库"数字显示，截至2017年，有关网络文学的硕博士论文已经达到了702篇。有关网络文学的学术性批评，从1998年的30篇在短短两年的时间内增长至2001年的101篇，此后一直处于上升期。自2014年开始，相关的学术批评又开始了第二次的上升高峰期：从2014年的240篇上升到2017年的467篇，研究数量将近翻了一倍。值得一提的是，从2010年开始，各大学术期刊发表的网络文学研究成果明显增多，《文艺理论研究》《学习与探索》《南方文坛》《小说评论》以及各大高校的学报等均发表了《网络文学现代发展初探》《从传播学视角评议网络小说的传播意义》等网络文学方面的相关学术论文，《文艺报》开设了专门的网络文学理论批评专栏。中南大学文学院完成的"新媒体文学丛书"❷在2011年由中国社会科学出版社出版，2014年中央编译出版社出版了"网络文学100丛书"❸，2014年作家出版社出版的《网络文学评价体系虚实谈》汇集了"全国网络文学理论研讨会"上全国网络文学代表性研究者和各大网站负责人的研讨成果，该会议是第一次有规模的全国范围内对网络文学进行学术性研究的一次集体讨论。可以说，从2010年开始，网络文学及其研究已经逐渐走进学术界并占据一席之地，甚至已经进入了"成年期"❹。

---

❶ 峰会前身是由人民文学青年、南方文坛联合主办的"中国青年作家批评家论坛"，历时8届，久负盛名。2013年始更名为"青年作家批评家主题峰会"。
❷ 该丛书包括《网络文学产业论》《短信文学论》《网络写手论》《网络与新世纪文学》《网络小说名篇解读》《数字媒介的文艺转型》。
❸ 该丛书包括《网络文学关键词100》《网络文学评论100》《网络文学大事件100》《网络文学名篇100》《名作家博客100》《网络文学网站100》。
❹ 马季：《蓄势待发与酝酿新变——二〇一三年的网络文学》，《当代作家评论》，2014年第3期，第86—95页。

另外，需要提及的一点是传统的文学批评一直注重成果的含金量，看重资料的完整性，目的在于对文学现象做出系统的价值判断。传统的文学批评更多注重的是对一种潮流、运动沉淀下来之后给予的概括，正是这种需要沉淀的智慧之思使传统的文学批评很难应对当下瞬息万变的文学态势，常常是当文学批评把笔伸到某一领域时，其研究对象往往已成为明日黄花。面对层出不穷的文学现象，传统的文学批评不免出现捉襟见肘的窘迫状，从而造成了媒体批评和网络批评的兴起，这从根本上改变了以往旧有的文学批评格局。

从文学在文化中的整个地位来看，在传统社会中，文学承载着对人心灵的指引和震撼，是人文场域中的重要组成部分。而今，文学的边缘化使其迅速地游移至后台，中心舞台则被图像文化所占据。文学不仅面临边缘化的命运，更面对着精神及其存在的深度拷问。20世纪90年代以来，由于市场经济的发展，文学经历了从中心到边缘的失落，随着视听媒介的丰富，连文学存在的合法性也遭到了质疑：2001年美国学者 J. 希利斯·米勒在《文学评论》上发表了《全球化时代文学研究还会继续存在吗？》一文，该文从德里达的名作《明信片》谈起，依次论述了电影、电视、电话和互联网等这些电信技术对文学、哲学、精神分析甚至情书写作的影响，认为"文学研究从来没有正当时的时候，无论是在过去、现在，还是将来"❶。这在国内引起轩然大波，关于文学终结论的讨论绵延至今。

纵观20世纪90年代以来中国当代文学的发展历程，在30年的变迁中出现了一系列引人瞩目的文学现象如"文学边缘化"、"文学终结"、"文学泛化"、"日常生活审美化"、"文学与图像的对立与共生"、"文学如何表达现实"、如何讲述"中国故事"、关于"非虚构写作"的讨论、网络文学的"成熟与发展"等。这些文化现象的出现并非偶然，它们无疑是与现代化的"媒介力量"密切相关的。可以说，新媒介的出现及壮大，犹如"蝴蝶效应"一样，对中国当代文学产生了巨大的影响——文学创作模式以及审美理念发生了根本性的转变。比如以郭敬明小说为蓝本的电影《小时代》是以享乐主义、拜金主义为主题，这与传统文学所提倡的非功利性的审美主题产生了巨大的差异。但这一系列的同名

---

❶ J. 希利斯·米勒、国荣：《全球化时代文学研究还会继续存在吗？》，《文学评论》，2001年第1期，第131-139页。

作品与电影却风靡一时。因此,在新媒介为主导的文化环境下,不管创作主体审美取向如何,如何适应新的文化语境,成了当代文学以及批评界无法回避的现实。这如同自我的建构需要依赖"他者"的在场,文学的自我建构同样依赖"新媒介"的"在场"。所以从时间上来看,在20世纪90年代至2017年这一时期里,当代文学的创作动态、发展趋势几乎与新媒介的日益壮大密切相关。其主要原因有三:其一,中国社会由于市场经济的确立和社会经济的发展,出现了体制转型和思想转变。这直接影响了文学创作的模式与取向。比如《盗墓笔记》《鬼吹灯》《悟空传》等网络文学的兴起。其二,随着以互联网、AI人工智能等为代表的信息技术日趋完善,当代文学的受众审美感知、阅读方式与文化思维等发生了很大的变化。如各类电子书、有声小说等新的文学接受方式。其三,伴随着新媒介日趋成为媒体传播的主流发展趋势,文学主旋律、精英文学不再是大众唯一的接受模式,当代文学在创作模式、存在形式、传播方式、价值取向等方面出现了多元化的发展格局。

由于本书的研究对象是新媒介和20世纪90年代以来的文学,考察在新媒介视域下文学自身的存在问题。新媒介如何影响文学?这需要追问什么是文学、文学研究的内涵是什么等这些本源性问题。只有这样,才能界定本书中的研究方法,以及所涉及的文学文本和文学批评文本的选取范畴。

二、对"文学"与"文学研究"内涵的探讨和反思

1. 对"文学"及其文学观念的探讨和反思

在世人眼中,作为语言的艺术,文学既是功利的又是非功利的。同时,它又是虚构的艺术和审美的对象。即使在新媒介占据主流媒体地位的形势下,这一观念至今依然是多数人对文学的普遍印象。然而英国作家马修·阿诺德认为,文学应该具有"甘甜和光明"(Sweetness and Light)❶的特质,具有极度的美感和伟大的智慧。是通过求知的手段来追求世上所思所言的精华,以及通过这种知识,能为我们陈腐的观念和习惯带来清新和自由的思潮,能培养我们的美感和操行感。❷按照这样的标准和逻辑,一个更纯粹的概念应运而生,它就是"纯文

---

❶ 此语原出自英国作家斯威夫特,由阿诺德发扬光大。
❷ 贺淯滨:《感于阿诺德的批评美文(代序)》,见马修·阿诺德:《"甘甜"与"光明"——马修·阿诺德新译8种及其他》,贺淯滨译,郑州:河南大学出版社,2011年,第3—8页。

学",这是一个蕴含着本质主义倾向的概念。对于"纯文学"这个"元概念"的不同解释和理解决定了文学批评的立场和价值取向。

20世纪以来的中国文学史,曾有过三次关于"纯文学"的学术争辩。据旷新年等人的考证,王国维最先在美学上面❶提出了"纯文学"的概念❷,他认为文学具有独立自主的美的价值,目的在于建立一种独立于"古代文学观"的文学观,❸强化文学的独立价值和科学体系。而"五四"所倡导的"纯文学"❹,其历史意义在于主动把文学视为"为人生的艺术",是"平民的文学"。无论是问题小说,还是探讨社会,在当时都表现出浓厚的浪漫主义特征,主张文学应该忠实地表现作者自己内心的要求,充溢着强烈的主观情绪和抒情色彩,当时出现的《创造》《新青年》等文学期刊,成为"五四"新文学的标志之一。后来,随着民族战争爆发、阶级斗争越发尖锐,"纯文学"也销声匿迹,"文学"成了为解放战争呐喊助威的有力武器。

中华人民共和国成立以后,"大众的文学"、"工农兵的文学"成为"文学"的代言词。❺直到20世纪80年代,"纯文学"的概念再次被重新提出❻是以和"政治"分家的立场而出现的,尽管对"纯文学"这一概念没有明确地给予标准

---

❶ 王国维于1905年在《论哲学家与美术家之天职》中首次使用"纯文学",并认为"其有美术上之价值者,仅其写自然之美之一方面耳"(王国维:《论哲学家与美术家之天职》,见《王国维文集》第三卷,姚金铭、王燕编,北京:中国文史出版社,1997年,第7页),而"戏曲之小说之纯文学"不但有"惩劝"之旨,亦往往有"纯粹美术之上目的者"。他认为,"一切之美,皆形式之美也"。(王国维:《古雅之在美学上之位置》,见《王国维文集》第三卷,姚金铭、王燕编,北京:中国文史出版社,1997年,第32页)"纯文学"应具有非功利性的纯审美性质。这种思想能看到明显的叔本华、康德的美学印记。

❷ 韩毓海主编:《20世纪的中国学术和社会》文学卷,北京:人民出版社,2001年,第47页。

❸ 杨义认为中国古代文学观是"杂文学观",文史混杂,文笔兼收;20世纪的文学观深受西方影响,提倡文学祛杂提纯,采取的是"纯文学观"。(刘小新:《"纯文学"概念及其不满》,《东南学术》,2003年第1期,第139-149页。)

❹ 鲁迅认为,"纯文学"以"一切美术之本质,皆在使观听之人,为之兴感怡悦"。(《鲁迅全集》第一卷,北京:人民文学出版社,1998年,第71页。)

❺ 毛泽东于1942年发表《在延安文艺座谈会上的讲话》,明确强调文艺从属于政治,要自觉为无产阶级政治服务。在文艺批评中要实行政治标准第一,艺术标准第二。认为"为什么人的问题"是一个"根本的问题、原则的问题",要求文艺家只有通过与工农兵的结合,才能实现思想的统一和立场的转变。[钱理群、温儒敏、吴福辉:《中国现代文学三十年》(修订本),北京:北京大学出版社,2003年,第458-462页。]

❻ 南帆认为"纯文学"这一概念的具体产生时间虽然目前还没有考证,但大致上是在80年代初期。(南帆:《论"纯文学"》,《东吴学术》,2010年第3期,第5-16页。)这一说法,是局限在中国当代文学的视域中的。

的意义,但普遍存在一个共同的认知:文学应该具有"自生产能力",应该"回复到自身","文学是语言的艺术"❶。这种文学更加注重语言和自身形式的意义,更注重人物的内心世界,❷从而成功地讲述了一个包含有如自我、个人、个性、无意识、普遍等这些概念的现代性"故事"。❸也正是在对"纯文学"这一认知的基础上,在关注文学"写什么"之外,还包含着"怎么写"的意味,即讲究文学的语言、技巧、结构、叙述方式等,文学的形式被重新挖掘和重视,这在80年代后期出现的"先锋小说"这一"有意味的形式"的尝试上体现得最为明显。而相对应的这个时期的文学批评,则被认为是"探索美的前程",成为推动文学创作的主力,从而使文学批评重新回到了健康发展的轨道上,成了真正文艺的批评。❹

在此期间,为了有意识地摆脱政治意识形态的支配和严密控制,大量的西方现代主义文艺思潮和理论著作被引入国内,如存在主义、现象学、新批评、弗洛伊德主义等,形成了自20世纪初以来中国的第二次"西学东渐"高潮。哲学与文化思潮对创作、思潮和批评的影响是巨大的:美学热再次兴起,文化热也逐渐成为"显学",文学新思潮、新探索蔚然成风。文学创作和文学批评的哲学基础被重新塑造和改变:逐渐形成了"纯文学"的思潮和文学观,文学批评的关键词和知识谱系已经被重新建构,"现代化""启蒙""自我""本体""存在"等批评话语替代了以往耳熟能详的"阶级""立场""政治""革命"等❺。

然而,正如南帆所指出的,"前现代、现代性、后现代多种文化意向的犬牙交错制造出当时奇特的文化结构",❻20世纪80年代的明显特点在于其包含着在同一空间内众多观念之间产生的彼此互动,包含着多种意向的复杂交织。在20世纪80年代后期,城市与乡村、社会与形式、先锋与大众之间并不是泾渭分明,而是彼此之间有着种种的纠缠。就在"先锋文学"依旧在圈子里进行一种

---

❶ 黄子平:《沉思的老树的精灵》,杭州:浙江文艺出版社,1986年,第36页。
❷ 南帆:《空洞的理念——"纯文学"之辩》,《上海文学》,2001年第6期,第68-69页。
❸ 李劼:《中国现代文学史1917—1984论略及其讨论》,《黄河》,1988年第1期,第287-289页。
❹ 朱寨:《导言》,《中国新文艺大系(1976—1982)》(理论二集),北京:中国文联出版公司,1986年,第1-10页。
❺ 王尧、林建法:《中国当代文学批评的生成、发展与转型——〈中国当代文学批评大系(1949—2009)〉导言》,《文艺理论研究》,2010年第6期,第8-17页。
❻ 南帆:《论"纯文学"》,《东吴学术》,2010年第3期,第5-16页。

释放自我情趣和欲望的文字运演时,❶一种更具有"先锋精神"的文学"身体写作""下半身写作"等接踵而来,❷这给20世纪80年代以来的"纯文学"来了一个措手不及,"纯文学"陷入了前所未有的尴尬境况。

经过20世纪80年代对"个人性"的追求和所做出的努力,到了90年代以后,文学和国家意识形态的关系已经能够松动。就在人们还没有来得及完全理清"纯文学"的完整含义,对于"纯文学"的理解只处于懵懂的"对于'个人'的重视"之中时,❸就被卷入了社会主义经济建设的潮流里。国家体制的改革,使市场介入了文学之中,尽管创作数量日益增加,作家创作队伍日益壮大,但"文学"却被视为越来越边缘化。"这种大众化和文学与意识形态松动带来的却是'娱乐至死'和文学的娱乐性消费"❹,而"先锋文学"则被视为是缺乏"社会基础""群众基础""占据主流地位的意识形态价值诉求"❺,尽管曾经取得了令人瞩目的探索,震动了中国文坛,然而却落得个昙花一现,事后寂寞。

随着20世纪90年代以来市场经济的不断深入发展,文学的传统光环与崇高地位日趋消解。特别是21世纪以来,电视、互联网等高科技的迅速发展和普及,逐渐深入人们的日常生活之中。文学其生产、流通、传播、接受的方式不同以往,原有的文学秩序、格局和界限均被扰乱。如果说20世纪80年代人们对"文学"的认知尚有一定的统一性,那么自20世纪90年代以后,这一认知则变得模糊而含混。文学创作模式、文化包装、大众阅读、数字媒介、图像冲击等焦点的出现,已经溢出了文学的传统"边界",传统的文学观念和对应的文学审美感知面对着前所未有的冲击。"文学"也产生了新的含义和变化,与"纯文学"相关的观念似乎走入了死胡同,文学在80年代所禀赋的"纯粹性"也难以维系,自律而自由的文学被整合到市场经济建设的浪潮之中,关于"文学"的探究和思索也成了当代文学亟待解决的问题。

---

❶ 陆贵山:《社会的现代化与文学的现代性》,《江苏行政学院学报》,2009年第1期,第133-136页。
❷ 有些人认为,90年代之后的"私人写作"或者"个人写作"是"纯文学"播下的谬种,是"纯文学"所带来的个人意识的过度泛滥。(参见南帆:《论"纯文学"》,《东吴学术》,2010年第3期,第5-16页。)笔者认为,尽管观点有些偏颇,"私人写作"出现的原因是多重的,是"女性主义""市场经济化"等综合因素所造成,但并不能否认的是,"纯文学"所带来的"个人意识"的现代性,是其产生所具有的企图的意义。
❸ 南帆:《论"纯文学"》,《东吴学术》,2010年第3期,第5-16页。
❹ 周景雷:《一个文学的"李约瑟问题"——论我们为什么缺少或遗忘文学性》,《文艺研究》,2010年第4期,第23-32页。
❺ 陆贵山:《社会的现代化与文学的现代性》,《江苏行政学院学报》,2009年第1期,第133-136页。

正是在此情况下，评论家李陀对"纯文学"的反思就显得难能可贵。2001年《上海文学》第3期在"批评家俱乐部"栏目以头条位置刊出了李陀的谈话录《漫说"纯文学"》，由此展开了关于"纯文学"的讨论，先后发表意见的有薛毅、张宏、葛红兵、韩少功、吴炫、南帆、罗岗等人。2002年《北京文学》第2期发表了周正保的《从文学的存在理由说起》，发起了有关"文学存在"的探讨，随后引起了李洁非、雷达、残雪、邓刚等评论家、作家的回应。2003年至2004年，《华夏诗报》《诗刊》《诗探索》等展开了"新诗有无传统"的讨论。这些讨论是人们在面对当前文学现状和文学观念的困惑及其新思考，在力图廓清文学和非文学界限的总体倾向下，显示的是对新文学情势下文学自身的反省。

在李陀看来，20世纪80年代的"纯文学"观念虽然有助于文学摆脱政治观念的束缚，可以一定程度上抵制市场经济化对文学的侵蚀，但却在社会变革的步伐中越来越表现出其自身的狭隘性和局限性，他强调说："在这么剧烈的社会变迁中，当中国改革出现新的非常复杂的社会问题的时候；当社会各个阶层在复杂的社会现实面前，都在进行激烈的、充满激情的思考的时候，90年代的大多数作家并没有把自己的写作介入这些思考和激动当中，反而是陷入到'纯文学'这样一个固定的观念里，越来越拒绝了解社会，越来越拒绝和社会以文学的方式进行互动，更不必说以文学的方式（我愿意在这里再强调一下，一定是以文学的方式）参与当前的社会变革。"❶ 在他看来，"70后"现象、个人化写作都是被"纯文学"的观念支撑的。李陀对纯文学的言论在当时引起了较大的反响，如薛毅、张宏、葛红兵、蔡翔等人就非常认同李陀的观点。❷ 但也不乏

---

❶ 李陀、李静：《漫说"纯文学"——李陀访谈录》，《上海文学》，2001年第3期，第4-15页。
❷ 薛毅的《开放我们的文学观念》（《上海文学》，2001年第4期，第73-74页）指出"纯文学"和"先锋文学"是两个相反的概念，前者是一种现代性领域中的自律和自由空间，后者则是寻求一种与社会实践紧密联系的文学方式。并认为80年代所谓的纯文学麾下的先锋文学，在文体和语言方面的实验恰恰是不自由的，只是一种精英分子所玩的高级游戏；张宏的《文学的力量与"介入性"》（《上海文学》，2001年第4期，第75-76页）指出"纯文学"观念从反叛走向保守，最初的反叛精神已经消耗殆尽，并指出当下文学写作存在着"虚弱逃离"和"粗暴介入"两种严重的"介入性"病症；葛红兵的《介入：作为一种纯粹的文学信念》（《上海文学》，2001年第4期，第77-78页）认为五四文学具有介入性，而进入90年代后，文学不再介入人们的经验世界，不再介入人们的精神世界，从而成了不介入的文学；蔡翔的《何为文学本身》（沈阳：春风文艺出版社，2006年），认为"纯文学"概念实际上具有非常强烈的现实关怀和意识形态色彩，本身就是一种文化政治，而并非如后来者误认的那样，是一种非意识形态化的拒绝进入公共领域的文学主张。

反对者,如残雪发表了《究竟什么是纯文学?》一文:"自始至终,他们寻找着那种不变的、基本的东西,像天空,像粮食,也像海洋一样的东西,为着人性(首先是自我)的完善默默地努力。这样的文学家写出的作品,我们称之为纯文学……纯文学涉及的问题是有关灵魂的大问题,对纯文学的冷淡就是对心灵的漠视,如此下去必然导致精神的溃败和灭亡。"❶

李陀关于"纯文学"的讨论意义在于并非只局限于理论概念上的探讨。他对当下文学现状的批评,以及对20世纪90年代以来文学走向的自省和反思,其目的不在于是否要扬弃这个做法,而是为了在市场经济下,面对新媒介所带来的冲击,恢复被挤压、被边缘化、被割裂的文学价值和文学精神,"对社会发言,对百姓说话,以文学独有的方式对正在进行的巨大社会变革进行干预。"❷这大约就是中国千百年来文学所坚持的传统:"文以载道,以文化人。"至少在当时关于对"纯文学"的反思和探讨中可以清晰地看到这一点。

不仅如此,李陀对"纯文学"的反思最具有价值的启示还在于:当"纯文学"赖以存在的具体语境发生变化时,必须重新打开想象、理解文学的视野。当然在新媒介的影响下,文学的自身存在方式发生了很大的变化,如作者身份的多向化、创作形式的多元化、文本呈现的多样化等。与此同时,随着当代社会文化语境的巨大变化——现代化所引发的中国社会的转型,文学的传统形式亦发生了巨大的转变,当代文学已经挣脱了传统的"限制",它正凭借着现代文化工业的传播方式,融入大众的日常生活,"纯文学"自身的概念和范畴也发生了改变。正是缘于此,陈晓明提出了所谓"大文学"或"泛文学"的概念。他认为,文学作为一个艺术门类或一门强大学科已经死去,文学的灵魂已经不再,但文学的灵魂却附和在其他文化作品之上。在某种意义上今天的文学已经"化整为零""变异"为大众文化消费中一种日用化或应用化的文字产品,比如以广告词、新闻叙事等文体方式存在于我们的种种文化活动之中。❸这一观点引起

---

❶ 残雪:《究竟什么是纯文学?》,《大家》,2002年第4期,第91-91页。
❷ 李陀、李静:《漫说"纯文学"——李陀访谈录》,《上海文学》,2001年第3期,第4-15页。
❸ 陈晓明:《文学的消失或幽灵化?》,见余虹、杨恒达、杨慧林主编:《问题》第一辑,北京:中央编译出版社,2003年,第95-102页。

了部分学者们的赞同。❶

然而当人们在对20世纪80年代所形成的"纯文学"观念进行批判的同时，是否应该思考这样的问题：是否应取消对"文学"范围界定的一切认知？"文学"本身的开阔性是否还有本质的"界限"？在电子媒介中，我们是否有理由就借此把所有与"文学性"挂钩的各种现代化的文化产品都统称为"文学"？"广告文学""短信文学""手机文学""MTV文学""卡拉OK文学"能算得上真正意义上的"文学"吗？泛化的"文学性"东西真的能与"文学"自身画上等号？诸如此类的问题，都是值得我们认真反思、探讨的文学话题。尽管在当下的文化语境中，纯文学的概念与观念所占据的天地已大大萎缩，但它仍然还有一定的"市场"与空间。比如以茅盾文学奖为代表的文学创作群体，以及相关的文学作品，依旧有着不可小觑的影响力度，许多文学受众仍认同和肯定文学的传统创作模式与审美概念。尽管今天所谓的纯文学早已非当年的纯文学，但文学的传统精神与理念仍被世人所认同——文学具有的开放性和包容性并没有发生本质性的变化。正是基于此，兼容性与包容性是当代文学生长的契机。文学正是凭借着这种固有的特性冲破了以往的传统"城堡"。尽管在电子媒介的作用下，当代文学产生了各种新样式，比如网络文学。网络文学自身与传统文学的区别不仅仅是文学的载体平台不同，重要的是，在网络这一媒介下，不但产生了"超文本"这一新的文学类型，而且作家、作品和读者之间的界限日渐消弭，新的文学主体关系形成并日益成熟，如果忽略了网络文学，显然对于"文学"这一范畴是不完整的。

依笔者之见，对待"文学"首先要有正确的"文学观"，即既有文学观的学科知识的严密性和科学性，又兼顾杂文学观所主张的博学深知和融会贯通，从而使文学生命和文化情态彼此能够内外互证、分合相参。❷ 在这一观念下，正如同"数字上的'零'"一样，这个刻度存在的意义是使另一批相邻的或者相对

---

❶ 余虹：《文学的终结与文学性统治》（余虹、杨恒达、杨慧林主编：《问题》第一辑，北京：中央编译出版社，第81-94页）；黄永健：《从纯文学到大文学》（《晋阳学刊》，2012年第1期，第115-123页）；肖明华：《走向"大文学理论"——大众文化语境中的当代文学理论转型（《江西社会科学》，2011年第9期，第90-94页）；杨蠡：《文学性新释》（《上海师范大学学报（哲学社会科学版）》，2010年第2期，第107-118页）等。

❷ 龙其林：《杨义：大文学观下的中国文学》，《中华读书报》，2008年6月11日。

的概念找到了自己的位置,改变彼此之间的关系"❶,"新媒介"成为"文学"的新参照物。那么新媒介时代下的"文学"则具有新的性质:一是开放性。即"文学"和新媒介的相互渗透,在新媒介的作用下,"文学"自身必然要发生改变。二是纯粹性。即"文学"是一门"坚挺的艺术"❷,是以其自身独有的方式来探索人与世界之间的关系,文学的"内视性"和"想象力"是任何其他艺术类型所难以企及的,而正是这种"内视性"和"想象力",才能达到人的灵魂内心深处,从而使人在世界之中的存在有了意义。

2. 文学研究的内涵

学界普遍认为,20世纪80年代这一时期的文学与"五四"时期的精神气脉有一脉相承之处,启蒙、批判和抗争成为文学批评的日常工作,从而企图让思想冲破牢笼而树立一种公共的话语空间权威。❸20世纪90年代以来,中国社会发生了巨大的变迁,在新媒介、市场经济等多元文化语境的综合作用力影响下,以生活为源泉的文学也随之变化。所以,面对学科边界处于模糊的状态以及各学科处于互相交叉渗透的现实,文学研究也不可能仅仅自足于自身的审美批评和单一的社会政治学批评。随着西方文化研究理论与实践被介绍到中国,在当前的文学研究界,很多学者在讨论文学是否终结时,也同时提出了文化研究的转向,在研究视野和方法论上尝试进行开拓。在很多学者看来这是文艺理论研究面对现实的必然,理由在于:第一,打破学科分界促成学科联合;第二,不再把文本当成自给自足的客体,而是揭示文本的意识形态及其背后隐藏的文化、权力关系;第三,面向当下审美泛化、文学泛化的社会生活,在开放状态下研究文学理论。❹

大量的西方文化理论被介绍进来,并被移植和挪用于当下文学研究的著述和论文中,如费斯克的大众文化理论、威廉斯的文化唯物主义理论、波德里

---

❶ 南帆:《论"纯文学"》,《东吴学术》,2010年第3期,第133-136页。
❷ 李建东:《呼唤坚挺的艺术——对当下文学平庸化的思考》,见高建平主编:《中国中外文艺理论研究2013》,北京:中国社会科学出版社,2014年,第9-14页。
❸ 赵勇:《批判精神的沉沦——中国当代文化批评病因之我见》,《文艺研究》,2005年第12期,第4-12页。
❹ 陶东风:《当代中国的文化研究及其与文学研究的关系》,见王宁编著:《文艺理论前沿》第2辑,北京:北京大学出版社,2005年,第53-85页;金元浦:《重构一种陈述——关于当下文艺学的学科检讨》,《文艺研究》,2005年第7期,第38-46页。

亚的消费文化理论、布迪厄的文化场域理论、哈贝马斯的公共领域理论、福柯的知识与权力理论、阿尔都塞的意识形态国家机器理论、葛兰西的文化霸权理论、巴特的符号学理论等，成为文化批评所借用的思想武器。大众文化问题、现代性问题、本土化问题等成为文学研究的焦点。

卡勒在《文学理论入门》中认为，文化研究更容易把文学作品视为是某种别的东西的例证或表征，而远非出于其自身内在的东西。❶ 也就是说，文化研究更倾向于研究作品与反映对象之间所建立起来的关系，文化研究是一种"非量化的社会学"❷。显而易见，文化研究并没有稳定的边界和研究对象，目的在于重建一种文学与社会关系，这是对传统文学批评文本中心主义的反拨。从内容上看，文学、美术、音乐、电影、电视、时尚、建筑、城市规划、环境设计等，都成了文化研究所涉及的研究领域。

从整体看，应该承认的是，文化研究的引进使文学研究打破了20世纪80年代所形成的文学回归文学自身，探讨文学的内部规律等理论范畴和体系，视点的转换使人们以文化的视野来考察文学的问题，从而开辟了文学研究的新领域。然而也应该看到，中国的文化研究转向有其自身的弱点，即无限扩大"文化"的概念。南帆认为，当代文化研究的创始人之一的威廉斯"考察了工业革命至当代'文化'概念的种种含义。在他看来，各种形式的知识、制度、风俗、习惯都应当视为文化的内容。文化与人们的日常生活几乎是同义的"❸。他指明了文化研究所涉及的范围之广，那么随之而来的问题是，如果文化等同于日常生活的话，那么文学研究还是文学研究吗？文学研究和普通的社会学研究还有什么区别？如果把所谓的如街头花园、建筑设计、咖啡馆、模特走步、染发之类的也统统列为研究对象，这种研究的问题，是否适合归纳为文学研究的活动范畴？

从具体来看，虽然有众多的文学文本被视为是研究对象，但其目的在于作为获取文本所给予的阶级、性别、种族等的意识形态内涵的例证而出现。正如学者陈太胜所认为的，"权利已经成为文化研究的一个关键概念"❹。这种过于关

---

❶ 乔纳森·卡勒:《文学理论入门》，李平译，南京:译林出版社，2013年，第49-53页。
❷ 乔纳森·卡勒:《文学理论入门》，李平译，南京:译林出版社，2013年，第53页。
❸ 南帆:《文学批评与文化研究》，见金元浦:《文化研究：理论与实践》，开封:河南大学出版社，2004年，第152页。
❹ 陈太胜:《文学经典与文化研究的身份政治》，《文艺研究》，2005年第10期，第49-57页。

注作品的政治内容、作品诞生的社会语境，在另一个方面则会造成对作品多元化、复杂内涵阐释的缺失。很容易把作品视为是别的东西的例证或者表征，而不是它们自身内在的东西。卡勒把文化研究对文本的解释方法称为"表征性解释"（symptomatic interpretation），文学研究对文本的解释方法称为"鉴赏性解释"(appreciative interpretation)，并认为如果文学研究被纳入文化研究名下，那么"表征性解释"则有可能成为规范，而文化对象的独特性就有可能被忽视，相对应的文学阅读实践也会被忽视。❶由此可见，文化研究的实质是一种文本的政治学，文本的意识形态及其背后所隐藏的文化——权利关系是其研究的根本目的，可以说是伊格尔顿所说的"政治批评"❷。

文学研究的文化方向转向也同时带来了其他如"审美泛化""文学性泛化"等话题，但需要注意的是，无论是文学性泛化还是审美泛化，都是建立在文学和美学的基础上，如果文学和美学衰退甚至忽略不计，那么何谈文学性和审美性？更不要提"泛化"之说了，所以文学研究也应该必须面对"文学事实本身"。

越来越多的学者发现，"文化研究"者们忽略甚至无视这一"文学事实"，更多的是把注意力放在了如"种族""阶级""性别""地域""全球化"等政治社会学话题，导致文学的匮乏甚至缺席。从而认为文学研究的对象是文学（现象），文化研究有助于弄清什么是文学这一基本问题，但是并不能等于文学研究本身，❸并提倡"回到文学，回到文本，回到朴素的批评立场"❹，或是建构一种"文学性的文化批评"来对"非文学性的文化批评"进行补充。❺

总体来看，对于文艺理论的跨学科和研究范围的扩张，学术界存在不同的意见。有的学者对审美泛化的研究持否定态度，认为这不是审美，而是对欲望的消费；❻有的学者认为文化研究造成了审美的缺失，从而丢失了文学和文学性；❼有的学者认为文化研究是俯就人的感官欲望，助长了物欲化的倾向，消解

---

❶ 乔纳森·卡勒：《文学理论入门》，李平译，南京：译林出版社，2013年，第53—55页。
❷ 陶东风：《文化研究：西方与中国》，北京：北京师范大学出版社，2002年，第6页。
❸ 徐亮：《泛文学时代的文艺学》，《浙江大学学报》(人文社会科学版)，2002年第1期，第53—61页。
❹ 曹文轩《2004年最佳小说选·序》，北京：北京大学出版社，2005年，第2页。
❺ 吴炫：《非文学性的文化批评》，《社会科学战线》，2003年第2版，第70—74页。
❻ 童庆炳：《"日常生活审美化"与文艺学》，《中华读书报》，2005年1月26日。
❼ 曹文轩：《质疑"大文化批评"》，《天涯》，2003年第5期，第159—163页。

了文艺的审美属性。❶还有一种中间派的观点,认为文化研究的兴起有"矫枉"的作用,对于目前文艺理论研究分工过细、思想体系陈旧和脱离实践的弊端有一定的针对性,但也有"过正"之嫌,所谓的边界移动,使文艺理论研究从属于文化研究,最终只能带来文艺理论的"终结"。❷对于文学当前的困境,有论者指出,一是在文化研究的视野下,打破文学理论封闭的局面,重建与文学创作的关系;二是谋求理论自身的创新,以切合审美经验和批评的需要。❸

  2014年学者张江对"强制阐释"的提出及其所引起的众多学者相互呼应,❹从某种程度上看,可视为是对文学研究内涵的再探讨。张江指出,在中国的文化语境中西方文论一直处于"强制阐释"倾向且占主导地位,并分别从"场外征用""主观预设""非逻辑证明""混乱的认识路径"四方面进行细致地剖析,❺认为忽略了和文学现实本身之间的错位,只是进行囫囵吞枣式的照搬,目的在于论证主观结论,进而证实其理论的正确性与合理性❻,并倡导应该从中国本土出发,建立一种"本体阐释"❼,建构一种"符合文学实践的新理论系统"❽。在其具有代表性的思想"场外征用"中❾,他认为"这种脱离文本和文学本身,裁截和征用场外现成理论,强制转换文本主旨的做法,不能恰当地阐释文本,也无法用文本佐证理论。"❿可以看出,文字是以实践论为理论基础的。这就意味着文学阐释要尊重文本、尊重作者,只有直接地回到作品文本,才能在作品文本的

---

❶ 王元骧:《文艺理论中的"文化主义"与"审美主义"》,《文艺研究》,2005年第4期,第45—51页。
❷ 苏宏斌:《文化研究的兴起与文学理论的未来》,《文艺研究》,2005年第9期,第37—44页。
❸ 苏宏斌:《文化研究的兴起与文学理论的未来》,《文艺研究》,2005年第9期,第37—44页。
❹ 张江于2014年6月发表了《强制阐释论》后,在学界引起了热烈反响。国内外不同的媒体和刊物围绕该文进行了讨论。俄罗斯著名刊物《十月》全文发表该文,并在2015年6月于俄罗斯组织了国际专题研讨会。《文学研究》于2015年1月邀请几位学者召开了专题座谈会。5月发表了部分会议发言,有李春青的《"强制阐释"与理论的"有限合理性"》、陈晓明的《理论批评:回归汉语文学本体》、高楠的《理论的批判与西方理论强制阐释的病源性探视》、毕素珍的《文学阐释过程中前置立场与前见的区别》。《文艺研究》《文艺争鸣》《文艺理论研究》等众多期刊纷于2015年、2016年设置了专题专栏,发表若干篇相关文章。
❺ 张江:《强制阐释论》,《文学评论》,2014年第6期,第5—18页。
❻ 毕素珍:《文学阐释过程中前置立场与前见的区别》,《文学评论》,2015年第5期,第16—19页。
❼ 毛莉:《当代文论重建路径:由"强制阐释"到"本体阐释"——访中国社会科学院教授张江》,《中国社会科学报》,2014年6月16日。
❽ 张江:《强制阐释论》,《文学评论》,2014年第6期,第5—18页。
❾ 陆扬:《评强制阐释论》,《文艺理论研究》,2015年第5期,第77—84页。
❿ 张江:《强制阐释论》,《文学评论》,2014年第6期,第5—18页。

文学性中形成理论要素，从而建立理论范式。❶

尽管"强制阐释"的提出是基于近半个世纪里对中国引进西方文论的一个整体性的概括和批判，而非是针对某些理论进行个别的、局部的批判，❷然而其耿耿于怀进行阐释的背后，是久被忽略的文本分析经过洗礼后的再次登台。从某种程度上来说，可以认为是对文学研究内涵的一种重新的认识。20世纪90年代以来，随着新媒介的迅速发展，文学理论不得不转向文化研究，文学研究臣服在文化研究的旗号下，成为文化研究召之即来、挥之即去的奴仆。显而易见，文化研究充当了对文学研究、文学批评进行强制阐释的角色，而正是这种主宰的风行，则昭示着文学研究走向自我衰竭的可能性和现实危险性。❸

从某种程度上来看，"强制阐释"在强调一种"纯粹性"，呼吁摒除过多的"场外因素"。然而，文学只有在与社会的互动中才能够实现其自身的价值，而涉及到有关文学的理论，其所涉猎到的也绝非仅仅是文学文本本身，文学研究注定不可能是"纯粹"的。❹因此，割裂文学与社会生活、作家、读者联系的文本批评是不可能的，根据索绪尔的差异性理论，只有通过非文学为参照，文学本身的新奇与独创才能被理解。所以，对于文学的研究都应该与别的学科进行关联性研究，如传播学、社会学、心理学、政治学、经济学、宗教学等。这也是文化研究所带来的意义所在。但这并不代表文学研究应该从属于文化研究，如果文学研究跟在文化研究之后亦步亦趋，那么终究会导致文学真正意义上的"终结"。但如果可以从艺术或者审美角度来把握的话，则有利于重新建立一种与文学创作的关系，这也就是说，具体文本是无论如何也绕不开的话题。

米勒认为"诗歌或小说并不是一个可以解决的数学公式，也不是可以判断正确与否的哲学论证"❺，在他看来，每部作品都具有其自身震撼读者心灵的

---

❶ 陈晓明：《理论批评：回归汉语文学本体》，《文学评论》，2015年第5期，第9-12页。
❷ 高楠：《理论的批判与西方理论强制阐释的病源性探视》，《文学评论》，2015年第5期，第12-16页。
❸ 朱立元：《关于"强制阐释"的几点补充意见：答张江先生》，《文艺研究》，2015年第1期，第48-51页。
❹ 乔国强：《试谈文论的"场外征用"》，《文学理论研究》，2015年第5期，第67-76页。
❺ J.希利斯·米勒：《J.希利斯·米勒致张江的第二封信》，《文学评论》，2015年第4期，第8-12页。

魅力，每部作品都是独一无二的作品，❶意在回到文本、回到文学性，以文本细读作为其他理论演化的基础，是对文学研究开放性的同时又是对文学本身的回归。这也是在卡勒所说的"鉴赏性解释"与"表征性解释"、萨义德所说的"文学的事物"和"政治的事物"之间寻求的某种平衡，而这种平衡的前提则是在当下的语境中重视并重新审视文学的独特性，这也是当下文学研究的内涵所在。

三、研究的空间和意义

本书研究的基本思路如下：第一，把文学放置在新媒介的视域下考察，不仅是从新媒介本身出发，更多的是结合了由新媒介的语境延伸所形成的"媒介文化"而进行考察，考察文学受到新媒介以及得到新媒介助力得以膨胀、增值、扩散的意识形态、政治制度、商业性市场等因素；第二，对文学转向所产生的文学后果进行研究，考察新媒介所产生的影响力以及文学如何采取的应对措施，文学性是如何呈现并存在的；第三，对文学主体的转变进行研究。对于新媒介视域下的文学研究，其扭结点、逻辑缝合结点在于"主体"，也就是"人"，文学作品的存在及其意义取决于主体。作品是美国批评家艾布拉姆斯提出的文学艺术四要素的核心，他画了一个三角形图式❷：

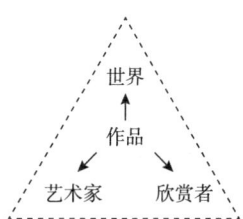

作品被放置在中心位置，链接了"世界""艺术家""欣赏者"三个要素，实际上是作品存在的两种场域："艺术家←作品→世界""欣赏者←作品→世界"。艺术家和欣赏者处于平等的地位，前者重创作，后者重阅读，但创作和阅读都在世界之中，都离不开主体，是主体的在世界之中，因而作品的存在方式和存在意

---

❶ J. 希利斯·米勒：《J. 希利斯·米勒致张江的第二封信》，《文学评论》，2015年第4期，第8—12页。
❷ M.H. 艾布拉姆斯：《镜与灯——浪漫主义文论及批评传统》，郦稚牛，张照进，童庆生译，北京：北京大学出版社，2015年，第5页。

义都来自主体的在世界之中，也就是说，作品的存在方式及其意义生成在于艺术家和欣赏者之间的互动结构中，即主体在媒介中。这也就决定了本文采取的是综合性的研究方法：既含有外部的文学研究，又含有文学文本的内部研究。

20世纪90年代以来新媒介社会的崛起已经构成了一个巨大的文化事实。不仅印刷媒介异常发达，而且电子媒介尤其是影视、互联网已经构成了人们生活的中心。新媒介不仅改变了人们日常生活的组织形式和内容，甚至在一定程度上改变了政治、经济和文化生活的景观。作为人类最为普遍的一种文化类型以及艺术审美形式，文学首当其冲。

新媒介与文学关系研究的兴起，为研究文学提供了一个新的切入途径，也成为当下文学研究寻求新空间拓展的一种体现。20世纪60年代以来在英美兴起的西方新媒介与文学相关研究为我国新媒介与文学研究奠定了基础，对于研究的重点也从最初的媒介功能研究转向了文本扩大、理论建设以及建立"媒介文艺学"❶等方面。在我国，新媒介与文学的研究一方面是大力引进西方新媒介相关理论研究；另一方面是积极实现"本土化"，与中国文学实际相结合，进行创新，努力建立具有中国特色的理论体系；还有一方面是运用大众传播理论对具体的文学现象、文学文本和文学思潮进行研究分析，来探讨新媒介与文学之间的关系。大部分的研究属于采用文本或者媒体事件来证明某种观点，比如新媒介所带来的负面影响、对文学审美的缺失等。

从整体来看，关于新媒介和文学关系的研究主要聚集在以下三个方面：

1. 文学外部的研究

受到布迪厄"文学场"理论的影响，研究多关注于文学的生产体制，如文学期刊、评奖体制、影视改编等研究。在这方面，现代文学相对而言研究的更为成熟，对中国现代文学的传播与接受研究、报纸和文学期刊的研究、社团流派的研究等，取得了丰厚的果实。相对而言，在中国当代文学有关此类的专著不多，如邵燕君的《倾斜的现场——当代文学生产机制的市场化转型》❷，陈霖

---

❶ 学者单小曦在建构媒介文艺学时对媒介文艺学界定为："媒介文艺学以媒介存在论为哲学基础，从传播媒介视角，以信息论、传播学、媒介学的理论资源和研究方法，审视、评判、研究文学艺术现象，进行文艺现象批评和理论建设。"（单小曦：《媒介文艺学对语言论文论的改造》，《文艺理论研究》，2016年第5期，第6—20页。）

❷ 邵燕君：《倾斜的文学场——当代文学生产机制的市场化转型》，南京：江苏人民出版社，2003年。

的《文学空间的裂变与转型——大众传播与20世纪90年代中国大陆文学》❶。邵燕君主要从期刊出版体制的转变、期刊的改版、美女文学现象、文学评奖等几个方面来探讨在市场化转型的过程中，文学生产机制产生了哪些变化，从而进一步推论出文学生产机制对文学产生了哪些影响。陈霖主要是聚焦于文学活动，包括作家身份、文学事件、热点话题、文学批评、文学期刊与出版等，以大众传播的视角来进行分析研究，从而考察20世纪90年代大众传播对文学转变的影响。但以这两个专著为代表，会发现在这类学术论文及著作中，缺少了对文学文本的研究。

2. 文学内部的研究

主要以文学文本为研究对象，运用相关文学研究方法来对文本进行细致地分析，从而考察新媒介对文学自身裂变空间的影响程度，并对其产生的结果进行分析和判断。相对于外部研究而言，这部分相关研究著作和论文比较多。如金惠敏的《媒介的后果——文学终结点上的批判理论》❷，分别从电子媒介导致文学审美对自身的消失、图像的增殖和拟像从而导致审美的泛化、电子媒介所产生的全球化对文学产生的危机等方面来阐释在电子媒介时代，印刷文学的文化作用正在被削弱，新媒介将导致文学所涉及的现实丧失，导致文学所涉及的"天""道""神"和所有"神秘之物"的丧失。持类似观点的论文有很多，如华东师范大学郑崇选的博士论文《镜中之舞——当代消费文化语境中的文学叙事》，认为新媒介造成了消费文化的泛滥，从而使文学叙事沦为一种消费品，不但导致了精神上的堕落，也丧失了与"真实"的紧密联系，文学的社会和审美价值被日益排斥和挤压。复旦大学许巍的博士论文《视觉文化语境中的八九十年代小说创作》，则通过对文学文本的具体分析，认为图像时代所导致的视觉文化环境中，小说的审美走向了感官化、世俗化和欲望化。华中师范大学赵晓芳的博士论文《视觉文化冲击与浸润下的文学图景——论世纪之交中国文学的图像化趋势》指出图像的感官化、平面化、仿真化渗透于文学之中，使文学的审美和内在精神气质发生了移位，从而使文学的世俗化、大众化表现得愈加明

---

❶ 陈霖：《文学空间的裂变与转型——大众传播与20世纪90年代中国大陆文学》，合肥：安徽大学出版社，2004年。
❷ 金惠敏：《媒介的后果——文学终结点上的批判理论》，北京：人民出版社，2005年。

显。在笔者看来，这些论文过于重视新媒介对文学产生的负面影响，把传统纸质文本与科技变革所带来的新的文学存在方式对立起来，认为在新媒介的作用下，文学日益被挤压甚至消亡，却往往忽略了在新媒介作用下文学所产生的新变异对文学的促进和发展。

3. 网络文学的研究

关于网络文学近年来相关的著作和论文也明显增多，如欧阳友权的《网络文学论纲》《网络文学概论》《网络文学本体论》《网络文学的学理形态》等专著，对网络文学进行了理论性的梳理与分类。中南大学文学院完成了"新媒体文学丛书"❶，从不同角度探讨了网络文学的新形态和新特点。这是我国第一套对网络文学进行系统分析的理论书籍，也反映了关于网络文学研究的最新动态。中央编译出版社出版了"网络文学100丛书"❷，分别从网站、文学事件、文学评论等方面进行浅显易懂的介绍。而涉及的相关学术论文有苏州大学谢家浩的博士论文《网络文学研究》，在该文中，他介绍了众多网络文学网站及其现状，并通过与传统文学的对比和具体分析，对网络文学的未来教学研究提出了规划，这是较早涉及网络文学的相关学术研究，但缺乏对具体文本的分析。北京大学崔宰溶的博士论文《中国网络文学研究的困境与突破——网络文学的土著理论与网络性》，通过"土著理论"和"网络性"这两个新理论阐述的基础上，对中国网络小说的现状进行分析。四川大学王小英的博士论文《网络都市恋情小说研究》则以网络都市恋情小说为研究对象，考察其生成的网络文学语境以及探讨网络文学场的结构关系。北京师范大学李玉萍的博士论文《网络穿越小说的审美特质》，把网络穿越小说作为研究对象，立足于美学来具体分析研究其审美特质，认为其具有虚拟真实中的真实性、凸显女性意识、雅俗共赏三种审美特质。但笔者认为关于网络文学相关研究也存在着不足之处：一是把网络文学与传统文学在无意识之中区别开来，很少把两者结合在一起进行分析，网络文学与传统文学之间的区分可谓是泾渭分明，各自为政。二是网络文学理论建构

---

❶ 该丛书包括禹建湘的《网络文学产业论》、欧阳文风的《短信文学论》、曾繁亭的《网络写手论》、苏晓芳的《网络与新世纪文学》、聂庆璞的《网络小说名篇解读》、欧阳友全的《数字媒介的文艺转型》。

❷ 该丛书包括《网络文学关键词100》《网络文学评论100》《网络文学大事件100》《网络文学名篇100》《名作家博客100》《网络文学网站100》。

与文本细读和实证分析脱节。大部分关注网络文学方面的作者有很多是文艺学方面的研究学者,多致力于理论建构,而具体的文本分析相对比较缺乏。三是对网络文学具体的文本分析往往局限于文学的某一个方面,或是审美,或是性别,或是某一作家,或是某一文学类型,而没有在网络文学宏观把握的基础上进行具体的文本分析。

从本文所涉及的具体内容来看,笔者认为在新媒介的作用下,日常生活渗透到主体的各个方面,包括作家、文本和阅读受众。国外社会学和哲学领域的"日常生活"理论资源以及其自身的转向所带来的影响,使得在新媒介的视域中把"日常生活"和文学结合在一起成为可能。而自20世纪80年代后期,尤其是90年代以后,中国出现了大量的有关日常生活叙事的文学文本,以及到如今不同类型的文学文本几乎都离不开日常生活叙事,使有关日常生活叙事不仅仅是考察文学现象的一个视角,也成为文学研究及其相关理论中一个相对比较成熟的概念范畴。

"作品的真正意义,不在文本之内,而在文本之外;不在文本之先,而在文本之后。意义历史形成的,是过去与现在对抗的产物。作品的意义,要靠批评来构筑。"❶ 而"批评是一般文化史的组成部分,因此离不开一定的历史和社会环境"。❷ 这说明无论是文学文本还是文学理论批评,都离不开当时的社会历史背景,它们之间有着千丝万缕的关系。纵观从20世纪80年代末,以"新写实"小说为肇始,日常生活被正式挖掘和照亮。日常生活成为文本明确的描写对象。但需要注意的是,"新写实"小说出现的本身意义更多的是在于对当时一种文学表述的现代性话语的纠偏,是一种"有意识的"具有"先锋性的"文学尝试。真正使日常生活叙事和历史情境相契合的文本叙事,是20世纪90年代以朱文、韩东、邱华栋、何顿等创作群体为代表的欲望叙事。随着科技的发展,中国世贸组织的加入,使中国也参与了全球化的步伐。尤其进入21世纪以来,新媒介技术含量的提高和快速发展,渗透于生活的各个方面,其自身所带来的消费观念也深入人心。当代小说日常生活叙事再次出现了新的特质,如以卫慧、棉棉

---

❶ 赵毅衡:《礼教下延之后中国文化批判诸问题》,上海:上海文艺出版社,2001年,第165页。
❷ 雷纳·韦勒克:《近代文学批评史》(第一卷),杨自伍译,上海:上海译文出版社,2009年,第11页。

为代表的"70后"的身体写作，以韩寒、郭敬明、张悦然为代表的"80后"的青春写作。在新世纪走了十年以后，越来越多的"70后"和"80后"则以另一种姿态出现在文坛之上，如"70后"的作家徐则臣、李浩、张楚、付秀莹、阿乙、鲁敏等，"80后"的作家杨庆祥、甫跃辉、孙频、颜歌、王威廉、郑小驴、宋小词等，以自身在"生活于市场"的生活经验，用写实的叙事手法使人耳目一新，得到了广大读者的共鸣。以致在2010年以后出现了走出书斋、走向生活的"非虚构"写作，包括梁鸿的《梁庄》、董夏青青的《胆小人日记》、李晏的《当戏已成往事》、萧相风的《词典：南方工业生活》等。还有一部分"80后"作家则投身于网络文学之中，在2011年以后，网络小说和影视的结合愈加明显，如Fresh果果的《仙侠奇缘之花千骨》、唐七公子的《华胥引》和《三生三世十里桃花》、海晏的《琅琊榜》、桐华的《云中歌》、秦简的《庶女有毒》、蒋胜男的《芈月传》、流潋紫的《甄嬛传》、匪我思存的《寂寞空庭春欲晚》等，以至于到了2014年呈现出一种井喷式现象。❶文学日常生活叙事从呈现到彰显，从个别到蔚然大观，当下写实与网络并存的文学存在，这一发展过程是与新媒介及其自身的发展不可分割的。

文学的日常生活叙事呈现与变化，也使文学研究和文学批评发生了相应的转变。自2010年《人民文学》提倡"非虚构"写作以来，相关的思考与探讨一直不断，❷其实是在探讨一种如何处理文学与日常生活之间的叙事写法。而到了2014年，《文艺报》则开辟了关于"文学如何表达现实"的相关理论探讨，"文学与现实的关系"这一文学的原点问题在今日又被隆重地重提。强调如何"将日常生活转化为文学"其实质是要求作家如何重新发现甚至是超出"现实"的能力，❸从而在"细节和关系主义"上，找出一条讲述"中国故事"的路径，❹而非仅仅是以支离破碎的"现实"或者段子代替现实，或者在过于芜杂的事实材

---

❶ 参见附录。

❷ 何平的《非虚构写作：事先张扬的文学态度》(《山东文学》, 2014年第2期, 第71-74页)；王璐的《关于"非虚构"文学的一些思考——兼评〈寻路中国〉》(《当代作家评论》, 2014年第1期, 第177-184页)；陈丹燕、张莉的《非虚构写作是一种"照相术"吗？——关于非虚构女性写作的通信》(《山花》, 2014年第3期, 第138-152页)等。

❸ 霍俊明：《如何讲述"中国故事"与"本土现实"》,《文艺报》, 2014年4月28日。

❹ 陈思：《现实感、细节与关系主义——"中国故事"的一条可能路径》,《南方论坛》, 2014年第5期, 第65-68页。

料中忽略了它内在的丰富性和驳杂性。

在国内,有关日常生活方面的相关研究也有了一定的归纳和梳理。各个学者分别从不同的角度进行相关研究,如周宪的《审美现代性批判》从美学的角度对日常生活美学的发展过程进行了一个整体的勾勒;王鸿生的《被卷入日常存在——李洱小说论》以李洱小说为研究对象,从日常生活出发来阐释李洱的小说创作;郑波光的《"国家大事"与"日常生活"》从文学史的角度,对日常生活叙事的来龙去脉及其在文学中的意义进行了整体的梳理。当然,有关的论文数量远不止如此,但可以看出国内的学者分别从不同的角度对日常生活做出了各具特色的解读和理解。

但目前关于日常生活的研究也存在着一些不足:第一,理论与具体文学实践相脱节;第二,有关部分涉及的文本研究缺乏整体高度的把握,仅从个别进行深入研究;第三,忽略了新媒介和文学日常生活之间的互动,忽略了新媒介恰恰是当下日常生活不可或缺的一部分。从新媒介的角度来研究当下的文学日常生活存在目前还处于一个相对比较空白的区域。而这正是本文研究及其研究意义的价值所在。

需要提及的是,本书也不能够完全创新,但笔者会坚持从两个原则出发:一是坚持文学的社会历史性。对于中国新时期以来的文学来说,重新进行检阅和梳理不仅仅是文学内部的事情,新时期文学的诞生及其发展过程中自身的变化是多方面的共同作用,然而不能否认的是,新时期文学的诞生及其自身发展是不可能脱离新媒介而独立存在的,因此要对文学的当下存在进行研究分析,就必然要与新媒介紧密联系。二是坚持文学的文本性。即通过具体的文本分析研究来剖解和确认相关理论和观点存在的合理性。本文的提出,是从新媒介的角度出发,把日常生活理论和当下文学的发展和现状从整体上进行结合的一次新的尝试,不但需要在学理层面上予以理论阐释,更需要从文学实践中进行考察论证。相对而言,后者是笔者论述的重心。

第一章 新媒介及其中心权力的生成

随着信息技术的不断提高，以影视、网络、手机、电视等现代传媒为主的现代电子媒介"家族"，不仅形成了"新媒介权力中心"，还垄断了当下社会的主要信息、娱乐的资源与渠道。新媒介一方面通过各种现代传媒的影像信息来满足普通受众的文化需求和个人想象，另一方面又通过各种新媒体逐渐改变着人们的思维方式和认知行为。可以说，新媒介在走向社会文化中心的过程中，它所形成的权力光环不仅使传统文化作品黯然失色，也使普罗大众置身于其权力文化影响之中。

第一节 走进中心的新媒介

在西方语境中，媒介（media）原是指一种使双方发生关系的中介物或介质。而在传统语境中，"媒介"语义主要有三种含义：一是指媒人之意，表示说合婚姻的人；二是指使两者发生关系的中介物；三是表示"居间引进""居间介绍"的意思。具体到现代社会中，广义上的媒介是指一切使人与人、人与物、物与物之间发生关系的中介物质。这种中介物涉及面比较广泛，有物理属性的，如水、光、空气等；有生物属性的，如蝇虫、细菌等；也有社会属性的，如诗文、艺术作品等。而狭义的媒介则是指传播学上的媒介，指传播信息符号的物质实体，作为信息传送的工具，就必须依靠口语、体态、书籍、报纸、杂志、影视、网络、手机等这些特定的信息传播媒介。本文所关注和研究的对象是狭义的媒介。

从社会发展进程看，媒介史在某种意义上与历史是可以画上等号的，即在人类社会发展演变中，口头媒介、印刷媒介和电子媒介是区分不同社会时期的重要标志。同时，这种以传播手段划分时期的标准在一定程度上又是与社会发展密切相关的。具体而言，口头媒介包括面对面的口头媒介和作为中介人的口传媒介。这一传播方式的出现正好是人类文明曙光乍现并走向成熟的那一时期。印刷媒介则是纸质媒介，以报纸、书籍等为代表，与人类文明的加速传播与知识的广泛积累密切相关，标志着社会进入快速发展与系统化提升的时期。电子媒介则是工业时代、后工业时代的产物，它包含各种现代信息化的传播方式，如电报、电话、手机、电影、网络等。这也是当下人类文明高度发展的结果。然而即使在我们这样一个发展中国家，上网、手机、微信、视频等诸多现代化的信息传播媒介亦屡见不鲜，甚至以手机、网络、微博、微信等传播方式为主的自媒体，正在成为现代生活的一部分。故而，当人们处于这些"在线行为"时，通常认为是在和新媒介打交道。由此可见，所谓的"新媒介"是一个内涵并不稳定的相对概念，它因时代的发展而有着不同的内涵和意义。雕版印刷术对于口头媒介传播的时代而言，无疑是一场"新"的革命。然而，在短短几百年后，印刷机就把这一称谓据为己有。到了19世纪之后，这一称谓又被拱手相让于广播和影视媒介。在今天，网络媒介、手机、数字电视等数字化媒介往往被更多的人认为是"新媒介"。所以，"新媒介"中的"新"应该是一个历史概念，它是相对于"旧""传统"等概念意义上的传播媒介而言的。也正是由于"新媒介"的易变性，关于"新媒介"的界定在学术界中并没有一个确定、统一的说法。据目前学界研究情况看，大致上存在着两种看法：第一种是以张朝晖等学者为代表，他们认为，新媒介泛指电子媒介。这种媒介是相对于传统印刷媒介而言的，不仅包括从新世纪以来兴起的网络、手机、数字电视等数字化媒介，还包括传统的电视、电影、电话、广播、传真等电子媒介。❶第二种是以欧阳友权等学者为代表，他们则认为，新媒介专指以数字技术为基础，以网络为载体进行信息传播的媒介。包括网络、手机、数字电视、车载移动电视、楼宇电视等。❷

---

❶ 张朝晖：《什么是新媒介艺术？》(《美术观察》，2001年第10期，第66-68页)；杨柏岭：《新媒介的兴起与文学精神的传承》(《安徽师范大学学报》(人文社会科学版)，2017年第2期，第215-222页)等。

❷ 欧阳友权：《新媒体与中国文艺学的转向》(《文学评论》，2013年第4期，第178-187页)；洪卓、鄢全民：《新媒介的基本特征和实质探析》[《东华大学学报》(社会科学版)，2008年第1期，第1-4页]；单小曦：《从后现代主义到"数字现代主义"——新媒介文学文化逻辑问题研究反思与新探》(《浙江社会科学》，2016年第6期，第120-128页)；孙宁、李忠阳：《"新媒介文艺生活"：新媒介文艺研究的新生面》(《文艺争鸣》，2016年第1期，第189-194页)等。

根据麦克卢汉提出的"媒介即讯息"这一思想，当前的"新媒介"应具有两大主要特征：第一，一种新媒介的产生，会在社会中产生新的行为标准和方式；第二，媒介（或技术）自身创造出了新的环境，而环境又影响着人们的生活和思维方式。加之本文的研究对象是20世纪90年代以来的中国文学。正是基于此，本文中的"新媒介"不仅只局限于以新技术手段为载体、传播方式的媒介，它还涵盖着对文学的影响是否产生新的标准和新的转变，以及新媒介自身所带来的环境是否对文学的主体存在产生新的影响和新的转变。不仅如此，当前日趋兴盛的数字媒介正在超越工业时代的媒介传播的界限，然而由于诸多技术因素的限制以及社会文化因素的影响，其自身信息制作、消费的方式对文学创作、审美感知和思维模式的影响尚没有实质性的突变。因为相对于工业时代的媒介而言，除了便利性、广泛性以及速度、资源等方面外，数字媒介在传播形式、传播途径上没有根本性的变化，比如数字电视与工业时代的电视传媒。所以，在探究当下新媒介的过程中，我们不能忽略了工业时代电子媒介的传播特性与特征。当然，我们也必须看到，由于现代技术的日新月异，"新媒介"只是一个相对的、动态的概念，即"阶段或时期并非彼此相继，而是相互涵盖；并非彼此置换，而是相互补充；并非按历史顺序发生，而是同时代存在。"❶这也就意味着，以互联网、AI智能等为代表的数字媒介尽管将工业时代的电子媒介功能发挥到了极致，但这并不意味着工业时代电子媒介的终结。与此同时，我们也必须承认，数字媒介所具有的广泛性、开放性和互动性等新的传播特征，打破了传统媒介确立的条条框框和行为准则，已经孕育出了新模式的传媒模式。但这只是初露端倪，至于新媒介以后的发展趋势仍需我们去长期关注。

根据社会发展的时代特点以及信息技术的时代特点，新媒介主要具有以下三个特征。首先，从技术层面看，共性是新媒介的最大特点。数字化的技术使信息的处理、传播和存储可以在不同的媒介工具间能够进行，从而实现了信息共享。而且从发展趋势上来看，这种共性是一种较为稳定的特征，它不受载体的发展变化而变化。其次，从功能层面看，新媒介具有很强的融合性。新媒介的优势在于它利用多媒体技术，可将以往旧媒介的几乎所有功能整合进一个系统中，并且它可以对声音、影像、图片、文字等进行处理、存储和传输。由于

---

❶ 马克·波斯特：《第二媒介时代》，范静哗译，南京：南京大学出版社，2000年，第193页。

新媒介尚处于起步发展阶段，故而它的发展呈现出一种"新旧融合"的状态。对此，麦克卢汉以"混合能量"来解释目前新媒介的特质："媒介的交叉或混合，如同分裂或熔合一样，能释放出新的巨大能量。"❶ 可见，新媒介时代，应该是一个多种媒介进行融合的繁荣时代。最后，从参与方式看，新媒介具有个性化和可选择性。相较于以往的媒介而言，人们可以在最大程度上摆脱技术层面的限制、权威机构的引导等因素的干扰，根据自己的需要进行不同的选择，从而使信息的传播者和接受者之间的关系发生了根本的变化，人们的主体性和可选择性得以增强。

然而，我国的现代媒介则经历了一个漫长而艰辛的发展过程。在中国被动地接受西方工业文明的过程中，现代传媒进入了中国社会。比如20世纪二三十年代，以上海、广州、北京、武汉等为代表的殖民化色彩强烈的城市，电影、广播开始出现在中国公众面前，但受动荡的时局、滞后的科技以及畸形的社会经济体系等因素的影响，具有现代因素的传媒根本不可能得到充分发展，也不可能成为独立完整的形态。加之封建文化因素以及西方文化思潮的影响，当时电影这种"流行的大众产品"娱乐性是中国媒介的首要特征，并且还出现了一些不良的发展趋势。尽管中国电影也出现了一些具有鲜明的批判性和民族意识的佳作，如电影《一江春水向东流》《风云儿女》等，但却很难对十里洋场上的媒介产生深切的影响。中华人民共和国成立后，由于国家政策、生产力水平等各种因素的限制，直到20世纪90年代，电影、电视机、收音机等电子媒介全面涌入中国社会各个角落，中国现代化意义的媒介体系才得以逐渐完善。但伴随着中国社会经济的腾飞与崛起，中国新媒介发展异常迅猛。据2017年CSM媒介研究全国收视调查网基础研究数据显示，电视媒体是中国覆盖最广泛的媒体，截止到2016年底，全国有线电视网络478万公里，全国电视人口综合覆盖率达98.88%。全国有线广播电视用户数为22829.53万户，数字电视用户数为20157.24万户。我国居民家庭电视机拥有率达97.0%，平均每百户居民家庭的电视机拥有量达132.1台。❷ 与此同时，网络的普及和推广，使网民数量迅速增

---

❶ 马歇尔·麦克卢汉：《理解媒介——论人的延伸》，何道宽译，北京：商务印书馆，2000年，第30页。

❷ 徐立军主编：《2017中国电视收视年鉴》，北京：中国传媒大学出版社，2017年，第4页。

多。2018年1月31日,中国互联网络信息中心(CNNIC)发布第41次《中国互联网络发展状况统计报告》(以下简称为《报告》),《报告》显示,截至2017年12月,中国网民规模达7.72亿,互联网普及率达到55.8%,其中我国手机网民规模达7.53亿,手机上网比例持续提升,增长率连续三年超过10%,网民中的手机网民占比从2016年的95.1%提升至97.5%。❶通过这些统计数据可以看出,"媒介"自身的内部构成已经发生了一个"翻转":以纸质媒介与影视媒介占主导地位的传媒格局,截至目前,已经演变成了以信息化技术为载体的新媒介占据主导地位的发展格局,而纸质媒体以及广播等传播媒介在某种程度上已经被边缘化了。

众所周知,传播媒介与行政、司法、立法被公认为社会的"四大权力"。不独如此,随着全球化的日趋深入,信息时代的到来,新媒介已经成为正在"建构中的事实",并发挥着越来越大的作用与影响。传统意义上的"第四权力"——媒体的地位已经迅速上升,不仅在社会中,更是在全球范围内构成了一种重要的意识形态权力因素。尽管中国社会文化条件以及现代传媒的社会基础,与西方社会相比还有相当大的差距,但由于近年来中国社会、经济、基础设施等方面的建设水平迅速提升,新媒介的话语权、影响力也逐渐成了当下社会关注的中心。比如在现代汉语的使用规范上"短信息""网络语言""偶像剧""闪存""自媒体""快闪""抖音"等新语汇在2005年使用频率就特别高。可见,新媒介对中国社会的影响之大。

如果说20世纪80年代的中国媒介还带有明显的计划经济体制因素,那么90年代以后的新媒介则带有鲜明的时代特色,即多元化、信息化以及独立性和自由性的凸显。虽然国家主旋律的意识形态仍具有不可小觑的影响与作用,但新媒介在新时期里,借助高科技、全球化等有利的社会发展趋势,正日益成为一种不可或缺的社会文化力量。甚至在某种程度上说,新媒介正在成为一股逐渐膨胀的"自由权力"。因为作为社会公共的舆论力量和文化"软实力"的象征,新媒介对许多的社会阶层在不同程度上有着很大的影响。同时,越来越多的社会群体都不约而同地参与到新媒介的各种文化活动中,从而形成了一股无形的

---

❶ 数据来自《第41次中国互联网络发展状况统计报告》,http://www.cnnic.net.cn。

社会公众力量。此外，主流意识形态在具体的构建中，也越来越重视新媒介的能动力与影响力，并且有意愿尊重和倾听新媒介所代表的公共舆论力量。比如中央电视台以及各种权威的官方文化期刊现在都设立了官方微信公众号等。这表明，当下的新媒介正在形成某种权威性的文化力量，并且它正在中国社会文化中心的道路上狂飙突进。

新媒介权力中心的形成还在于其自身所具有的特性：速度的快捷、传播能力的巨大、内容的丰富、容量的广阔。正是这些特性，使新媒介占据了人们日常生活信息来源的主渠道，人们收集信息、保持与外部的联系以及人与人之间的交流，几乎都离不开电视、网络、手机等电子媒介，从而形成了一个全社会性的电子受众群体。由于信息的来源来自新媒介，所以人们对事件的了解、信息的获取、人与人之间的沟通，在相当程度上局限于新媒介的话语之内。从另一个方面来看，新媒介也获取了支配人们的感知能力和影响人们审美标准的能力，从而形成了新媒介与人们之间的一种循环：一方面新媒介获得了越来越多的受众，同时在另一方面又刺激了人们对信息的获取需求增加，对新媒介的依赖性得以生成。

值得关注的是，新媒介在对人们日常生活进行全方位渗透的基础上，对人的在世界中的感知和审美观念的形成往往是和社会经济相联系，彼此合为一体的。伴随着改革开放的确立，中国走向了中国特色社会主义市场经济体制的道路，商品化、消费性也成为新媒介所具有的社会属性，吸引人的眼球才能创造经济效益，而巨大的经济效益反过来更进一步地刺激了新媒介权力的扩张，新媒介权力的中心地位愈加稳固。如何更好地获取人们的注意力成为新媒介获取权力的法宝，广告是一个很明显的例子。在广告和商品的符号运作中，体现了能指符号对日常生活的美化和对社会关系的差异化诉求，在广告中，宣扬的不仅仅是满足人的物质需要，更多的是注重商品对于人的文化功能或符号意义上的满足。从广告的刺激消费变成个人与集体和世界之间保持关系的方式，时尚成了界定社会地位、模仿的一种特定范式，这意味着在消费中的某些象征性的符号形成了买卖和交易的基础。广告竭力所编制的语言、影像，通过突出现实中不同商品隐含的符号意义，将符号的差异等同于现实的差异，从而改变了人对物品符号价值的认知，并改变了人们对自身身份、地位和审美观念的确认。

在传统的享乐主义中，快感直接通过消费行为的本身传达，而现代的享乐主义的快感则是经想象和基于幻觉的期望实现的，接受、认同和投入这种想象，就是在接受一种生活方式。人们在电子传媒影响下，形成了消费时尚的观念，消费与人的身份、地位的象征结合在一起，在电子传媒时代下的人们形成了消费观和与之相适应的审美观，使自身存在于世界的方式呈现出"消费性"特征。人们成了一个个"消费者"，而消费者被引入由广告等电子媒介的话语铺设的轨道，从而获得某种社会化的归属感和某种在世界中的存在形式。

20世纪90年代以来，新媒介在社会舞台上充当着越来越重要的角色，对人们的日常生活产生了根本性的影响。在电子媒介的作用下，人们不但打破了彼此之间地理距离的限制，出现了"地球村"现象，同时也拓展了前所未有的公共空间的领域。现代化的工业文明及其价值观念的处处传播，使新媒介的中心权力主要体现在两方面：一方面是新媒介在受众人数上的比例庞大，无人可及；另一方面是新媒介影响人们对世界的感知和自身存在的认知，从而形成了新的审美观和价值判断标准。在高科技发展的今天，对于新媒介及其权力的发展状况，用学者南帆在21世纪初所说的一番话来表述依然适用："今天，电子传媒在许多场合取代了传统的领袖。电子传播媒介发出号召，颁布权威的消息，预测明天的历史，并且不失时机地与民同乐。在某种程度上，人们信赖电子传播媒介并不亚于信赖领袖。他们仰视的目光转向了电视屏幕和收音机。全球化的现实时常将人们抛入某种陌生之境：此刻，电子传播媒介主宰了人们的信息来源，成为导演大众的实际领袖。"❶

第二节　新媒介下的文化语境

由于现代技术所带来的社会生活颠覆性变化，中国社会的传统价值观念、认知行为、思维习惯等正面临着严峻的挑战。比如诗歌的存在意义、"娱乐至死"、权威话语等。特别是"大众化"的社会课题是当下最为热门、焦点的课题之一。从某种意义上说，大众文化是在工业社会中产生的，是与精英文化相对

---

❶ 南帆：《双重视域》，南京：江苏人民出版社，2002年，第40页。

而言的。在当代社会中，通过新媒介进行文化传播，将大众作为消费对象，并遵循着市场的规律在某种程度上呈现出一种产业化的生产方式。这一生产方式在新媒介的普及下，使整个文化呈现出一种"趋大众化"倾向。

在西方语境中，"大众"的概念是与"城市"密切相关的。随着生产力的提高，资本主义生产规模日益扩大和商业化的加剧，在19世纪末20世纪初出现了法国巴黎、美国纽约、英国伦敦等这样的国际化大都市，无数分散在乡野和城镇的人们聚集于都市，产生了在现代化大机器生产之前前所未见的规模庞大的自由流动的人群，大众油然而生。恩格斯注意到了都市和大众之间的关系，在《英国工人阶级状况》中他对都市中的大众存在状况进行了描写，在他的密集型描写中可以发现，这些看似"彼此毫不相关"的大众具有三个普遍的特征：流动性、庞杂性和冷漠性。流动性是大众出现的前提，庞杂性是大众自身的特征表现，冷漠性是大众和世界之间的存在方式。新媒介在短短的时间内，以前所未有的速度高速发展着，其所代表的大众文化最终占据了我们整个文化的主体地位，从而改变了整个文化的格局和内涵。如果说，在西方前资本主义阶段，大众与精英有着明显的分野，大众主要指以工人阶级为主的中下层的普通劳动者，那么在后资本主义阶段，这种分界线已经越来越模糊，大众被看作是都市人的平均状态，或者说是常人，他们对文化的态度具有明显的崇尚世俗的消费主义特点。然而特殊国情、社会状态、文化意识等诸多因素的影响，中国媒介的大众化既与西方概念中的大众文化称谓有着截然不同的一面，又与全球化进程中的大众文化有许多相似之处。比如文化产业的大众化，市场机制的消费文化与娱乐文化以及互联网的普及化等。由此可见，"大众"应该是一个历史性的范畴，它的界限随着社会的发展不断地延伸。

一个时代有一个时代的文化，那么不同的媒介也有着不同的文化特性。麦克卢汉把口语传播的文化称为部落文化，这种文化基于人先天具备的能力，虽然能够享受信息的便利，但在传播过程中易受时间限制而消失。随着汉字的出现和印刷术的发明，人类文化进入了书面文化阶段。书面语的出现使语言转向世俗，更注重于强调空间的关系，使文化从一定程度上的物理时间性的存在物中超脱出来，成为具有一定空间形态的存在物，可以较长时间地在历史洪流中延续下去。但是，由于对书面文化的掌握需要一定的技术要求和知识水平，所以在书面媒介文化中，印刷媒介成了一种权力的标志，成为一种文化的特权，从而导致了贵族阶级的出现，他们由于拥有书面文化的技术而对文化拥有至高无上的控制和阐释的权力，在这种权力的长期熏陶下，他们形成了精细的文化品位和对民众的引导与批判意识。而民众的文化虽然也在发展，但一直处于被屏蔽在书面文化之外，只能在民间以说唱的形式得以延续和生存。如果说，口头传播的方式阐释了游吟诗人和民间传说，印刷媒介产生了以文学作品为主的古典文化，那么，在新媒介迅速发展的今天，电子媒介与数字媒介也使文化产生了一种新型特点——"大众化"，大众文化由此得以产生。伴随大众文化的出现，影视、网络、手机等改变了人们日常的生活方式和审美观念、价值取向，填补了新媒介时代下人们的心理和感情需求，取代了以往传统文学的地位和功能。在以消费者市场为主的市场转变中，文化生产的娱乐性大大增加，增强了文化的大众性，能够满足普通读者的需求。虽然在文化的领域中，主流文化和精英文化仍然占重要地位，坚持精英意识的作家仍然存在，但那种"千锤百炼""精益求精""慢工出细活"的文艺生产方式仍有一定的空间和受众，但从根本上看，在倡导高效率、快节奏、时效性的现代社会中，它被以消费性、即时性、娱乐化为中心的市场机制已挤压到边缘化的尴尬境界。在电子媒介中，新媒介的平等性和广泛性、便利性使其成为大众满足自身需求的重要可利用的形式。电子媒介使文化可以重新通过声音和图像的形式得以传播，从而解除了书面文化的文字符号对大众的限制，无论教育程度的高低，任何人都可以通过电子媒介的声音和图像与文化相接触，对使用者没有过多的严苛要求，如同口语文化一样，但和口语文化瞬间消失的特性不同的是，新媒介却可以凭借其自身的技术使图像和声音得以永久地保存下去。正是基于此，麦克卢汉认为，在现代化的产业条件下，新的电子媒介所形成的文化在某种意义上说是向部落文化的回归。

但必须指出的是，这种"大众化"和前工业社会中民众所拥有的"民间文化"又有着本质意义上的区别。在传统社会中，民间艺人们四处漂泊，在茶馆酒肆里为民众提供他们所需的文化生活，这种文化与电子媒介所代表的"大众化"是截然相反的，虽然都属于民众的文化，却分别属于不同的文化形态，具有不同的文化需求和感知方式。这种民间文化是同高雅的古典精英文化相对而言的，这与所谓的通俗文化在这个阶段是属于同一种文化现象。而电子媒介所带来的"大众化"文化，则是伴随工业社会所产生的大众群体的文化形态，在这里，精英文化和大众文化之间的明显分界线已经日益模糊。此外，这种"大众化"和特定时期的"工农兵文艺"所代表的"大众"文化也是完全不同的。

有的研究者认为，目前在中国所呈现出的文化应该是"市民文化"而并非大众文化，因为中国社会还没有完全进入高度现代化的大众消费社会，而市民社会很早就存在，所以，新媒介下的中国文化市场具有"市民化"特征。❶ 对于这种看法，笔者认为市民文化和市民本身就是一个含义非常复杂的概念。如果按照东欧学者克里赞因对"市民社会"所做出的七种内涵的理解，"市民社会"是属于一个过渡阶段，那么所谓的市民性应该带有鲜明的意识形态色彩，❷ 而这与社会现实所展现出来的文化现象明显不符。在当代中国，社会形态并不是纯粹的，其内外部因素驳杂而多样，同国际市场的一体化使中国社会中市民因素和大众因素相互混杂，难以区分。同时，由于全球经济文化的相互影响，当代中国文化及其产品在大众化的同时也日益国际化，因此，造成文化市场的发展与社会的实际状况相比具有一定的超前性。笔者认为，如果说在新媒介所造成的"大众"化语境中存在着"市民化"，那么从整个文化状况来看，"市民化"是具有"相对性"的，局限在一定的范畴之内，大众文化依旧占据着主要的地位。

总而言之，在新媒介的作用下，大众文化成为文化产业的中心，依赖于新媒介的运转过程和管理、经营方法，新媒介对全球的覆盖技术使大众文化的市场突破了和书面文化、口语文化所限的狭小的地域的限制，形成了全球规模的文化市场，在扩大大众文化影响的同时，全球市场使文化企业的投资者获得丰厚的利润，这反过来又刺激了企业对大众文化的投资，从而使大众文化的发展处于一种无限循环发展的状态。大众媒介主要包括电影、电视、电脑、手机、报纸杂志等，虽然像报纸杂志这样的书面文化形式在传媒中还依然存在，但在当代传播中越来越依赖电子媒介，书面文化呈电子化趋势，比如报纸的新闻传递使用电传，报纸的图片有时直接从电视获得等。科技的飞速发展以及国家对

---

❶ 田中阳：《关于"市民"、"市民文化"和"市民文学"的思辨——20世纪中国文学市民文化价值观研究之一得》，《湖南城市学院学报》，2003年第5期，第1-6页。
❷ 周毅：《传播文化两重性分析》，《新闻传播》，2011年第4期，第22-24页。

大众传媒产业的大力支持，造成了大众文化走向了文化领域的中心地位，从而使文学生产机制出现了向大众文化靠拢的审美取向，从某种程度上来说，新媒介及其权力和它所代表的大众化文化成为整个社会体制、经济、政策等的中心，也和国家的改革开放和生产机构的转变有着直接或间接的关系。

第三节　文化生产机构的转变

新媒介的权力中心化与其自身所具有的特点是密不可分的，然而在走向社会文化中心舞台的过程中，这只是内在的因素。从外在因素来看，改革开放和市场经济建设也具有强大的推动作用，所以在新媒介及其权力中心的形成过程中，市场经济和相关政策制度的转变和出台，具有举足轻重的地位。从1992年中国共产党第十四次全国代表大会在北京举行、国家明确提出"全面建设有中国特色的社会主义市场经济"的目标为肇始，随着改革开放的深入推进，20多年间国家分别对文化生产的目标、相关机构体制的转变等出台了一系列适合市场经济建设的政策，如果说在此之前的这一系列政策的出台，大部分是针对出版业经营体制、工作人员职位待遇等各个方面，从而使文化机构从国家机关单位走向了市场企业的洪流之中，并逐步实现了文化机构"转企改制"这一目标，那么到了2011年，国家则明确地指出要把电子媒介建设作为国家文化建设的中心。❶ 在此，电台、电视台、网络等电子媒介成为和党报党刊同等地位的重要性被明确在国家政策中提出，其根本目的是提供丰富多彩的文化产品，提高大众的文化水平，从而刺激消费的增长，使市场经济建设达到共融。

随着中国市场经济体制的逐步确立，所有的商品都只能依靠市场求生存，以销量定生产，成为商品生产的法则，消费者的需要成了商品得以生存的首要

---

❶ 2011年11月26日，《中共中央关于深化文化体制改革 推动社会主义文化大发展大繁荣若干重大问题的决定(2011年10月18日中国共产党第十七届中央委员会第六次全体会议通过)》指出要加快构建技术先进、传输快捷、覆盖广泛的现代传播体系。要加强党报党刊、通讯社、电台电视台和重要出版社建设，进一步完善采编、发行、播发系统，加快数字化转型，扩大有效覆盖面。加强国际传播能力建设，要创新商业模式，拓展大众文化消费市场，开发特色文化消费，扩大文化服务消费，提供个性化、分众化的文化产品和服务，培育新的文化消费增长点，提高基层文化消费水平。(《人民日报》，2011年10月26日。)

前提，因此，消费成为商品生产的每一个环节的前提。作为发展文化事业重要阵地的出版业当然也具有商品的全部属性，也就是说，无论是书籍、报纸还是期刊，都必须遵从市场规律，以获取利润而求得发展。然而，作为我国文学事业重要阵地的文学出版在改革前一直定位于社会主义文化阵地、坚持正确的舆论导向，这就要求必须把社会效益放在第一位。并且，中国的文学期刊一般都是文联、作协的机关刊物，承载着培养和造就文学队伍，以正确的导向引导社会的公益性职能，获取良好的社会效益是文学刊物的最高追求，这就恰恰与作为商品的文学期刊以获取利润为最高追求的属性形成了严重的冲突，所以这就意味着，在强调公益性职能的前提下，作为商品的文学期刊在市场经济中的生存能力的弱化。国家对出版业向企业方向转化的政策调整，对出版业来说是一个涉及其自身生存的巨大挑战。随着广播、电视、网络等新媒介的迅速发展，全球经济化、一体化，文化多元时代的到来，以及读者的转移，使文学消费市场受到了挤压，对传统机械印刷出版业的生存形成了强大的冲击，又由于新闻、政治、经济、纪实、生活、时尚等期刊的内部竞争，使文学出版承载着体制的重负，在激烈的市场竞争中无法巩固自身的市场地位，发行量成为悬在文学出版业头顶上的一把"达摩克利斯之剑"。

在这种情况下，20世纪90年代，纯文学期刊进入了一个大幅度的"滑落期"，著名期刊的订刊数由百万迅速跌落到十万或十万以下，昔日的繁华不复存在。❶ 有的文学出版因与市场经济体系不适应，发行量跌落到难以为继的地步而被迫停刊，身影消失在波涛汹涌的历史洪流中，如文学期刊《长江》《漓江》《昆仑》《小说》等。为了在市场中生存，"求变"则成为所有文学出版的必然选择。

许多期刊纷纷"变脸"，形成了一种所谓"文化凸显，文学淡出"的倾向。有的脱离了"纯文学"，走向了生活或时尚，如《湖南文学》2000年由湖南广电传媒投资更名为《母语》，变成了一份报道先锋文化资讯和娱乐资讯的综合性文化杂志，后又变成了一份成熟女性的时尚杂志。在其主编王静看来，纯文学的市场相比较文化市场而言显而易见狭小很多，改版后的《母语》更多的是面向

---

❶ 邵燕君：《倾斜的文学场——当代文学生产机制的市场转化型》，南京：江苏人民出版社，2003年，第27页。

社会，偏重社会，偏重艺术而非文学的圈内刊物。❶同样变身的文学期刊还有《中国西部文学》，其前身是《天山》和《新疆文学》，一直是西部大刊，后来改刊为《西部》，成为集政治、经济、文化于一体的关于投身西部大开发方面的综合性期刊。《作家》则在新世纪初进行了相应的改版，表现出了很强的时尚性，在原来的口号"作家们的《作家》"后面加上了"读者们的《作家》"，这一立足点的转变导致了它宣称要做"中国的《纽约客》"，目的在于很好地"走向市场，谋求自我生存和发展的昭示"❷。

而有的文学出版社通过自身改版，找准定位以特色来吸引读者。如《萌芽》1996年其主办单位由上海市作家协会变为《新民晚报》与作家协会联合主办，获得了经济支持，全面改版，贴近生活、贴近校园青年学生。1999年1月联合复旦大学、北京大学等多所高校，发起"面向新世纪、培养新人才"为宗旨的新概念作文大赛，每年举办一次，影响很大。一批少年写手通过比赛成为后来"80后"作家群的中坚力量，如韩寒、郭敬明、张悦然等。《百花洲》2000年第4期则通过改版成为首家大型女性文学刊物；2000年《广西文学》从综合型文学刊物改版为以发表小品文为主的市井型"快餐文学"；《南方文学》从纯文学刊物改版成为打工族服务的通俗故事类刊物；《上海文学》《小小说选刊》《佛山文艺》分别以都市情调、小小说、打工文学为特色，找到了生存的突破口，试图增加文学期刊的发行量。

有的文学出版社为了弥补经费的不足，寻找企业协办，如《中国作家》与"大红鹰"集团合作；《山花》与贵州黄果树集团合作；《广西文学》与广西金嗓子有限责任公司签约，共同协办杂志；广西文联主办的当代文艺理论和评论期刊《南方文坛》则与广西师范大学出版社合作，"以刊养刊、以书养刊"，采用编辑出版"南方批评书系"等品牌营销策略，使《南方文坛》很快形成了一个更新、更高、更开放的人文学术平台，从而实现了社刊双赢。

还有的文学期刊通过炒作式宣传、明星化制造、品牌运作等方式来带动文学的消费。比如余秋雨走红之后，《霜冷长河》也在《收获》上连载，在作家出版社出版；围绕"王朔现象"出版的有《侃侃王朔》《王朔批判》《名人眼中的王

---

❶ 陈洁：《文学期刊改版后的生存状态》，《中华图书报》，2000年11月29日。
❷ 秦立德：《寻找市场缺口的多种走向——当前文化类杂志描述》，《出版广角》，2000年第8期。

朔》等;"顾城事件"引发了《英儿》《诗人顾城之死》等书籍的出版;王小波去世后,他的作品、回忆、评论接踵而至;莫言获得诺贝尔文学奖后,他的小说更是稳居图书销售榜的前茅。

不管是与企业联手,还是进行文化改版变身,一些文学期刊为了发行量而调整自身所做出的一些改变,发行量并没有得到很好的增加,反而却失去了文学操练的阵地,从而陷入了尴尬的地位。于是,《广西文学》《南方文学》等文学期刊在经历了"快餐文学"、通俗故事、市井味道的"商海淘金"的"打工之旅"后,又纷纷回归到文学的"大雅殿堂"之中。❶

与此同时,网络文学令人瞠目的高额点击率和阅读量使许多期刊把目光投向了"网络文学"。2000年,《当代》从第2期开始开设了"网事随笔"栏目,分别发表了邢育森、三只钉子、风过无痕三位作家的作品,小说的题目和内容都是关于网络的事情以及体现网络的虚无心理,如《网络面面观》《流浪在网络》等。2001年,"网事随笔"改为"网络文学"。2001年,《北京文学》开设了"网络奇闻"栏目。同年,《中华文学选刊》开设了"网话文"栏目,目的在于打造"时代的文学读本",2002年"网话文"更改为"网络文学"。2005年,《十月》开设了由陈村主持的新栏目"网络先锋",分别发表了孙甘露、盛可以、古清生等作家的作品,和以往的网络文学发表作品不同的是,这些作家都比较注重文学自身的艺术性,与传统文学的审美标准更为贴近一些。同年,由武汉市文联主办的《芳草》月刊改版为半月刊,并更名为《芳草网络文学选刊》(上半月刊)和《芳草少年文学选刊》(下半月刊),正式把"网络文学"登为其刊名,封面也从素雅变为时尚的明星写真照片。2007年,《大家》开设了"网络链接"栏目,并在重新整顿之后于2015年增加了"联网四重奏"一栏。❷ 可以看出,许多期刊纷纷试图把网络文学纳入自己的版块,不仅是为了内容的多元化,更多的是期待能够吸引更多的读者从而使得发行量能够增加。

然而网络文学的"期刊移植",并不能只是简单地挪用。传统文学期刊的网络文学在某种程度上和在网络上存在的网络文学有着很大的区别。2001年刊登

---

❶ 张晓鸾:《广西文学期刊重返"大雅之堂"》,《文艺报》,2003年2月18日。
❷ 刘莹:《论新世纪文学期刊的网络传播》(《当代文坛》,2017年第3期,第58-62页);陈鹏、姚霏:《〈大家〉断奶,文学继续……——〈大家〉杂志主编陈鹏访谈录》(《小说林》,2015年第1期,第105-112页)。

在《当代》"网事文学"的宁肯的长篇小说《蒙面之城》在当年所举办的"《当代》拉力赛"中获得了长篇组的总冠军，评委们认为，《蒙面之城》为"中国文学中的自由主义精神做了迄今为止较为完满的脚注"，语言是"非常有人文化的"❶，这反映了在面对作品时，评委们依旧是以传统文学的价值评判体系来评审。这就决定了期刊在进行作品刊登时，只有经过编辑的传统文学价值评判体系，才能够得以发表，而这和网络文学本身的出发点是不符合的。有的学者认为，传统文学期刊的网络文学"移植"并没有真正把握网络文学的实质，盲目迎合读者和市场，不但使期刊自身的风格混乱不堪，而且也并没有真正解决刊物的生存困境。❷所以，在经过了与网络文学试水性的接触之后，许多期刊又纷纷回到了纯文学的阵地之中，渐渐淡化曾经的网络痕迹。如《芳草》在进行大幅度地改版之后，于2007年6月又改为《芳草小说月刊》，栏目也变为"长篇小说""短篇小说""江汉话语"等。

据相关数据统计显示，2015年我国成年国民阅读率为58.4%，比2014年上升了0.4%。其中数字化阅读方式（网络在线阅读、手机阅读、电子阅读器阅读、Pad阅读等）的接触率为64%，比2014年上升了5.9%，然而期刊阅读率为34.6%，比2014年反而下降了5.7%。❸如何在数字化时代打造自己特色成为许多期刊依旧探寻的问题。在经过众多的改版与变身试水之后，许多期刊意识到一味地变身来满足读者并不可行，保持自身的文学性并打造特色更为重要。在轻阅读、浅阅读、快阅读的今天，各个期刊尝试着与新媒体相结合，借助电子传媒的传播优势，打造自身品牌，建立自己的微信、微博等信息平台，开发智能手机APP软件等。其实早在21世纪初，文学期刊也和各类新媒体进行了数字化的合作。2000年7月，"中国文学期刊网络联盟"成立，该联盟由《人民文学》《作家》《北京文学》《花城》《大家》《钟山》等数十家文学期刊联合组成，参加的文学期刊每期的内容全部上网，并在每期均辟出版面进行网络小说刊登，但因为种种原因最后无疾而终。此外，《人民文学》《北京文学》《当代》《十月》

---

❶ 《"〈当代〉拉力赛"2001年总决赛评委评语》，《当代》，2002年第1期，第203-206页。
❷ 刘莹：《论新世纪文学期刊的网络传播》，《当代文坛》，2017年第3期，第58-62页。
❸ 全国国民阅读调查课题组：《第十三次全国国民阅读调查主要发现》，《出版参考》，2016年第5期，第34-35页。

《山花》《百花洲》等分别与龙源期刊网❶合作，进行期刊的电子化，读者可以从网上进行自行选择和阅读。

尽管期刊的数字化转换扩大了期刊的传播途径，使读者阅读更加方便和快捷，但在某些学者看来，期刊并不参与网站的编辑和运行，而只是作为内容的供应者，相比较自主运营电子媒体平台而言，往往其自身的制作权和创新力得不到很好的发挥和展现。❷ 广东的杂志《作品》于2013年开始进行改版，开辟了一个新栏目——"90后推荐90后"，颇受年轻人欢迎。该栏目的亮点在于：由作者和读者决定期刊的用稿。当每期播出男女各一名的"90后"作家的作品后，由作者推荐下一期小说，并在微信中进行投票，且附上各自投票的理由和对文本的点评，然后在下一期发表得票最多的两位作家作品（男女各一名）以及20多个"90后"写的点评。这一措施极大地提高了作家和读者的热情，分别在各自的微信朋友圈里进行转发，在进行自我宣传的同时，也无形中扩大了《作品》期刊的品牌效应。这一措施的实施，使《作品》在销量连年递减的情况下，在2013年第一次实现了年均2000册的增长。在其总编办公室主任王十月看来，《作品》在新环境下获得了新生，得助于新媒介——微信的传播效应。❸《作品》的成功，给期刊建立自主多媒体平台开了一个很好的头。2014年10月，《人民文学》自主开发"醒客"App，人们注册成为VIP会员，只需缴纳半年会员费12元就可以阅读到在《人民文学》及其他刊物上发表或未发表的文章，还可以发表评论和作者及其他读者进行交流，也可以拥有自己的主页发表自己的作品。另外，还有"多声道""盒子"等不同模式发布作品。在《人民文学》副总编宁小龄看来，引进了新媒体手段，目的在于让刊物能够和更多的作者、读者接触，从而引起更多年轻人的关注。❹ 而左岸文化网的主编盘索认为，"醒客"其实是严肃文学在数字化环境下的一种探索，是在"纯文学"、"严肃文学"和"网络文学"之间"出现一种处于中间地带的东西"，并以此来推动"严肃文学的圈子

---

❶ 该网是以大刊、名刊版权内容为特色的收费网站。该网站于1999年6月开通，是全球最大的中文期刊网，按篇收费，迄今为止有文学期刊280个。
❷ 刘莹：《论新世纪文学期刊的网络传播》，《当代文坛》，2017年第3期，第58-62页。
❸ 金涛：《新媒体，从"拦路虎"到"助推器"——全国文学名报名刊主编谈新媒体环境下文学报刊的发展》，《中国艺术报》，2016年8月8日。
❹ 何瑞涓：《〈人民文学〉"醒客"的野心与壮志：带传统文学作者向网络进军》，《中国艺术报》，2015年3月11日。

化阅读变成大众化阅读"。❶ 同年,由中国作家协会主办的期刊《小说选刊》则选择与陕西广播电视台合作,举办陕西卫视大型全媒体"丝绸之路万里行"活动。这是国内首次纯文学刊物与电视媒体进行合作,不同于以往仅仅是象征性地参与活动,而是邀请多位知名作家在节目上提供"智囊"并且进行后期相关纪实小说的跨界出版。其主编其其格认为,该活动不仅为作家带来了丰富的写作资源,而且也扩大了纯文学的效应。❷2015年,《花城》在自身和花城出版社的固有资源上,利用新媒体的特性进行拓展和延伸,建构现代化传播体系,进行"媒体融合"(media convergence)❸,设立"花城多元融合传播运营平台建设项目",延伸出近30个子项目,从而最大程度发挥了自身的品牌效应,成为省数字出版转型的示范单位。❹而百花文艺出版社则在其旗下《小说月报》《散文》等文学期刊自身优势的基础上,建立官方微博、微信等,并结合新媒体建立全新的有声文学和视频,成立"百花丛声"有声文学系列读物。该有声读物内容全部来自百花文艺出版社及其旗下文学期刊,同时邀请作家或者该文编辑进行"献声"。据悉,其所设立的"百花文学会客厅"也即将实施,该栏目是邀请旗下不同期刊的作者一同来聊文学、谈人生、畅理想,并拍摄成视频访谈录在百花文艺网和各大视频网站进行播放。《小说月报》执行主编徐晨亮认为,在新媒体生态下,只有结合自身所掌握的各种资源,把自己当成内容的生产者,才能发展成一种全新样态的"文学自媒体",而"百花丛声""百花文学会客厅"正是一种全新的"有声文学和视频的自媒体项目"❺。

---

❶ 何瑞涓:《〈人民文学〉"醒客"的野心与壮志:带传统文学作者向网络进军》,《中国艺术报》,2015年3月11日。

❷ 郭艺:《国内纯文学首次"触电"电视媒体》,《中华读书报》,2014年6月18日。

❸ "媒体融合"最早由麻省理工学院媒体实验室创办人尼古拉斯·尼葛洛庞蒂提出,他认为互动世界、娱乐世界、资讯世界最终将合而为一。其概念包括狭义和广义两种,狭义的概念是指将不同的媒介形态"融合"在一起,会随之产生"质变",形成一种新的媒介形态,如电子杂志、博客新闻等;而广义的"媒介融合"则范围广阔,包括一切媒介及其有关要素的结合、汇聚甚至融合,不仅包括媒介形态的融合,还包括媒介功能、传播手段、所有权、组织结构等要素的融合。"媒体融合"是信息传输通道的多元化下的新作业模式,是把报纸、电视台、电台等传统媒体,与互联网、手机、手持智能终端等新兴媒体传播通道有效结合起来,资源共享,集中处理,衍生出不同形式的信息产品,然后通过不同的平台传播给受众。

❹ 朱燕玲:《新媒体时代纯文学期刊转型探索——以〈花城〉杂志为例》,《扬子江评论》,2016年第4期,第69—74页。

❺ 金涛:《新媒体,从"拦路虎"到"助推器"——全国文学名报名刊主编谈新媒体环境下文学报刊的发展》,《中国艺术报》,2016年8月8日。

虽然，"无论外部环境如何变，无论是新媒体，还是互联网，依然存在着许多新问题。文学所面对的难题，依然是——使看不见的看见，使遗忘的抵抗遗忘。"❶但可以看出，从20世纪90年代以来，文学期刊及出版社如何在电子科技下做出的一系列改变以求更好地适应和发展。从惶恐不安到安然接受，从改变自身到对多媒体的加以利用，无论是进行自身的"文化改版"，还是"网络文学的期刊移植"，或是"期刊电子化"以及现在的"多媒体融合""文学自媒体"大力提倡等，电子媒体在其中的痕迹和其自身产生的巨大影响力都不可视而无睹，它给传统文学期刊和出版社带来压力的同时也带来了转机，从而使传统文学期刊及出版机构在经过一系列的尝试之后焕发出新的生命力。

第四节　本章小结

新媒介自身所具有的消费性、商业性和"以经济建设为中心"的意识形态在经济范畴内不谋而合，而其越来越扩大的全球范围内的"大众"文化及其审美观念，在国家的大力支持和推动下渗入到了整个文化的生产领域中，实用主义、功利主义和消费意识逐步取代了思想启蒙和人们对文学上精神理想的追求，文学生产在社会构架和精神领域中从"中心"走向了"边缘"，而从文化生产上看，只有遵循市场需求和价值规律，才能使文化作品满足于市场的需要，文化在市场中回归于本位。

市场经济打破了相对稳定的社会结构，加剧了社会阶层的分化，使文学消费的能力、习惯和审美产生了很大的差异。1988年文化和旅游部、国家工商管理总局联合下发《关于加强文化市场管理工作的通知》，1989年中共中央通过了《关于进一步繁荣文艺的若干意见》。在前一个文件中"文化市场"这一概念首次被正式写出，在后一个文件中则明确地指出文化市场正在我国形成，文化生产是文化市场的重要形式之一。文学生产的发展和繁荣与文化市场彼此之间形成了因果关系。随着科技的进步，新媒介所带来的方便、快速、时尚的现代

---

❶ 金涛：《新媒体，从"拦路虎"到"助推器"——全国文学名报名刊主编谈新媒体环境下文学报刊的发展》，《中国艺术报》，2016年8月8日。

性消费方式走进并渗入到人们的日常生活中，相较于传统的报刊、书籍等语言文学消费形式而言，电影、电视剧、网络等多媒体文化更具有感官性、直观性和便捷性，而且选择的范围也比较宽泛，选择的种类比较多。在这种具有经济竞争的背景下，传统的精英文学走下了以往具有人类精神导师的位置，丧失了以往在国家的文化权力中的号召力和影响力，造成了新的文化市场格局形成。这种新的文化格局在笔者看来，可以称为"新媒介核心—多中心"格式。所谓的"新媒介核心"是指新媒介自身所具有的特性及其所代表的大众文化，在当今的社会中处于核心的地位，不但发挥着强大的经济文化功能，还在部分上和国家的意识形态、政治功能相结合。而"多中心"是指以往的或以高雅的精英文化为主的，担任着社会道德教育为职责的；或以主流文化为主的，担任着国家政治意识形态教化为主的；或以民间文化为主的，旨在满足民间大众的娱乐趣味的……在新媒介的强大功能下，分界线日益模糊，逐步互相掺杂，相互呼应，没有明确的阶层意识划分，所谓的区别也只是文化审美上的差异，然而在新媒介这一范畴中，又同时具有和新媒介相结合的同一性。由此可见，所谓的新文化结构形成，其实质是文化的多元化过程，也是文化的"去中心化"过程。它使以往所形成的某些个人的或团体的"文化专制""文化霸权"遭受到一次革命性的打击，使在虚拟世界中形成的文化真正实现"去中心"成为可能，从而实现了人与人之间一对一、一对多、多对多的平等的互动关系。然而，笔者认为，在现实社会中，要做到真正的"去中心"其实不太可能，"去中心化"的过程，从某种程度上来看，也未尝不是一种新的"中心权力"的形成。

　　新媒介及其权力中心的形成过程和市场经济体制紧密连接在一起，新媒介本身所具有的传统的消费也开始遵循着市场经济的消费原则，这是当代新媒介得以生存发展的根本。无论是内容还是形式，无论是形象还是思想，都遵循着大众的审美趣味和消费观念。然而大众的审美和消费观念却又无形中被新媒介的潜规则所支配着，在某种程度上可以认为，这种审美观念和消费观念与市场经济有着或深或浅的关系，在此基础上的"新媒介核心—多中心"的新型文化格局的形成，则必然会造成文化整体呈现出有意识或无意识地向"经济""消费""日常生活"等方面倾斜。

第二章　新媒介下的文学生存模式

新媒介及其权力中心的确立，不但改变了整个社会文化的格局，也改变了人们对世界的感知和审美能力，而新媒介也带来了新型文化模式——大众文化。相较于以往时代而言，这种新型的大众文化是真正意义上的普及化，其所涉范围和影响力度之大也是前代所不能比拟的。同时，这种"大众化"既不同于传统社会的通俗文化和民间文化，又不同于建国初期的"工农兵大众文化"，更不同于新时期"娱乐至死"的流行文化。从某种意义上说，它是与工业文明相适应的电子媒介下的"大众化"。"日常生活"成为新媒介下文学存在形式的表征，这是与新媒介及其所带来的商品化和消费性相适应的。

在西方，卢卡奇和葛兰西二人一致认为，现代资本主义的统治和压迫不单单地表现在政治和经济上，还体现在物化意识、操纵意识和文化霸权等方面。在此观念的统领下，他们从文化批判、意识批判、日常生活批判等各个方面来对社会进行全方位的批判。卢卡奇在《审美特性》（1963）等著作中对日常生活进行了探索性的批判，他认为，在日常生活中，人的态度是最根本的存在，并通过人在日常生活中的行动及其认识来关注人的本质性。列斐伏尔的《日常生活批判》（1946）和《现代世界的日常生活》（1968）等著作使其成了日常生活批判理论中的代表人物之一，他的思想观点和海德格尔、马克思的异化思想有许多相似之处，他认为，日常生活最终目的在于"总体的人"的存在，这种"总体的人"是自由集体中的自由的个人存在，号召人们在日常生活中以类似于狂欢节式的狂欢行为打破游戏和日常生活中的界限，回到日常生活的本身中去。而匈牙利学者阿格妮丝·赫勒（Agnes Heller）的《日常生活》师承于卢卡奇，并吸收了列斐伏尔的部分研究成果，创立了关于"日常生活"的理论体系，在她这里，始终关注的是两个基本问题：一是揭示当代世界的日常生活结构；二是探寻使现存日常生活人道化的可能性。

虽然中国历经了新文化运动的洗礼和各种社会运动的冲击，但由于诸多因素的影响，在20世纪80年代的中国思想界和文化界中，关于日常生活批判的理论探索尚未全面展开。因而它对当时极力解决物质层面的中国社会而言，还属于一个陌生的认知领域。同时，中国社会传统的日常生活结构还未受到触动。"日常生活"真正以一个全新的面貌呈现，还是在新媒介得以迅速发展的当下。同时，"日常生活"引起了理论上的被重视和被探讨。比如周宪的《日常生活的"美学化"——文化视觉转向的一种解读》（2001）、陶东风的《文学祛魅》（2006）、赵勇的《价值批评，何错之有？——对"日常生活审美化"的再思考》（2006）、蔡翔的《日常生活的诗性消解》、王岳川的《中国镜像》等分别从审美、社会、经济、政治等角度对日常生活进行相关的研究。

综上所述，所谓的"日常生活"是一个相对于社会公共领域而言的私人空间，传统、习惯、血缘、文化……是其得以维护而存在的因素，个体的家庭等环境是其存在的基本自然空间，目的在于维护个体的生存和个体得以进行再生产活动的开展，不仅包括自然空间上的，还包括日常社会活动、日常经济活动和日常观念活动，具有重复性和复制性。

然而，在新的时代下，新媒介及其代表的新文化类型成了文化的中心，那么从新媒介的角度而言，"日常生活"也具有了新的内容和思想，如何从新媒介的角度来看待文学所表现的"日常生活"，在这里，赫勒的《日常生活》的部分理论给了笔者很好的借鉴。需要说明的是，赫勒的有关日常生活的理论只是便于更好地分析当下的研究对象，而并非生搬硬套，目的在于尊重事实的真相而非是用理论的概念去套用现实。

赫勒运用马克思和卢卡奇的"类"（类本质）和"对象化"两个基本范畴，把日常生活界定为"个体再生产要素的集合"。个体的再生产一方面不断再生产出个人自身，另一方面构成社会再生产的基础，即个人以此为基础而"塑造他的世界"（他的直接环境）。她从自然和社会两个视角对日常生活加以限定，把日常生活分为自然领域（"自在存在"）和个体的再生产同社会活动及其对象化（"自为存在"）两个方面。在赫勒看来，"自在存在"是指所有尚未被实践和认知所渗透的东西，如果探讨自然和社会的关系，则可以把整个实践领域视作"自为存在";如果关涉到的是社会复合体,只是在这个领域中考察的"自在"和"自为"两个范畴,那么,完全可以把某些领域、整体和对象化当做是"自在的"加以讨论,尽管它们与自然的关系中表现的是"自为"的。也就是说,所谓的"自在"和"自为"的划分并非绝对的,而是可以转换和互用的。如果从人的日常生活活动领域来看,"自在存在"更倾向于是人的行为的客观化,是偶然的动机尚未变成直接外化的冲动,那么"自为存在"则更倾向的是人的行为的主观化。

在此,借鉴着赫勒关于"自在"和"自为"两个范畴的设定,笔者认为,在新媒介下的文学存在也呈现出"自在"和"自为"两种方式。当下文学日常生活的"自在存在"在于,作家在新媒介及其所结合的消费、经济等各种社会因素下的转变,这是当下文学存在的前提和条件。当人开始创造他自己的环境、自己的世界的同时,也就使社会从自然中"创造出其本身",因此一个由人引入的虽然是分层次的、但却统一的"自在的"对象化结构就产生了,显而易见,这种"自在的"类本质的对象化也是人的活动的结果。如果说,"自为"的类本质对象化,是指指向它们的人的自觉意向所进行的行使功能,那么,在当下的文学具体"日常生活"的"存在形式"中,文学自身按照自己的特殊规律进行发展并向"日常生活"的转向,则在某种程度上是与人类的"自身存在"这种类本质上有着一种自觉的关系。在"自为存在"这里,代表着的是人的意识,这是文学自身得以存在的根本,也是文学作为"生命的形式"存在的灵魂和核心。在传媒及其中心权力确立的今天,不但"日常生活"成了当代文学的表征,就连"日常生活"本身也具有了新的内涵和意义。

第一节 文学作为日常生活的"自在存在"

自新中国成立以来,实行的作家体制是借鉴了苏联的管理模式,它是一种非市场化的写作:在某种号召或者社会委托以及国家的示意下,把作家集中到一个地方,有计划地面向社会。这种形式在一定时期对中国文坛的繁荣起到过重要作用。刘建军在《单位中国》中指出:"从功能上讲,城市单位履行着极其重要的保障功能和供给功能。个人生存与发展的资源基本上都是从单位索取，而不是依靠自身的努力和社会的赐予。一旦进入一个单位，则意味着获得了充足的、持久的保障机构。"❶ 文学单位也是如此，文学创作与工资、福利、分房等经济保障直接相结合。中国作家协会和地方分会都会有一批专业作家，他们享受着国家工作人员待遇，不用上班，可以专心写作，由此看来，文学单位在实质上和有一定级别的行政单位是等同的。在当代文学史上，文学艺术一向是作为国家干部编制的人员所从事的写作活动。

随着国家进行全方位的经济体制改革，事业单位改革的逐步深入，文学生产旧有的"单位制"模式被打破。20世纪90年代经济体制改革以来，文化单位开始推行作家合同制，单位给作家的经济待遇是与作家在一定时间内生产(发表)一定数量(字数、种类)和质量(发刊级别、等级、获奖等)的文学作品联系在一起的，合同期满，双方根据实际情况进行双向选择，决定是否续约。这一制度的实施，目的在于把市场竞争机制引入到文学创作中来，促进作家能够写出高质量的作品，但这也是一把双刃剑，以市场的需求和销售量来作为衡量作品的标准，在某种程度上也压抑了作家的个性。随着旧有的模式被打破，加入作家协会在作家们的心中不再那么具有吸引力，而文学奖的评奖也失去了旧有的魅力。

随着我国改革开放进程的不断深入，社会发展从理论探讨阶段逐步迈向具体实践阶段。在这一历史转型中，公众价值取向和文化审美经历了显著演变。新媒介的快速推进促使人们在现实生活中更加关注实际利益与个体发展，从而引发了精神追求模式的多元化。此过程中，社会文化结构也呈现出新的动态格局与精神价值重构趋势，传统精英文化所占据的主导地位逐渐被大众文化所取代。按照马尔库塞的看法，文化的否定性的减弱，根本原因在于工业技术的发达，与启蒙精神相关的精英文化的"合理性来源于对世界的经验，但这种经验已不复存在，而且，它在严格意义上已被技术社会证明无效，故也不可能再获得"❷。在中国大地上形成的工业社会中，技术型理性占据了主导的地位，人文知识分子由在传统社会中发挥精神启蒙导师的角色，贬为工业生产中的众多普通工人之一。

---

❶ 刘建军：《单位中国》，天津：天津人民出版社，2000年，第20页。
❷ 赫伯特·马尔库塞：《单面人》，左晓斯译，长沙：湖南人民出版社，1988年，第50页。

由于旧有计划经济体制下的文化工作长期回避了经济利益问题，所以当进行改革之后，知识分子失去了经济地位上的收入来源，坚持纯粹精神劳动的作家再也不能凭写作来改善自己的生活。与此同时，涉及文学的事业单位在经济体制改革的过程中也日益被挤向了社会的边缘，这些切身相关的价值及生存难题，导致了"自由撰稿人"的出现。所谓"自由撰稿人"，就是指那些"创作行为不受文化管理部门约束，而直接面对市场的创作个体或群体"❶。虽然确实有一些人因此而获得了更高的经济收入，但对于大多数作家而言，实乃无奈之举。尽管出于不同的考虑，王朔、王小波、韩东、朱文、余华、潘军等作家们辞去了公职，有的干脆下岗、被解聘，但其归根点在于大多是因为生活的不如意或不适应。北村说"我只是由于某种原因被迫失去职业，或者由于更深层的原因一直处于体制外"❷，李银河认为"做纯文学的人在世界上是最穷的。你要是打算走这条路，你就别打算发财"❸，吴晨骏承认"压力主要是经济上的……直到有一天我觉得可以重新找工作了，我就会果断地去找个工作，把自己的生活解决"❹。

而马原自1991年宣布封笔之后，在经过南下海南开影视公司、写影视剧本的历程后，于2000年开始任教于同济大学中文系，从而开创了中国职业小说家进入大学任教的先河，使"驻校"成为作家的一种谋生路径。目前，越来越多的作家参与其中：贾平凹入驻西北大学成为硕士导师；王安忆于2004年入驻复旦大学成为教授，并把作家编制关系转入学校，开设常规课程招收研究生；二月河于2011年被聘用为郑州大学文学院院长；张悦然于2012年应聘到人民大学成为教师中的一员；韩少功、格非于2012年受聘于华中科技大学；2013年毕飞宇受聘于南京大学，并在学校成立了"毕飞宇文学工作室"；2014年严歌苓受聘于北京师范大学……2013年北京市文联、北京市作家协会与北京第二外国语学院则建立"驻校作家基地"，代表了北京作协驻校作家制度的一个开端。"驻校"使作家工资关系由作家编制转入高校，使作家成为业余，教授成为主

---

❶ 黄会林:《当代中国大众文化研究》，北京：北京师范大学出版社，1998年，第309页。
❷ 北村:《自由和纯粹的写作》，《山花》，1999年第2期，第8-9页。
❸ 艾晓明、李银河编著:《浪漫骑士》，北京：中国青年出版社，1997年，第200页。
❹ 林舟:《生命的摆渡——中国当代作家访谈录》，深圳：海天出版社，1998年，第278页。

业，从而缓解了经济上所带来的窘迫和紧张。❶诚如贾平凹自己所说："作家在大学任教，这种选择很正常，非常自然普遍。在我最困难的时候，西北大学收留我，给我分房，我一直住在西北大学校园里。"❷

与此同时，与作家自身密切相关的经济价值和生存困境造成了20世纪90年代知识分子内部出现了一种商业化倾向。从被称为"中国当代商业写作第一人"王朔开始，策划和编剧的电视剧《渴望》《编辑部的故事》《爱你没商量》等获得了巨大的成功，成为进行中国当代商业影视创作的"吃螃蟹的第一人"。1993年10月，深圳举行了中国第一次公开的文稿拍卖活动，众多中国当代作家参加，从而使进入20世纪90年代一种新的文化趋势达到高潮。显而易见，这是中国市场经济化发展的必然结果。在这个时代中，理论知识的中心地位是组织新技术、经济增长和社会阶层的一个新的中轴，商品化发展的社会向知识和信息社会转化，可以说市场几乎囊括了整个文化领域。在这种情况下，文人们不再像本雅明所刻薄地描述的那样遮遮掩掩、鬼鬼祟祟："他们像游手好闲之徒一样逛进市场，似乎只为四处瞧瞧，实际上却是想找个买主❸。"而是理直气壮，就如王朔始终明确标榜他的商业化倾向一样，无所顾忌地指出自己放弃了"文化"的本身，而认清楚了大众文化的商业面目，并认为如果想要在当下的社会文化中有所作为，就要学会用"纯粹的商人的眼光"去看待这件事情。诚如"80后"作家落落所认为的那样：虽然没有刻意考虑过为市场写作，但如果能在写出一部作品的基础上满足市场的需求，那么并不介意为市场而写作。❹

随着新媒介的迅速发展，国家政策的推出，新媒介已经成为文化领域中的传播中心，知识分子要想获得更大的影响力和更广阔的文化空间，就必须借助新媒介。相当一部分知识分子接受了这一现实，选择认同与迎合这一变化，从而很快适应了新媒介所带来的新环境，成为新媒介上的明星，身兼数职，"学会用纯粹的商人的眼光"这一理念贯彻在相当部分的作家之中。如余秋雨通过

---

❶ 阮直：《作家"驻校"互戴的高帽》，《中华读书报》，2012年11月14日；肖家鑫：《大学里作家老师多了》，《人民日报》，2013年12月9日。

❷ 张英：《贾平凹：作家进大学执教很正常》，《科技日报》，2001年4月13日。

❸ 瓦尔特·本雅明：《发达资本主义时代的抒情诗人》，张旭东、魏文生译，北京：三联书店，2007年，第52页。

❹ 蓝恩发：《"美女作家"落落不回避敏感话题：不介意为市场写作》，《沈阳日报》，2012年11月19日。

频繁在电视中亮相而获得荣誉和金钱，变成电视学者、明星学者；贾平凹、卫慧和棉棉等通过媒体宣传自己的作品，实现了名利双收；韩寒在《杯中窥人》《三重门》等作品之后，则投身于拍摄电影事业之中，2014年执导电影《后会无期》，2017年执导电影《乘风破浪》，成为一名导演；郭敬明则于2004年成立了"岛"工作室，主编《岛》系列杂志，在2008年至2012年出版了"小时代"三部曲并分别在2013年和2014年拍成电影，2006年成立了柯艾文化传播有限公司，成为一名董事长，而且还频频参与《最强大脑》《花季少年》等电视娱乐综艺节目，获益颇丰。

如果说在20世纪90年代，作家由事业单位类似于"公务员"的国家干部身份走向了与新媒介的结合，是由于政策的调整所带来的经济、生活上的困境所造成的，动机在某种程度上有种不得已而为之的意味，那么，在新媒介的作用下，作家们纷纷实现了名利双收，获得了巨大经济效益的同时也得到了在社会中较高的知名度，越来越多的作家自觉地、主动地走向了"自由撰稿人"这一职业中来，开始兼职影视剧剧本的创作。从社会身份地位上来看，作家确实走向了"大众化"，走向了"日常生活"，走向了老百姓的日常生活之中并成为大众中普通的一员，不再处于以往过去那种高高在上的精神导师神坛之上。在网络中，"作者"与"大众"之间身份距离的消弭，使"作者"自身所具有的"身份权力"也消失不见，"作者"成为和"你""我"身份一样的普通人。

网络使文学所面临的不仅仅是承载工具和传播形式的改变，而且使文学进入了一种特殊的生存空间，进而成为数字化世界中的一部分。所以，网络文学特质的形成与当下主体介入这个数字化世界的方式及其在此世界中的生存形态是密不可分的。很多学者在提及网络文学时，都谈到了网络文学的"超文本性"，"超文本"作为一种全局性的信息结构和文本模式，通过关键词所建立的连接，使不同的文本得以进行交互性搜索。有的学者也用克里斯蒂娃的"互文本性"来说明网络文学的这一特征。在此，笔者更想阐释的是，相对于以往的其他电子媒介，网络更具有高度的开放性，对于体验到前所未有的民主、自由和平等的在线者而言，现实的社会空间通过建立机构、制定权威话语等方式确立无所不在的约束和限制，即使是相对来说比较自由的其他电子媒介而言，所谓的自由也是有限度的，人们按照各自的身份确定在固定的社会位置之上。但这些在网络屏幕中似乎都销声匿迹了，网络空间成为一个具有解放感的空间，虚拟实践成了一种挣脱现实权力宰制的实践。虚拟的实践扩大了人的自由感，人们从一个结点跳到另外一个结点，从一个信息源跳到另一个信息源，实现了一种新型的社会通讯和交流，并在这种交流中体验到前所未有的快乐。也正是这种自由和快乐，使主体能够积极参与并自发地进行回应，作为网络上的文学也同样具有这种特性。

值得注意的是，在传统的文学史上，印刷文本以自身的不可逆转性和稳定性确立了文学的版本唯一性和无形的神圣感。作者从来都是隐藏在书本的背后，这增加了作者和读者之间互动的难度，读者被动地接受单向的交流，使作者的权力以这种微妙的形式建立起来。出版社、传统电子媒介的点对面的单向交流方式，必然会导致一定程度上的话语权力的集中和作家的权力集中。而在网络文学中，无论是在文学网站发表，还是在BBS发帖子，或者是在博客、日记上"灌水"，从写作到发表这一过程，都脱离了传统意义上的筛选、编辑、审查和时差，打破了由出版机构、传统媒介和机构所赋予作家的权利，使普通作者或者更准确地说是普通人获得了平等发表文章的权利。与此同时，网络文学也使读者和文本之间的距离不断缩减，主要体现在两个方面：一方面是作品发表的及时性和快速性，使读者可以第一时间掌握作品的动态，这种体验模式拉近了作者和读者的距离；另一方面是读者的留言和评论具有了影响作者的能力，在作家的快速发表后，得到读者的留言和评论不仅有可能会得到作者的回应和互动，而且有时还会影响到作家的创作思路、作品的结构框架等。由此可见，电子文本的流动性、可复制性、可参与性动摇了传统纸质印刷文本不可改写的观念及其所形成的文学权力和作家权力本身。

另外，不同于现实社会生活中的作者和读者之间存在着明显的分界线，即使是在电子媒介的参与作用下，应该可以看到，只是减少了作者、读者和大众日常生活中的距离，但他们之间身份的区别是显而易见的。但在网络上，其自身的属性造成了读者和作者之间的距离消弭，从而引起文学行为和文学参与方式的变化。对于网络上的文学及其创作活动而言，没有印刷和纸张的烦琐，没有编辑和出版商的挑三拣四，没有不可挑战的文学权威，也没有所谓的社会审美尺度和规则，甚至不需要觉得自己像个作家，想写你就写，没有任何理由，写成什么样子也没有人管。在线者在数字化的虚拟实践中拥有的身份具有变动性和匿名性，也正因为这种匿名的自由，使网络空间的开放性急剧膨胀。

网络不仅仅改变了传统文学的主体之间的关系。从经济来源上看，2003年文学网站起点最先实行VIP制度，开始施行小说按章节收费制度，作者的收费和点击率与已经发表的字数相结合：读者上网看电子版得按章节付费，每阅读千字收费2分钱。在启动收费制度的第一个月，一名起点的作者就拿到了上千元的稿费，不到一年，起点开始出现十万年薪的作者。2005年以后，80%左右的文学网站基本格局和界面都和起点一样已经定型。对于大多数网络作家而言，付费电子阅读是其主要的收入来源。据悉，当当的数据显示在近5年来的电子书籍下载和阅读量以每年354%的速度增长❶，这从侧面反映了较高的点击率是网络作家一定经济收入的保障。然而，在网络作家无罪看来，网络文学付费阅读模式一直是在摸着石头过河，付费市场里的九成以上读者都是盗版文学的拥护者，文学网站也一直在和盗版做"战斗"，所以，尽管在2003年左右有十万年薪的网络作家，但毕竟凤毛麟角、屈指可数，早期的网络文学作家的收入主要依靠千字几分钱的分成，日子过得相当"清贫"。这种"清贫"的日子一直持续到2010年，由网络文学改编的影视剧的迅速增长使网络文学作家经济得到了很大的改变，同时，也改变了网络作家经济收入的运行模式。

虽然以前也曾有网络文学被改编为影视剧，但在笔者看来，网络文学的影视改编真正开始作为一个"文化现象"并产生巨大的影响应该是以2011年为肇始。2011年，桐华的《步步惊心》、匪我思存的《千山暮雪》、唐心怡的《裸婚时代》、慕容湮儿的《倾世皇妃》所改编的同名电视剧在各大电视台纷纷登场，在当年的电视剧收视中刮起了一阵飓风。其中的《倾世皇妃》在湖南卫视开播以来，在2011年国庆节首播开始三天平均收视率就达到了1.7%、份额7.22%，居同时段电视节目收视第一，在优酷上，更是以短短8天时间播放量破亿，PPS上播出一周以来的总点播量突破6000万，百度热门排行榜中一直稳居前三甲的位置，成为当年收视率的冠军。❷ 而紧随其后在2012年播出的由流潋紫的

---

❶ 张淼：《大数据反映国民十年阅读变迁》，《光明日报》，2016年4月19日。
❷ 《林心如〈倾世皇妃〉的理财之道》，《中国市场》，2012年第17期，第40—41页。

小说改编的电视剧《甄嬛传》则成为宫斗剧中的"战斗机",在首播后的三年内,《甄嬛传》的热度从未降温,每每重播都成为电视台获得高收视率的灵丹妙药,从火遍大陆到"闯美入韩又登日",《甄嬛传》成为国产剧的一张名片。❶据有关调查数据显示,"2015年最期待的电视剧"榜单TOP10中,《何以笙箫默》《芈月传》《花千骨》《盗墓笔记》等由网络文学改编的电视剧约占了九成❷……由网络文学改编的影视剧以迅雷不及掩耳之势火热起来,从2014年开始,在数量上呈井喷式增长,霸占了屏幕的半壁江山。也正是在此基础上,各大公司纷纷投资,据悉,仅2014年一年,网络剧投入的规模就达到了约12亿。❸与此同时,网络文学的游戏改编也进行得如火如荼。2014年7月盛大文学举办了首届"网络文学游戏版权拍卖会",这是第一次针对游戏改编而举办的会议。该会议上,蝴蝶蓝的《天醒之路》、耳根的《我欲封天》、方想的《不败王座》等热门网络小说分别以465万元、655万元、810万元的价格成交,几百万已是一本网络小说的平常价格。网络文学的影视改编、游戏改编的迅速发展,也带来了网络文学的新面貌和运行模式,"IP"成了无论如何也绕不去的话题。

"IP"是 Intellectual Property 的缩写,意为知识产权。❹"IP"就像是一个黏合剂,把网络文学及其改编的影视、游戏等联合在一起,从而形成了一个以网络文学为源头的生产运营体系。对于作家刘慈欣而言,对 IP 的深刻印象则来源于自己作品在短短几年内的鲜明对比:2006年小说《三体》在《科幻世界》连载时,只有科幻读者知道他,而今,到了第三部出版后,"不知道怎么回事,突然就火了"❺。如今的科幻小说影视改编权价格则上涨了10倍。从2013年开始,腾讯、

---

❶ 冯遐:《〈求是〉刊文为〈甄嬛传〉正名》,《北京晨报》,2014年1月5日。
❷ 何天骄:《粉丝经济热度不减 影视改编围抢网络小说》,《第一财经日报》,2015年4月7日。
❸ 金涛:《影视与文学,被"IP"无缝连接》,《中国艺术报》,2015年2月2日第6版。
❹ IP 在中国意为知识产权。在国外,更多的是指"IP 地址"。"IP"实际上所指的是"知识财产"(intellectual property),是一个指称"心智创造"(creations of the mind)的法律术语,包括音乐、文学和其他艺术作品,发现与发明,以及一切倾注了作者心智的语词、短语、符号和设计等被法律赋予独享权利的"知识财产"。这种"独享权利"才是人们耳熟能详的"知识产权",英文简称是"IPR"(intellectual property rights)。常见的 IPR 有版权、专利权、工业设计权以及对商标、商业外观、商业包装、商业配方和商业秘密等进行保护的法律权利。尽管对于 IP 所代表的含义存在着一定的争议,然而大多数人还是认为"IP"代表着"知识产权",在此,笔者采取的是普遍的定义阐释。
❺ 张贺:《"IP 热"为何如此流行》,《人民日报》,2015年5月21日。

百度以及各大视频网站陆续进军网络文学领域,网络文学从盛大文学的一枝独秀变成了腾讯、百度、盛大文学的三足鼎立。到了2015年,腾讯文学和盛大文学合并,成立了阅文集团,统一管理和运营其旗下的网络文学网站,包括起点中文网、创世中文网、潇湘书院、红袖添香、小说阅读网等,成为国内引领行业的网络文学IP培育平台。网络文学的格局变化,使网络文学的运营方式从地摊式的交易为主(付费阅读为主营模式,买卖主体区分明晰)变成了"产业化经营"❶。以网络文学为中心的IP产业化经营,使网络文学与一系列的商业模式融合为一体,包括网络播放收费、网络游戏开发、衍生品开发售卖等。

  网络文学为中心的IP产业化经营,使网络作家的经济收入与十年前相比天壤之别。据网络文学发展报告数据显示,2016年一年,阅文集团年稿费发放达近10亿元。阅文集团百万年薪的作家超百人,更新五十万字的作者平均年薪超10万。起点中文的CEO侯小强则表示,会根据国家的CPI涨幅进行调整,最低保障从每月1200元现在上涨到每月1300元,并且提供高额的商业意外保险、大病保险。除了基本工资之外,还设定了若干福利奖金。❷高额的报酬和稳定的基础保障成功地将"清贫""小众"等固有标签从网络作家身上撕下。伴随着网络作家经济收入快速增长的是,网络作家的身份也不再"纯粹"。在一些人眼中,网络作家唐家三少更像是一个"商人"而非作家。2012年,唐家三少持有公司骅威股份10%,唐家三少成为公司的股东之一。2013年12月,唐家三少与盛大文学在北京成立唐家三少工作室"唐studio",这是国内成立的首个网络作家工作室。网络文学成为产业,使作家再也不能像以前那样心无旁骛地进行创作,而是更多地热心规划多重身份于一身,在一些年轻的网络作家看来,最幸福的莫过于:首先是独立作者,然后朝出版界发展,或者做影视剧改编。这种规划,对于青年文学爱好者来说,更加浪漫和激动人心,这也使越来越多的人投身于网络文学之中。而被称为中国"国内恐怖小说第一人"的周德东则在2007年就公开声明告别纸质书写作,告别出版界,只在网络写作,为读者提供付费阅读。❸这是国内第一个从专业作家转向为网络作家,其代表的不仅仅是

---

❶ 孟隋:《挖掘网络文学IP价值的难度》,《文学报》,2015年3月19日。
❷ 明江:《网络作家福利制度升级》,《文艺报》,2013年6月12日。
❸ 黄俊:《恐怖小说作家离奇投奔网络》,《中国新闻出版报》,2007年11月12日。

一种写作方式的转变，更多的是一种文化态度和精神的转变。

伴随着经济改革的步伐，切身相关的价值及生存难题造成了写作者的多种分化，中国的文学生产主体存在着多种形态，其中以"单位"为代表的组织化生产和以"自由撰稿人"以及"网络作家"为代表的个体化生产是最重要的三个方面。尽管单位已经不纯粹，个体背后也存在着多种复杂状况，但无论是现实社会中作家走下高高在上的神坛，还是虚拟网络中作家和"你""我"之间的彼此不分，都在表明，作家抹去了人类精神启蒙导师这一崇高的社会身份，甚至连其自身所具有的"作家权力"也消失不见，从而走进了"日常生活"，成为众人之中的普通一员。

第二节　文学作为日常生活的"自为存在"

社会的经济改革带来了前所未有的轻松社会氛围，社会进入了比较稳定、开放、多元的时期，人们的精神生活日益变得丰富。作家们放弃了改革前中国对社会理想或时代的盲目认从，不再在国家的领导下有组织地依照社会的共同主题来进行创作，而是以个体的生命直面人生。每个人从不同的个人体验，以不同的方式出发，来描述眼中的世界，抒写个人"话语"，以个人的方式表达对时代的关心和对现实的思考。或是以个人的角度去观察社会，倾向于在日常性的方式中表达对社会的批判；或是开创了新的个人叙事风格，在对时代的思考中融入个人生命的体验；或是在对以往宏大叙事进行解构的过程中表达自己的思想感情；或是把个体心灵与广大的民间世界结合一起；或是从底层的生命力出发去破除一切现代文明的成规……在这里，宏大的叙事理念已经消逝，展现的是借助不同的躯壳所进行的"个人话语"。

在传统中国文学中，"日常生活"往往是逃避现实社会的避难所，在"日常生活"中放逐自己的身心和理想，在这里隐藏的是作家出世和入世的矛盾心理，是价值观念积极和消极的对立统一。"日常生活"因时代的不同而具有不同含义。随着国家经济体制的改革，新媒介及其所带来的大众文化成为当今社会、文化的中心，那么伴随着这种"大众化"大行其道的是，在文学中，尤其是20世纪

90年代以来，也呈现出"日常生活"倾向，这种"日常生活"是与新媒介及其所带来的消费主义、商业化等相结合在一起的。

当代文学的日常生活叙事转向，绕不开20世纪80年代后期的"新写实小说"。新写实小说的"日常生活"因素无处不在，对原生态的人类生活的关注是其表达的主要中心思想，在这里，"日常生活"构成了文学价值和文化立场的核心要素。比如池莉的《烦恼人生》描写的是一个都市下层普通市民的平凡生活流程；刘震云的《一地鸡毛》描写的是普通职员小林的烦恼生活；刘恒的《黑的雪》、何顿的《我代表人民判处你死刑》、东西的《没有语言的生活》分别描写了农民的卑贱人生和悲惨命运……在这里，"日常生活"没有任何诗意可言，琐碎、烦恼、悲苦成为当下"日常生活"的常态。在笔者看来，如果在"新写实小说"这里，最初的动机源于对虚无缥缈的启蒙思想的反叛，通过与现实生活的紧密结合，意在消除意识形态、精英意识对文学的影响和束缚，那么还应该看到他们试图将文学"大众化"所做出的努力，并且其中所描写的爱情、婚姻、友情、权力等都无不受物欲的干预和影响，新写实小说的文化逻辑和市民逻辑、大众化具有实质相同的性质。而正是这一性质，不但内容上表现出大众化，其在语言上也直接采用了大众口语，大量使用生活的口语，使很多作品被改编成为电视剧，比如池莉的《小姐你早》《来来往往》《生活秀》《有了快感你就喊》等。

如果说在"新写实小说"这里，其产生的动机是出于以一种寓意性的日常生活言说来表达某种精神的诉求，以平民的姿态来取代以往文学中宏大的叙事理念，那么在21世纪初出现的所谓的"打工文学""底层文学"则是这一创作理念与中国社会相适应的表现。随着经济制度的改革，中国社会处于农业社会、工业社会与后工业社会混杂的状态，其所带来的中国社会的阶层分化也越来越大，生活于城市而又往往被城市所忽略的新型人群——农民工成为小说家越来越关注的对象。通过对农民工在当下城市中的"日常生活"描写，来反映当代人的生存状况和心理结构状况成为21世纪初很明显的一股文学创作潮流。如吴玄的《发廊》、白连春的《我爱北京》及《拯救父亲》、荆永鸣的《北京候鸟》、邓一光的《怀念一个没有去过的地方》、鬼子的《瓦城上空的麦田》等，表现了农村进城务工的尴尬处境和悲惨的结局。在尤凤伟的《泥鳅》、北村的《愤怒》中，通过对当下农民工在城市中"日常生活"的描述，展现了农民工在当下社会中的生存权利、司法公正等问题，体现的是作家对底层民众生存境遇的深深思索和探究。"泥鳅"成为底层民众在城市生存境遇的象征：一方面，把泥鳅同富人喂养的价值七八十万元的大鱼摆放在一起，正是暗喻了穷人和富人之间的差距；另一方面，泥鳅成了"雪中送炭"这一家常菜的食材。当国瑞从家乡带来喂养并期望它能带来好运的泥鳅最终成为盘中的一道菜的时候，泥鳅的命运恰恰是三阿哥给国瑞设计的命运，国瑞最终成为三阿哥非法敛财的"雪中之炭"。

与"新写实小说""底层文学"等各种不同的"平民"叙事为其创作理念所不同的是，20世纪90年代以来"先锋小说"向"日常生活"的"写实"转型，则更多的是受到了新媒介和其自身所代表的大众文化以及经济等方面的影响。

"先锋"（Avant—Garde）的历史可以追溯到中世纪，作为一个战争术语，在法语中是"军中前卫"的意思，是指在大部队进攻之前提前进入战场的士兵，从而为其取得胜利创造有利的条件。在《剑桥百科全书》中对先锋的解释是："指19世纪中叶法国和俄国往往带有政治性的激进艺术家，后来指各时期具有革新实践精神的艺术家。"❶ 由此可见，在文学领域，"先锋"具有实验性、反叛性和拓新性。在20世纪80年代，中国的先锋小说取得了令人瞩目的成就，然而到了20世纪90年代以后，更多的作家在经历了或长或短的调整期之后，逐步背离了过去的创作取向，呈现出"日常生活"化的大众转向。

余华的转向可以看作是先锋派作家在新世纪进行整体转向的先驱者。在20世纪90年代以前，他的小说如《现实一种》《世事如烟》《劫数难逃》等作品中，重视"叙述"的方式，关心故事的"形式"，在作品的叙述和结构上更注重的是创作的技巧，热衷于制造词语的迷津，把写作看作是能指的形式。在叙述态度上是冷漠的，叙事时间上采用重复、错位等多种手法把物理时间转向为心理时间，并且在语言上重视隐喻、拟人等修辞方法的运用，句子结构复杂冗长，在叙事内容上注重对死亡和苦难的叙述，表现出一种暴力美学。可以说，余华通过对形式的热衷探索来表达对现实世界的反叛。20世纪90年代以后，他分别发表了《在细雨中呼喊》（1991）、《活着》（1992）、《许三观卖血记》（1995）、《兄

---

❶ 大卫·克里斯特尔：《剑桥百科全书》，北京：中国友谊出版公司，1998年，第91页。

弟》(上)(2005)等,这些作品标志着其创作文风的转向。在笔者看来,《在细雨中呼喊》标志着余华小说转向的开始,是其对前期作品的一个总结,而《许三观卖血记》则代表着其创作转型的最终完整实现。无论是《许三观卖血记》还是《兄弟》,展现的是作家对现实人生更为贴近的关注和关怀,所以在语言上也是有意放弃了词语的游戏,而老老实实地用写实的语言进行叙述,放弃了先锋小说以叙事的技巧和形式为主要目的的初衷,而转变得温和而安静,更多的是关注于人物的命运,通过对人物生活的描写来表现作者对现实人类的关怀。虽然余华仍然称自己永远是一个先锋派,在后期作品中也多多少少地还能寻找到一些蛛丝马迹,但从整体来说,已经背离了当初先锋文学的创作目的,更多地把眼光投向了写实的"日常生活"。

同样在苏童的身上,也逐渐实现了作品的转型。在苏童的早期作品中,无论是回忆童年生活的"香椿树街系列"还是"枫杨树系列",大多是在历史的故事题材上把现代的叙事技巧和故事性相结合在一起,从而在故事性和叙事技巧两者之间寻求到一个可以共存的方式。但从1989年《妻妾成群》为肇始,苏童开始进行了调整,从先锋派写作转向了传统小说的叙事方式,在继长篇小说《碎瓦》(1997)5年之后,2002年苏童以自己的"第一部近距离反映现实生活"的长篇小说《蛇为什么会飞》重出文坛,这次调整则标志着他对"先锋"的彻底放弃和告别。虽然学者李遇春在《病态社会的病相报告——评苏童的长篇小说〈蛇为什么会飞〉》中认为,在这篇小说中依然存在着"先锋"的写作技巧手法,如营造意向的艺术旨趣、运用写意的技巧等,但这部作品和苏童前期作品的区别还是非常鲜明的:一是写实主义手法的主导性地位;二是不再把故事放在了"历史",而是放在了当下的现实生活,反映了当下社会的日常生活图景。正如苏童对自己的这部作品所描述的那样,"小说中有许多当下日常生活的符号"[1]。

毕宇飞在早期的创作中,如《叙事》(1993)、《祖宗》(1994)、《楚水》(1994)等凭借着丰富的想象力,渲染出一幅幅充满诗情和哲理的写意式的生活图画,追求一种抽象抒情的审美境界,并不注重对生活具象的描写。从《哺乳期的女人》(1996)开始,特别是在《青衣》(2000)、《玉秀》(2001)、《玉秧》(2002)、

---

[1] 周新民:《打开人性的皱折——苏童访谈录》,《小说评论》,2004年第2期,第25–35页。

《平原》(2005)等作品中,我们会发现作家完全回到了当下的生活,注重从最基本的生活出发,在日常琐碎的生活中挖掘出普通老百姓丰富的人性内涵,从而关注人类当下社会中的生存情景。

女性作家林白是作为一名带有鲜明的女性主义色彩的私人化小说而成名的,1994年长篇小说《一个人的战争》的发表使其成为90年代最有争议的女性作家之一。她突破了以往传统社会对女性形象的限定,打破了男权制度所设定的禁忌观念,以所谓的"超道德写作"进行激烈的反叛,在内容和语言上,更多的是注重女性内心自我的心理描写和想象,语言呈现出一种断裂性和碎片化,故事并没有明显的情节设置,而完全靠着女性的自我想象和内心感受来"游走",在小说中,充满了"镜子""蚊帐""浴缸"等大量的隐喻。然而在2003年的小说《万物花开》中,虽然小说中的主人公大头的叙述方式和语言明显带有以往的那种神秘性和想象性特点,但关注的视野已经不再是女性自己个体的体验和记忆,而是把眼光放在了底层和民间,对人类的生存本相做出了一种艺术性的呈现。随后的第二年,林白发表了长篇小说《妇女闲聊录》则通过城市打工农村妇女木珍的口吻来描述在传媒发达、经济化、商品化的今天农村的日常生活。在这里,体现的是作家内心的隐痛和对当下生命存在的人文关怀。就如她自己在文章中开头所写的那样,这是她所有作品中"最朴素、最具现实感、最口语、与人世的痛痒最有关联的一部作品"❶。

尽管有些人认为,先锋作家的"现实叙事"不再是常规的"现实",而是一种完成了"抽象的还原蜕变"后的比现实更加"尖锐"的文学现实,是在更高的境界上回归到了先锋文学的精神航向上,而非落入现实的平庸之中。❷但不能否认的是,先锋作家"直面现实"的"日常生活"的转向,是在新媒介大行其道的时代下与之相适应的一种谋求、一条出路、一种生存。然而,"先锋作家"放弃其高高在上的创作风格并融合在"现实"的"日常生活"叙事当中,依旧在直面现实的苦难和沉重中,关注在当下电子化时代中人们的生存状况,以及对人心灵的剖析和探索。先锋文学将现代主义文学的经验价值具体而持久地融合、

---

❶ 林白:《妇女闲聊录》,北京:新星出版社,2008年,第1页。
❷ 吴俊:《先锋文学续航的可能性——从吕新〈下弦月〉、北村〈安慰书〉说开去》,《文艺研究》,2016年第6期,第74—84页。

纳入文学的常态系统之中，从而建立了一种对于创新意义和创新价值的全面性的共同认同。可以看到，即使回归到现实的叙事传统之中，先锋作家依旧在其作品中保留了那份对精神的探索和思考。

有意思的是，在经过20世纪90年代到21世纪初期的一系列"断裂之变"后，跨越十几年的时间洗礼，文学界虽然变化此起彼伏、文学现象层出不穷，然而却只是在20世纪90年代到21世纪初裂变之后的进一步调整或者深化和延伸，并未曾发生过真正的文学"裂变"。学者陈思和认为，在21世纪初至今，和20世纪90年代文学与之前的文学相比有一个断裂的话，那么20世纪90年代之后的中国当代文学则一直平稳地延续到今天。❶这也就在一定程度上说明了文学的"日常生活"在当下已趋于一种新的"常态"，影响力从当初的轩然大波走向日常。文学激进的信念、释放的激情都隐蔽在"日常生活"的表征之后。无论是以一种寓意性的日常生活言说来表达某种精神诉求，还是在回归传统的日常叙事中隐藏着"现代主义"的文学价值取向，从新媒介这一领域范畴来看，都是人的自觉意向而行使的功能，都不约而同地把眼光投放在了"日常社会"这一领域中，从中寻求市民、职员、农民工等每个人自身存在的方式，在每一个人物形象身上包含着的是作家、读者对于自身与当下世界的感知和认识，从而进入到关于主体对世界的思考这一范畴之内。

第三节　文学的"他律性"彰显

国家经济体制的转变，使新媒介及其所代表的"大众化"在文学领域中浸润得越来越广泛和深入，文学日益多元化的同时也在市场环境下谋求发展，"日常生活"成为当下文学的表征方式和内涵，这种"日常生活"化的倾向是与电子媒介及其所带来的新型文化格局密不可分的。当文学走下高高在上的神坛，走向市场商品化，成为众多市场竞争者中的一员，就必然要为了谋取更多的"大众"而做出相应的改变，那么就不可避免地需要和新媒介紧密地结合在

---

❶ 朱自奋：《新世纪文学呼唤更多的先锋精神》，《文汇报》，2017年12月11日。

一起。然而当文学过度向"大众化"倾斜，世俗的理念逐步取代了文学的主旨，则必然会导致文学呈现出一种电子媒介"他律性"的存在，这一特点在影视和文学的关系上显现得尤为突出。

20世纪80年代初期，是电影与文学的紧密结合期。这一时期的文学契合了"对于文革"痛苦岁月的控诉和批判的社会思想主潮，无论是"伤痕文学"还是"反思文学"等，获得的轰动是空前的，如卢新华的《伤痕》、刘心武的《班主任》、王蒙的《组织部新来的年轻人》、郑义的《枫》、孔捷生的《在小河那边》、阿蔷的《网》、古华的《芙蓉镇》、方之的《内奸》、高晓声的《李顺大造屋》等，一篇小说可以使一个作家声名鹊起，在引起很大反响的同时，也获得了名声与地位上的成功。而作为当时尚且不算发达的中国影视事业，敏锐地抓住了这一种文化背景的变化，一批"伤痕""反思"作品相继被改编上了银幕，如张弦的小说《被爱情遗忘的角落》、古华的《芙蓉镇》、张扬的手抄本小说《第二次握手》、张贤亮的《牧马人》、周克芹的《徐茂和他的女儿们》、叶欣的《蹉跎岁月》等，这些小说在文学史上不但有着突出的地位，而且影视剧的及时改编也更加提高了原著的影响力，提高了原著在文坛上的地位，无形中扩大了读者群体，同时也反馈给了影视的发行方，提高了导演、演员的知名度。接下来的对"改革文学"的影视改编依然承继了相同的策略，如"改革文学"的知名作家蒋子龙的"改革家"系列小说《乔厂长上任记》《赤橙黄绿青蓝紫》等在面世很短的时期内就被搬上影视屏幕，同时还有像柯云路的《新星》、高晓声的《陈焕生上城》、水运宪的《祸起萧墙》等。应和着80年代中期文坛上一批青年作家如张承志、铁凝、阿城、刘醒龙、王安忆、张洁等闪亮登场，影视改编也紧紧追随着这些创作新锐的写作步伐，如张承志的同名小说改编的电影《黑骏马》、刘醒龙的同名小说改编的电影《凤凰琴》、阿城的小说改编的电影《棋王》、贾平凹的《鸡窝洼人家》、王安忆的《流逝》、梁晓声的《人间烟火》、陈建功的《飘逝的花头巾》、郑义的《老井》等。由文学带领影视的发展，这一从属关系一直贯穿于整个20世纪80年代。

从20世纪80年代中期开始到末期，中国文坛上先后出现了一批先锋小说家，如莫言、马原、残雪等，以及随后而来的余华、格非、苏童、孙甘露、北村、洪峰等人。到了90年代，随着先锋作家的叙事性转向，小说被陆续改编为电影,如根据余华的同名小说改编的影片《活着》,根据苏童的小说《妻妾成群》改编的《大红灯笼高高挂》等。20世纪90年代是中国当代作家与影视大面积交往的开始,这个时候是视觉文化在中国开始的年代。刘恒、莫言、余华、陈源等作家与张艺谋的合作是典型代表,标志着文学与影视的"热恋"开始,从而也开启了文学和影视位置之间重新建构的新篇章。

如果说,这些来自对小说的改编的影片与文学之间有一种带领与跟从关系的话,那也是文学带领影视走——从伤痕文学、反思文学、改革文学、寻根文学到新写实,张艺谋曾把这样的现象十分生动地形容为"文学驮着电影走"。然而,进入90年代以来,尤其进入21世纪以后,文学创作与影视的这种关系已经在相当程度上被改变,有人将这种改变称为"电视骑着文学走",而更确切地说法应该是"影视带领文学走"。

被称为"中国当代商业写作第一人"的王朔正是敏感地意识到电视剧的巨大潜力,把眼光放在了电视剧上。1990年由王朔、郑晓龙策划的北京电视艺术中心制作的50集电视连续剧《渴望》,创造了中国电视剧发展史上收视率的最高纪录,被称为中国电视剧史上历史性的里程碑,它创下的轰动效应成为一个时代的神话。随即1991年,王朔作为主要策划与编剧、由赵宝刚导演的中国大陆第一部电视情景喜剧《编辑部的故事》,成为中国情景喜剧的开山鼻祖。作为中国当代文学进军影视的第一个成功吃螃蟹的人,他的四卷本《王朔文集》成为众多导演取材改编的热点资源,小说《一半是火焰,一半是海水》《大撒把》《动物凶猛》《我是你爸爸》纷纷被改编为电影,根据小说《永失我爱》和《过把瘾》改编的电视剧《过把瘾》等,成为作家"触电"的成功典型。

电视剧产量的猛增,带动了国产故事影片产量的提升,从而带动了经济和影响力的双赢模式。正因为如此,空前地吸引了大批作家进入影视编剧的行列,从而也为文学作品的影视转化倾向提供了前提和条件。由于电视剧和电影故事片产量的剧增,很多影视公司纷纷把眼光投放在了小说身上。所以在20世纪90年代至21世纪初期,出现了在新置的文学与影视关系中的第一次文学与影视紧密结合的高潮期。❶诸如北村的《周渔的喊叫》、刘震云的《手机》、周梅森

---

❶ 需要提及的是,影视与文学的结合一直都存在着。该时期的划分更多的是取决于影视对社会所产生的传播效应和影视的发行数量的立场上来考虑。

的《绝对权力》、海岩的《永不瞑目》《玉观音》等当代小说，被改编成同名影视剧后，引起了广大观众的一致好评。同时，这也在很大程度上影响着当代文学创作的模式，许多作家开始抛弃传统文学的阵地，专注于影视剧文本的创作。比如刘和平的《雍正王朝》、朱苏进的《康熙帝国》、郭敬明的《小时代》。当然，当代文学的影像化以及同名影视剧的出现，在极大地拓展传播范围的同时，又对当代文学作品的市场销量起到了一定的刺激作用和"广告"作用。据悉，在当年随着冯小刚贺岁片《手机》推出后，刘震云的同名小说销售量突破了20万册；电视剧《绝对权力》播出后，周梅森的作品在短短六个月的时间内销量达到了20多万册；北村在电影《周渔的火车》之后，从默默无闻一跃成为知名作家。

　　与此同时，伴随着的是网络文学在互联网上异军突起。虽然褒贬说法各不相同，却无法阻挡网络文学拥有传统文学难以企及的阅读数量和读者。然而网络文学在21世纪初也有被改编为影视，影响却难以和如今相比，真正在社会引起效应并造成了另一个影视与文学紧密结合的高潮期是在2011年为肇始至当下这一时期。❶ 如网络作家流潋紫的《后宫甄嬛传》、唐七公子的《华胥引》和《三生三世十里桃花》、秦简的《庶女有毒》、桐华的《大漠谣》和《云中歌》、匪我思存的《寂寞空庭春欲晚》和《佳期如梦》、蒋胜男的《芈月传》、瞬间倾城的《美人心计》、海晏的《琅琊榜》、Fresh果果的《仙侠奇缘之花千骨》等，这些作家凭着其改编为影视作品的小说一夜之间广为人知，网络文学与影视的紧密结合更是形成了新的IP文化生产链条。从这些来看，影视通过电视台进入千家万户的电视机里，凭借着其视听文化特有的感觉冲击力，极大地拓展了文学的传播渠道，开掘出了文学的潜在需求。

　　随着越来越多的人因为影视而了解中国的文学和作家，因为影视而疏远文学书籍，也就相应地说明对读者和社会消费需求的引领已经从文学走向了影视艺术，也就是说，影视逐渐担负起了引领读者审美标准和阅读文学作品的功能，我们已经进入了"影视带领文学走"的时代。相比较以前的文学作品因其优秀而被改编，使影视借助于文学的荣耀而成名，到现在的文学作品因被影视改编

---

❶ 参见附录。

而被众所周知,才能获得更多的读者而畅销,从"驮着走"到"被领着走",文学和影视的位置被颠覆了,应该清醒地认识到,不仅仅颠覆的是数量、销售业绩,影视也影响到了文学主体的创作取向。

希利斯·米勒曾这样说过:"我最近在中国参加了一次研讨会,汇集了美国的文学学者和中国作家协会的代表,在那次会议上,如今最受尊敬、最有影响的中国作家,显然是其小说或故事被改编成各种电视剧的作家……这说明转向新媒体的转移却是明确无疑的。"❶希利斯·米勒以一位外国研究者的身份,以一种惊叹的口吻道出了中国作家向影视创作转移的现状。随着影视在文化领域中的地位和影响力越来越大,文学也不得不从承担着读者和社会精神引领人的导师地位变成依靠影视传媒才能立足于市场的边缘位置。影视作品培养了作家的市场意识,但是当进入影视剧这一市场消费特征明显的"文化生产链条"机制中,作家市场意识过度生长,进行文学创作时过于向影视方向靠拢的时候,文学作品从某方面来看也如同进入了"机械化生产"一样,内容、情节、叙事手法等的重复和复制,题材的单一化,作家的创作取向受到了限制,从而造成作家创作力的丧失,独立个性的消失。

在21世纪初,许多作家之所以声名远播是在于读者根据他们的作品被改编的电视剧,而并非他们的小说而得之。当时被评为中华文学人物"最有影视缘的作家"的海岩,在谈到作家的创作心态时,曾直言不讳地认为,处在视觉时代的作家,因为读者的审美观念和阅读心理、阅读方式被改变,进行创作的时候也会改变是一件自然而然的事情,这是由人物和事件结合在一起的时代生活节奏和心理节奏决定的。❷而当时称为"中国政治小说第一人"的周梅森,随着小说作品纷纷被改编为电视剧并获得了巨大的成功,他的小说也越来越成为专为电视剧量身定做的待加工产品:从最初以"纯作家"身份出售小说版权,到担任自己小说的编剧,再到做自己编剧的电视剧的制片人以至于投资方,"纯作家"的身份也越来越模糊。作家创作理念的转变和进入影视改编的文化生产从而改变了"作家"的身份,这一做法,恰恰揭示了当小说改编影视剧进入生产链条后,小说创作行为的一种重要走向。这一现象同样存在于网络作家身

---

❶ 希利斯·米勒斯:《文学死了吗》,秦立彦译,桂林:广西师范大学出版社,2007年,第16页。
❷ 鲍晓倩:《作家纷纷触电影视 创作心态各不相仿》,《中华读书报》,2003年11月26日。

上,《甄嬛传》《琅琊榜》《盗墓笔记》等影视作品的大热,带动了网络小说影视改编的热潮,高居榜首的唐家三少、天蚕土豆、南派三叔等网络作家因作品而成名,又因作品被翻拍而获利,他们的成功无疑给予了年轻的网络文学作家更多的幻想和目标。然而不同于21世纪初"纯作家"进入类似同类型的模式创作,在网络作家这里则更多的类似于集体地进行同类型的模式创作,如随着穿越电视剧《宫》《步步惊心》等剧的成功播出,在众多穿越小说中会发现似曾相识的叙事手法和语言表达。

如果说,小说的创作是作家对于现实或者心灵的自我哲学上的思考,那么当小说改编为影视剧时,就必须以市场为需求,符合大众审美,满足投资方的口味为主要原则,创作已经变成了"产业链""模式"。作家创作动机的"纯正性"已变得不再纯洁。许多尚未被整合进"产业链条"的小说创作,纷纷以自己的作品向荧屏银幕的延伸作为潜在的目标,影视导演则成为其小说创作的期待读者,在创作上更加注重故事性和画面感。无论是认为可以提供取之不尽的动人史实和传说作为故事的背景,并凭此能够拍出美好的电影电视;[1]还是如徐宁生的小说《情梦敬亭山》《天生桥下胭脂河》《牵挂》,完全按照场景组成单元,类似电视文学剧本,名曰"长篇电视小说";或是不再只是简单地进行心中情感的抒发,而是希望建立自己的外部影响力,将市场做大,并开发出更多新的渠道……从创作体现作家精神个性、艺术见解与审美追求等方面独特性的"风格"已经变成了"产业化"和"程式化",作家的创作动机已发生了改变。小说的创作本应该是一种自我内心的解剖和独白,是自我灵魂的升华与张扬,是作家对人世间真善美的讴歌与表现,对假丑恶的拷问与鞭挞,是个体生命对自我个体在世的独特的细腻感受、体验和完美表达,而不是一种带世俗功利甚至是没有"目的"的精神活动。然而创作者在浮躁心态的支配下,把原本应该是内心的诘问和痛苦的思考、个性的张扬和灵魂的飞越、艺术化的创造性劳动,变成了为物质经济利益所驱动的产业化、"流水线"式的粗制滥造。

在影视大潮的冲击下,越来越多的中国作家在进行创作时,曲折的故事情节、鲜艳的画面描写成为其主要手法,而伴随着融合爱情、悬疑、动作等各方

---

[1] 石敦峰:《影视化的小说创作》,《北京日报》,2004年1月4日。

面流行因素于一体的内容的同时，是类似的叙事内容、表达方式……许多小说人们在看开头时就知道了结果，甚至连中间的故事情节也能猜得八九不离十。新媒介下的中国小说在数量和规模上都呈现出持续快速增长状态，这种"快速"状态同样存在于小说的创造上，创作的时间也由几年缩减到几个月，这也造成了小说原有的语言艺术、叙事美感、细腻刻画、深刻思想、悠远意境等特有属性，正在远离我们而去。小说在价值追求、美学趣味、题材、主题等方面都发生了较明显的变化。

偏重画面效果，突出画面感和具象性，减弱内容的主观感受性，是小说创作中文体变化的突出表现。在海岩《拿什么拯救你，我的爱人》中对一名模特进行了细致的描写：

> 一件大摆宽袖的真丝红裙，一条千缀百褶的细布黑裙，一把如烟如雾的白纱团扇，半遮了那位盛装少女毫无表情的桃花粉面、柳眉玉颜。那只轻执团扇的纤纤玉手，环绕着一条晶莹冷艳的白色珠链，珠联璧合的一点翠绿，生机勃勃，夺目其间……❶

在这里，描写具体的写实语言变为了可视的画面，运用语言描摹了一幅色彩鲜明的画，与影视的画面堪与媲美。而这样的细致描写，在许多网络小说中得到了很好的延续和展现。被称作网络小说经典读本的《庶女攻略》中，这部小说主要讲述的是女主人公罗十一娘在侯府大院内，如何在锦缎珠翠之间靠着自己的才智生存下来的故事。在文中无论是对人物外貌还是事物、环境的描写都可以称得上是非常细腻，在罗十一娘一出场就进行了画面般的语言展示：

> 她手指纤长，素如葱白。金黄的橘皮翻飞指尖，竟有灿霞般的艳丽。
> 五娘的目光不由落在了十一娘的脸上。
> 发如鸦青，肤赛初雪，目似秋水，唇若点绛。

---

❶ 海岩：《拿什么拯救你，我的爱人》，北京：作家出版社，2001年，第446页。

同样，在倾冷月的小说《且试天下》中，当女主人公白风夕恢复到她风国惜云公主的身份时，对她的出场进行了细致刻画：

> 勾那轻罗帐，扶那睡海棠，披那紫绫裳，移那青菱镜，掬那甘泉水，濯那倾国容，拾那碧玉梳，挽那雾风鬟，插那金步瑶，簪那珊瑚钿，淡淡扫蛾眉，浅浅抹胭红，那艳可压晓霞，那丽更胜百花，这人见即倾心，这月见即羞颜！

这些描写几乎是由具有高度画面感的镜头连缀而成的，宛如一台摄像机，给人的眼睛展示了一幅鲜活的画面。

除了画面感的突出，情节的高密度戏剧化也是影视创作影响下小说的一个重要特征。如何使故事精彩，情节安排如何具有紧张感是其重要的技巧。在许多小说中，采取了倒叙的手法，倒叙中又转向时间顺序的叙述。这样的安排，既保证了开头的悬念，又能产生意想不到的结局。比如在小说《三生三世十里桃花》中，从"素素"的自我回忆中引起了"现在"和"过去"的交叉，在素素回家的过程中，交代了和素素以前所发生的一切，在倒叙中转入时间顺序的叙述中，保证了情节设置的复杂，避免了阅读者或观众对结局的一目了然，达到了吸引读者兴趣的目的。在《平淡生活》中，"我"是一名作家，优优是一位向我出卖故事以换取生活费的女人，随着叙述的进行，"我"进入到"优优"的生活中，叙述从优优的过去走向了当下，在情节设置中，有着诸多意外，如诚志的父母被杀、两个孩子中毒死亡、阿菊杀害前男友嫁祸给优优等。这些意外将情节推向紧张，时刻保持着一种紧凑感。一些作家认为写作得惊险、有趣，才能达到文本的陌生化。❶ 于是，在很多小说中，大量的戏剧化情节的出现，从一开始事情就一件件地接踵而至，人物像赶场一样不停地运动，紧凑的结构，快速的节奏，让人目不暇接。

从注重画面感和情节的戏剧化倾向中可以看出，作为"陈述"为主的小说其艺术手段正向"展示"倾斜，而"展示"则是影视剧的基本表现手段。而这种

---

❶ 金涛：《我的故事追求惊险、陌生化，但不是007——作家龙一谈文学创作与影视改编》，《中国艺术报》，2016年10月24日。

"展示"不仅仅表现在叙述的画面感、叙事情节的戏剧化倾向,对于文本最基本的单位"词语"来说,则表现出了大量的口语化与平白感。最明显的莫过于新世纪初刘震云的《手机》,《手机》是一部关于人们日常"说话"的小说。在这部小说中有许多嘴,有人不爱说话,有人在说假话,有人在说傻话,有人在说实话,有人是话中有话。主人公严守一是一个以"说话"为生的人,在电视台主持节目。他的节目以说真话见长,但在日常生活中,他不由自主地开始说谎话。在这部小说中几乎很少有其他的叙事手法,事情基本上是通过主人公严守一不停地在不同的场景中活动,并和其他人的对话形成的。这在以后很多作家进行文本创作时,小说写作中的场景化人物对话成为其主要的"展现"方式。张嘉佳的小说《从你的全世界路过》被称为是"近20年华语小说销量奇迹,每个故事,都在变成电影",里面讲述了不同的普通人的日常生活,创造了被改编成电影最多的纪录。在每篇小说中,平白的对话比比皆是,比如《初恋是一个人的兵荒马乱》中:

> 一天大清早,有人敲门。我开门,是个女生,还拎个塑料袋子。
> 女生:"你没吃早饭吧?"
> 我:"不吃,滚。"
> 女生:"这么粗鲁干什么?"
> 我:"就是这么又粗又鲁。"
> 女生:"是别人托我带给你的。"
> 我:"别人是什么人?"
> 女生:"别人不想告诉你,不要算了。"
> 我:"不想告诉我?那就是不用我还了吧?"
> 女生:"送你的为什么要还?"
> 我:"哈哈哈哈,别人真好。"❶

在这里,小说只是简单地进行说话的展示,并没有进行任何的艺术加工,让读者看到两人在那里你一言我一语的调侃,表达平白平淡宛如剧本一样。小

---

❶ 张嘉佳:《从你的全世界路过》,长沙:湖南文艺出版社,2013年,第24页。

说语言运用的生活化与世俗化，口语化也是为了更好地进行"展示"。

美国学者爱德华·茂莱在《电影化的想象——作家和电影》一书中指出："随着电影在20世纪成了最流行的艺术，在19世纪的许多小说里即已十分明显地偏重视觉效果的倾向，在当代小说里猛然增长了。"❶影视剧对小说这一艺术形式的渗透到极致就是"影视小说"的出现。"影视小说"通常又被称为"影视同期书""电影小说""电视剧小说"，一般指由电视剧和故事片改编而来的小说。影视小说主要有两类，一类是当某一部电影或者电视剧正在热播时，出版社立即推出由影视剧的剧本所改编整理成的图书；一类是在注重影视与书籍之间相互沟通的同时，也强调小说的本体性，使小说不完全依靠于影视剧的播放而丧失了自身所具备的文学品质和小说所具有的独立性的阅读价值。

从文学整体来看，文学在20世纪90年代以后依赖于新媒介的力量逐步增加，文学被挤压在文化的边缘地带。从文学自身内在性来看，文学自身的文学"自律性"逐步让位于新媒介的"他律性"，主要表现在注重画面感、情节的戏剧化和人物语言的大量对白和口语化，以及文体的简洁趋势中可以看出，作为"陈述"为主的小说其艺术手段正向"展示"倾斜，是影视剧的艺术特征对小说文体的渗透，是当下小说创作在与影视的关联中发生的文体变化的主要形式，而"影视小说"则是其发展到一定程度的"产物"。从某种程度上来说，"影视小说"不仅仅代表了一种新型的小说艺术形态，更多的是代表了一种文化和文化态度。在以新媒介为中心的新型文化关系中，当下文学创作中的"快感"受到了空前重视，以"娱乐性"为核心的通俗文学观已经赫然存列于文学作家的审美武库之中。❷

第四节　本章小结

美国学者苏珊·朗格认为艺术是一个"生命的形式"，每一件艺术品都是有

---

❶ 爱德华·茂莱：《电影化的想象——作家和电影》，邵牧君译，北京：中国电影出版社，1989年，第5页。

❷ 翟文铖：《大众文化影响的焦虑——"70后"作家创作的"通俗化"倾向探讨》，《文学评论》，2015年第4期，第107–116页。

机的形式。一件作品"包含着情感"恰恰说明作品的"生命性",而其中的奥秘在于和人类本体的结合有着难以形容的复杂性、严密性和深奥性,正是因为如此,才使艺术成为一个较为高级的有机体的"自我——本体"(即那些极为紧密地结合在一起的有机体的自我——本体),这种本体存在于个性之中,是一种活动的延续。作为人类情感最重要的表述方式之一的文学也不例外,文学是一种特殊的"生命形式",是"生命活动"的延续,这种"生命形式"存在于个体之中。苏珊·朗格指出:"整个结构都是由有节奏的活动结合在一起的。这就是生命所特有的那种统一性。"❶ 当生命的主要节奏,即个体发生了变化时,这种特殊的"生命形式"必然也会发生变异。

从生命的高度上来看,文学的存在形式是个体生命在世界之中存在的表征,新媒介所带来的一系列变化,必然会导致文学这一特殊"生命形式"的改变。值得注意的是,这种改变是与它自身的每一个特定的历史阶段活动及其发展的背景相适应的。新媒介及其所带来的审美文化、符号化、商品化渗透于"个体"所生活的日常生活中,对人们的审美、体验和认同都产生了重要的影响,置身于遭遇到来自新媒介及消费社会的文化逻辑的环境氛围中,文学的转变也就成了必然。我们会发现,文学的生产、传播和阅读都发生了深刻的变革:一方面,在以新媒介为中心的新型文化建构中,当代文学依旧处于社会的边缘化状态;另一方面,当代文学在自觉或者不自觉地被纳入到当下的文化生产体系的过程中,文学中的"他律性"生成并日益彰显,文学不再仅仅只是进行相对独立的艺术创造和精神建构,而是变成一种复杂的社会文化活动。

尽管在新媒介及其所带来的图像时代使文学前进的步伐缓慢而沉重,但文学之所以能够生成其独具的审美文化意蕴,根本的核心在于其自身所具有的独立的精神创造性,在于其实质是对人"自身存在"的思考并与之形成一种自觉的关系。那么,我们就会发现,在形形色色不同的"日常生活"表征下所隐蔽的激进的信念和释放的激情……

---

❶ 苏珊·朗格:《艺术问题》,北京:中国社会科学出版社,1983年,第49页。

第三章　新媒介下的个性化文学存在

　　立足于当前的21世纪，回顾我们走来的几十年路程，不得不承认的是，20世纪90年代以来的中国社会以及中国人的生活状态发生了天翻地覆的变化。中国市场经济体制的改革是促进国家得以进行经济转变的保障，与此同时，在新媒介的作用下，消费文化才真正走向了日常生活，使消费意识和消费行为不仅被快速有力地加以鼓励和倡导，而且，它还直接反映了日常生活文化的物质性满足。尤其是影视作为新媒介的主要媒介，它们是当代人最主要的娱乐工具。无孔不入的广告文宣活动，各种社会名流以及影视明星几乎成了多数年轻人心仪的偶像，以及令人眼花缭乱的各种娱乐综艺节目，这一切都是在以影视传媒为中心的文化效应。另外，随着全球化的"国际接轨潮流"驱动下，以消费、流行为时尚的文化观念对传统社会产生了巨大的冲击。比如越来越多的人在广告所宣传的符号意义和所谓的身份象征下去购买商品。从某种意义上说，在当下我们的社会中，商品几乎可以成为所有事物（不仅仅是物质上的）的代名词，商品成为文化以消费的方式进行改造的必要途径。"商品进入文化，意味着艺术作品正成为商品，甚至理论也成为商品……商品化的逻辑已经影响到了人们的思维。"[1]

　　当然这种特殊的国情现状，我们不能依据消费文化一度的甚嚣尘上，就轻率地认为消费社会已经成为中国的基本社会属性，人们依然在如何建构新时代中国特色社会主义国家的道路上积极探索着。但不能否认，以商品为主要命名的消费，无处不在，这是当下"世界"存在形式的呈现。海德格尔认为，"世界本身不是一种世内存在者，也不是世内存在者的总和，但它从根本上规定着世

[1]　詹姆逊：《后现代主义和文化理论》，西安：陕西师范大学出版社，1987年，第148页。

内存在者。唯当有个世界,世内存在者才能来照面。"❶ 在一个商品充斥的当今社会,大规模的商品消费,改变人们的不仅仅是衣食住行的日常生活,也不止于人们的社会关系和生活方式,更多的是改变了人们看待这个世界和自身的基本态度,是人们在这个时代的精神道德和情感思想的变化。是"此在"在世界之中的变化,因为"此在的本质毋宁在于:它是些什么向来都有待于它自己去是"❷。

从实际存在来看,"此在"之所以与众不同在于"此在"不仅仅"是"这样那样的存在者,而且是对它的这个"是"的有所作为,是它自己是什么这件事本身的有所作为。它在其存在中与这个存在本身发生交涉。它是什么,这一点只有随着它去"是"的过程才对它自己展开出来。文学之所以得以存在的意义在于"人",因为有人才有文学,正是在这个意义上,文学是"人"的文学具有不容辩驳的意味。那么,文学的存在从某种程度上看,可以认为是通过作家与世界之间的相互关系和交流来实现。

第一节 断裂:文学"日常生活"的出场与呈现

一、无奈的日常生活

在语汇中,"城市"和"都市"这两个词的用法没有太大的差别,并且在各种使用的具体环境中并没有太大的歧义。顾名思义,由字面上就可以看出,"城市"由"城"与"市"这两个概念结合而来。"城"是指都邑四周作防御的墙垣,"内为之城,城外为之郭。"❸ 墨子认为:"城者,所以自守也。"❹《吴越春秋》里则认为:"筑城以卫君,造郭以守民,此城郭之始也。"❺ 晋朝崔豹所撰的《古今注》

---

❶ 陈嘉映:《存在与时间读本》,北京:生活·读书·新知三联书店,1999年,第52页。
❷ 陈嘉映:《存在与时间读本》,北京:生活·读书·新知三联书店,1999年,第9页。
❸ 管仲:《度地》,见《管子》,哈尔滨:北方文艺出版社,2013年,第315页。
❹ 墨子:《七患》,见《墨子全译》(修订版),周才珠、齐瑞端译注,贵阳:贵州人民出版社,2014年,第26页。
❺ 徐坚:《初学记》,韩放主校点,北京:京华出版社,2000年,第277页。

对"城"的阐释是:"城者,盛也,所以盛受人物也。"❶由此可见,"城"具有两个意思:第一,从作用上来讲,"城"是指四面围以城墙,具有防护作用的军事要地;第二,从政治上来看,"城"是朝廷或官方政府力量的所在地,是国家的政权统治的中心所在。"郭"则是和"城"相对而言的,是指普通百姓大众的居所聚集地。所以相对于"城"而言,"城"和"郭"的地理时空关系是处于内与外、中心与郊区的状况。而最初的"市"则专指商业上进行经济活动和物质交易的场所。随着社会分工的出现、生产力的不断提高和商品经济的不断发展,商业上的贸易交往和经济效益在人们社会生活中所占据的地位越来越高,从而使进行物质贸易交换和商业交易的场所成为城市的中心。随着历史的演变,最终"城"与"市"两种形态在国家政治策略以及商业贸易的经济作用下逐渐合二为一,经过长期的发展和演化,形成了较为成熟的古代城市的布局和结构形态。

众所周知,当下中国城市建设与社会、政治密切相关,这和当代都市的经济目的是完全不同的。中国城市从一开始就是"筑城以卫君",是王权而不是商人,促进了城市的出现和崛起。也正是由于这种原因和目的,才使中国古代城市依靠于政治强权,有了统一的形态和结构,而且一直处于统治阶级的高层极端,是封建贵族阶级的象征。

1840年鸦片战争之后,中国传统的城市和农村格局被打乱并进行新的分解和整合,原先所具有的自给自足性、封闭性、自然性的城市发展遭到了断隔。国门的打开,使中国走向了半殖民地化的道路,西方现代资本工业文明对中国的政治经济文化侵略使中国大部分的传统城市迅速走上了都市化建设的道路。

伴随着社会的发展和时代的进步,商品经济交往的增加,城市的社会功能逐步形成了以工业、商业、文化为其核心,这完全不同于以往传统社会中的城市功能。尤其进入近代以来,工业革命不仅只在西方存在,也随着国门的打开而产生于中国这一古老的土地之上,工业革命成为全球性范围的革命,这一革命使高速发展的城市吸引了乡村和城镇大量人群的流入,形成了以城市为中心的格局,从而造成城市中的主要人口构成以劳动人口为主。这一结果导致了

---

❶ 崔豹:《古今注》,牟华林校笺,北京:线装书局,2015年,第57页。

城市的工业化，并确立了城市形象在传统和现代之间的分野。在乡土中国的漫长历史演变过程中，城市的形成、发展、繁荣、变迁和衰落过程，成为社会文明演变历史的缩影，在特定的历史阶段中，城市不仅仅是国家和某一地区的政治、经济和军事中心的表征，也同样鲜明地体现出某一时期某一地区的民俗文化特征和物质文明的发展程度。而在文学作品中，城市的发展与变化一直是不可忽略的内容表现，由此，城市成为中国文学尤其是现代以来所着力重点表现的主题之一。

从城市的空间存在形态上来看，早期城市的标志性建筑"城墙"已经逐步淡出人们的视野，取之而来的是各个商业网络之间日益发达的便利性交通网络，使商业化贸易交往打破了空间距离和时间距离上的隔阂。从"城"和"市"并存到有"市"无"城"，这是世界城市发展的总趋势。尤其自新媒介的出现和发展，对于中国而言，20世纪80年代的经济体制改革，从理论倡导到实践措施的实施，真正实现城市化的国际发展，是在电视真正普及到中国人民的日常生活之后。新媒介的迅速发展，影视、网络、广告、手机等已经成为人们生活中的一部分，我们很难以想象没有电器的时代人们该如何生存，世界将会变得怎样。新媒介把人们的距离拉近到前所未有的程度，全球化是必然的趋势，城市成为世界的中心。随着科学技术的发展，社会生产力的提高，城市的数量和规模呈现出令人惊叹的增长和扩张，而城市的功能和作用也不同于以往的只是出于政治目的，或纯粹的商业贸易交往，其自身呈现出一种多元化状态，由此可见，世界的经济社会格局也发生了巨大的改变。对于现代人而言，城市无疑是其生活的主导力量。在这样一个世界范围内的城市发展环境下，中国也不可避免地走向了"城市化"进程中。《中国新型城市化报告2012》指出，2011年中国城市化率首次突破50%，这意味着中国城镇人口超过了农村人口，中国城市化进入快速发展阶段。❶

在这种新型的社会现实背景下，一种新的关系呈现在城市中的个体与现代都市、人与自然之间，这种关系改变了人自身的存在形式，更多地改变了人和世界之间的存在关系：城市是由众多居于其间的人所亲身参与和感受到的城市。当读者阅读以城市生活为主要表现内容的小说时，会发现描写不同的城市面貌

---

❶ 牛文元:《中国新型城市化报告2012》，北京：科学出版社，2012年，第3页。

和描述对象自身所具有的地方性、民族差异性不再是小说考察的重点，而是更注重借助于文学叙事对诸多都市体验的抽象艺术，表现现代都市背后的都市意识形态生成，表现人在都市下的种种精神境遇和价值的碰撞。也就是说，文学的城市化就意味着以新方式写人、新眼光观察人的本质存在成为可能。

中国当代文学发展的历程也因时代主题的变化有着不同的文学主题：革命、启蒙、伤痕、寻根、反思、先锋等。"日常生活"一直处于一种被搁浅的状态，在主流文学中占据着有限的空间，在20世纪90年代以前，每一个阶段的文学都有明显的中心。宏大的叙事成为一种中国文学历史现象的特征，在宏大的叙事和主题追求下，"日常生活"自身的意义和影响长期处于一种被忽略和遮蔽的状态，在文学的历史进程中只是一个边缘性的存在。"日常生活"常常因时代背景的不同被打上历史、政治和文化的烙印。新中国成立以来，"日常生活"曾被扭曲为抽象的、神圣的、集体的、精神的宏大生活。20世纪80年代后，现代化的超大梦想压倒了一切，摆脱了政治束缚的文学又投身于新的宏大叙事中，"打破国家政治的禁锢"启蒙思想成为当时"新文学的精神"，然而这种精神依然是属于高雅的精英文化，无论是精神创作还是生活性创作仍然具有高人一等的优势，有的专家认为"集体的""典型的"本质生活的想象模式虽然被突破，然而其在精神高度上的本质仍然是属于高雅的思想启蒙，仍然固执地迷恋着本质生活的"精神性"❶。

在一些研究者看来，"日常生活"是以个人的家庭、天然共同体等直接环境为基本寓所，旨在维持个体生存和再生产的日常消费活动、日常交往活动和日常观念活动的总称，它是一个以重复性思维和重复性实践为基本存在方式，凭借着传统、习惯、经验以及血缘关系和天然情感等文化因素加以维持的自在的类本质对象化领域。❷"日常生活"目的在于解构传统文学的宏大叙事和精英身份，以生活的世俗性、习惯性、重复性、常识性为基础，意在力求真实地呈现世俗的生活世界，从而表现现代人在当下社会环境中的存在方式和精神诉求。随着中国城市的现代化进程，人们在新媒介的作用下感受到了视觉效果的最大刺激的同时，更多的是被其所倡导的消费观念和经济观念所渗透并建立了与之

---

❶ 张霖：《日常生活：90年代文学的想象空间》，《文艺评论》，2004年第6期，第30-34页。
❷ 衣俊卿：《现代化与日常生活批判》，北京：人民出版社，2005年，第31页。

相适应的审美观和价值观，作家的创作观念和动机在改变，读者的审美标准、价值观念、消费观念等也在改变，和以往相比而言，人的个体性和世俗性得到了极大的刺激和发展，使文学所关注的和展现的内容逐步转向关注个体的世俗生活。时代变了，人心亦已改变，承认世俗、接受庸常已是大势所趋，这契合了消费主义意识形态下人们的审美观和价值观的改变。文学从精神的"神话"启蒙神坛走下来，回到了人们所熟悉的朝夕相处的日常生活中去，开始关注人们的衣食住行、婚丧嫁娶，关注普通人们的平庸理想、追求和欲望。

新写实小说追求的是以感情的"零度"介入、对日常生活进行原生态的叙述，摒弃文学中高高在上、不食人间烟火的英雄人物和光辉事迹，而重视普通人的普通生活，把小人物、俗人、俗事放在了中心。这不仅仅是新写实小说的艺术手法，更重要的是在文学上精神价值的追求：作家心目中所谓人的理想、道德和情感等一切都是以日常生活为核心，日常生活成为人得以存在的一切根本和基础。作家把自身和作品中的主体放在了零距离的地位，在作品中体现更多的是自身的体验和亲身经历。池莉的《烦恼人生》来自她自身的切身经验：挤三个多小时的公共汽车、买菜做饭、洗衣服、打扫房间……孝敬父母，伺候丈夫，应酬朋友，灭蚊灭鼠……在一些作家眼中，丰富多彩的生活充满着惊奇，远远超出人们对它的想象，再精美的构思也远不如生活本身来得漂亮和巧妙。❶

在新写实小说这里，基本上以城市为背景，体现了"日常生活"中的基础性地位，将维持生计的生存、再生产作为最高的目标。池莉的《烦恼人生》通过一名普通的钢厂工人印家厚一天的生活经历，展现了当代生活中的一名普通人所面临的生活困境和这种"日常生活"所带来的无尽的烦恼：黑暗拥挤的住房，微薄的工资，上有老下有小的艰难生活处境，每天长时间的公共汽车和轮渡去上班，被人陷害、遭到领导批评的烦心事等。通过他在日益烦琐却无法挣脱的生活中的挣扎、奋斗和心理感受，深刻地揭示出人生存的困境和无尽的生活烦恼。在《不谈爱情》中，婚姻、感情、性分离开来。婚姻是婚姻，性不等于婚姻。在生活面前，性、爱情都大可不必谈起。对于吉玲而言，她只是抓住了一个高阶层的男人而离开她那个阶层，与其说她爱上庄建非，不如说她爱的

---

❶ 冯永朝:《新写实小说特征论》,《前沿》, 2009 年第 6 期, 第 181–183 页。

是庄建非的门第。对于庄建非来说,事情就简单得多,用小说中的话,就是,
"揭去层层轻纱,不就是性的饥渴,加上人工创作,一个婚姻就这么诞生了。"❶
刘震云的《一地鸡毛》和《单位》描写了小职员小林在单位和家庭中所遭遇到的
种种事情及其自身的心理因此而产生变化的过程。菜篮子、妻子、孩子、豆腐、
保姆、单位中鸡毛蒜皮的琐事,展现的是一部琐碎人生的范本、一部关系学的
教科书,反映了大多数人在当下的日常生活和生存状态及他们是如何完成一天
又一天的日子。《官人》写的是某单位机关换了一位新部长,下面的人事要进行
全面大整理和调动,下面的局长老袁以及七个副局长各自分别争权夺利,各想
办法,到处拉拢自己的势力,结果四位退休,两位被调走,而新部长的亲信老
曲则当上了新局长,展现了当代下权力对人心理的扭曲和异化。《官场》则写的
是两个副专员为了争当专员而明争暗斗,体现了在为官至上的观念下对人性的
异变,小说最后的结尾以省委第一书记徐年华的调走而告终,一片忙碌和心血
毫无结果,不但表现了官场的肮脏和黑暗,也同时体现了人生的无奈和无力。
即使在相对"纯洁"的部队中,也失去了人间的"乐土":《新兵连》中的新兵们
为了追求所谓的"进步",勾心斗角、诬陷告密、阿谀奉承,毫无想象中的高尚
情操,在刘震云这里所谓的"进步"是一个大大的嘲讽,是所谓的荣誉与权力
的象征,是"物欲"的隐喻。在刘震云的小说中,体现的是群体性的生活以及
在群体生活中人的异化和心理的扭曲。叶兆言的《艳歌》描写了一对知识分子
夫妇的感情变奏,通过男女主角由相识到结婚再到交恶,再现生活的原生样态。
虽然不同于池莉的《烦恼人生》把时间、空间压缩到一天的范围内,然而当历
史系高才生迟钦亭和中文系女诗人沐岚的浪漫恋爱遭遇到婚姻以后,生活完全
改变了,生完孩子后的请保姆问题、找什么人来带孩子等问题接踵而至,在令
人窒息的狭小房子中,吵闹不断升级和频繁,最终导致了矛盾的不断加深而造
成了长期分居,精神恋爱完全让位于现实生活,生存的焦躁让人应接不暇,精
神高度成为奢望。如果说在《烦恼人生》《艳歌》这里还能感受到焦躁不安,那
么在谌容《懒得离婚》这里,李索玲与刘述怀的婚姻已经是"不爱也不恨""离
不离都一样,懒得离"的困境,彼此之间的知足已经到了麻木的程度,无关自
身,爱情在婚姻的惰性面前是可有可无的,"日常生活"的功利性在婚姻中占据

---

❶ 池莉:《不谈爱情》,海口:南海出版社,2001年,第224页。

主导地位。

　　这种日常生活的"无奈"并没有随着时间的流逝而消失，反而跨越了时间的纬度，在人们面前依旧呈现着它强大的生命力。骆平的《譬如朝露》中讲述的是一所二本高校里的研究生梁三思和本科生程穗因意外怀孕，最后决定结婚生下孩子，于是双方搬离了学校的寝室，离开了学校，在外租房子，从而拉开了真正的"生活"帷幕，开启了"无奈"的生活旅程。这里同样有着《烦恼人生》中无尽的生活琐碎烦恼，有着《艳歌》里的生存焦躁：当梁三思的父母给予有限的帮助之后，梁三思兼职做两份家教，随时奔走在工作与找工作、失业与即将失业的路上，锱铢必较地盘算着收入和支出，几乎忘记了还剩下大半的硕士学业。当孩子出生后，两个有着身体疾病的早产儿更是使程穗的复课变得遥遥无期，程穗想考英语六级、想去当学生记者、想穿着高跟鞋和男朋友手牵手看电影……然而，她的身心却被圈定在杂乱的出租小屋内：乱七八糟的奶粉盒、尿不湿、来不及清洗的床单被褥……"她变成了囚鸟。这囚笼，不是爱情，不是监狱，不精致、不奢靡，无金属质地，无丝竹之声，纯粹是由吃喝拉撒屁屎尿尿焊接而成。"❶ 对于程穗而言，"生活只剩下两件事：崩溃，以及即将崩溃。"❷ 同样的还有梁三思，这个当年以本科年级第一名被保送的研究生，马不停蹄地去赚钱，短短几个月，心中怀揣的大学教授的职业理想已经灰飞烟灭，面临的是和程穗一同降级，推迟毕业。甚至是能不能毕业都不太重要了，重要的是赚到钱。两名追求精神质量的高校生就这样在生活这条大河里，失去了曾经的棱角，变得无奈而黯淡，而最初的爱情早已不见。生活，不但有着《懒得离婚》里爱情的微不足道，同时也使两个人成为最忠诚的盟友，恰如文中最后所说："这世间，再没有什么，能够轻易拦住他的脚步，再没有什么，能够阻挡他披荆斩棘、一往无前的脚步。"❸

二、"物化"的日常生活

　　卢卡奇以"物化"一词，揭示出现代人以及人与人之间关系的异化现象，

---

❶ 骆平：《譬如朝露》，《当代》，2016年第6期，第62页。
❷ 骆平：《譬如朝露》，《当代》，2016年第6期，第62页。
❸ 骆平：《譬如朝露》，《当代》，2016年第6期，第66页。

在《物化和无产阶级意识》一文中特别强调,"物化"是指"人自己的活动,人自己的劳动,作为某种客观的东西,某种不依赖于人的东西,某种通过异于人的自律性来控制人的东西,同人相对立"❶。他认为,这种情况存在于客观和主观两个方面。在客观方面,产生一个由现在的物以及物与物之间关系构成的世界(即商品及其在市场上的运动的世界),这个客观世界的规律虽然被人们所认识,但人们并不能通过自己的活动改变现实过程本身。在主观方面,人的活动同人本身相对立地被客体化,从而变成一种商品,这种商品服从于社会的自然规律并不依赖人而进行自己的运动。❷对于中国这个正在全面转向现代化社会过程中,我们会发现个人的精神生活让位于"日常生活"中的物质追求,利益的争夺和焦躁的生存困境使人们往往从切身利益的角度来认识和思考问题。人因对日常生活的满足而愉快,因对"我""有用"而愉快,精神的空间已经被大大压缩到边缘的地位。

如果说在新写实小说,都市"日常生活"在很大程度上是人们为其吃喝拉撒睡、鸡毛蒜皮的事情所忙于奔波,对物质的追求处于生活困境或是物质的匮乏,那么在"新市民小说"❸中则彰显了对物质的崇拜和追逐,同样是面临物质生活的困惑,新市民小说主要展现的是当代人在精神上的"物化",是精神空间的进一步压缩与边缘化。

具体到文学创作而言,在城市被新媒介所包围的这一现实面前,城市发展的同时也使新的事物如雨后春笋破土而出,对于人们来说,新的事物代表了一种新的生命体验,采取拒绝或是赞同的态度直接决定了小说的文学观念和写作姿态。在新市民小说作家这里,既然现代城市的发展是一种无法避免的现实,

---

❶ 卢卡奇:《历史与阶级意识》,杜章智、任立、燕宏远译,北京:商务印书馆,1999年,第150页。
❷ 卢卡奇:《历史与阶级意识》,杜章智、任立、燕宏远译,北京:商务印书馆,1999年,第150-151页。
❸ 1994年9月"新市民小说"由《上海文学》《佛山文艺》编辑部所提出,认为在"新的有别于计划体制时代的市民阶层","应着重描述我们所处的时代,探索和表现今天的城市、市民以及生长着的各种价值观念内涵"。周介人在《谈谈"新市民小说"》(《当代作家评论》,1996年第1期,第47-51页。)中指出,"新市民小说"是为文学寻求一种新的增长点,是对世界格局的新的把握方式,对逐步市场化的社会结构与运作有新的感知和认知。在新市民小说这里,可以敏锐地观察到城市发展、市层阶级的重要意义,也是人们对其自身在城市中的认识和思考。《上海文学》分别推出了北京的邱华栋、荒水,上海的唐颖、沈嘉禄、殷慧芳,广州的张欣、张梅等作家。

那么只有对新城市文化采取认同和接受的态度,对于小说而言,更有利于小说以新型的方式对都市生活和人生进行表现,而不是用旁观者的眼睛进行审视。邱华栋认为,越来越多的作家能够摆脱"乡村小说"与"文人小说"两大模式,进入方兴未艾的城市文学的广阔天地中去。❶虽然这些作家对城市发展中出现的新现象、新思潮和新符号等不一定完全赞同,然而却是其对自身处于社会之中的思考,对文学审美经验也具有很大的影响。

在邱华栋眼中,对物质生活的追求成为社会底层的生活动力。在小说中大量运用城市代码,高频率地描写城市外表:豪华的宾馆、写字楼,光怪陆离的卡拉OK、舞厅、酒吧、按摩院,混乱的人流,四通八达的立交桥,庞大的体育场,午夜的街道,盒子一样的公寓等,这些外表既是那些平面人生生存的外在"他者",又是都市下人们的精神栖息地。《手上的星光》描述了如乔可、杨哭、林微、廖静如那样的小人物的都市生活历程。他们一干众人来到大都市后,在面对形形色色的诱惑,以及势利而刺激的社会现实中,如何满足自身的需求,出人头地,就成了他们这些小人物生存的首当其冲的问题。当然,这一切必须要付出超出常人的努力和胆色,他们各自如同赌局上的赌徒,在都市这个大舞台上,各自筛出自己的人生路途。落魄画家廖静如为了出人头地,用身体做交易,在国际画廊刘经理的"帮助"下,出国嫁给了美国诗人从而实现了自己的目的;歌手林微以同样的方式,从一名毫不起眼的酒吧女郎摇身一变,一夜之间成了万众瞩目的电视明星,然而草根出身的林微因不谙世事,得罪了音乐经纪人,最终选择了落魄地离开这座曾给予她无限希望、又给予她致命打击的城市。《环境戏剧人》中的胡克,在寻找人生答案的过程中,与多位人物展开了复杂但也充满启发的情感互动。在探索亲密关系和责任的同时,角色们也逐渐认识到自身的成长与担当。在情感的跌宕起伏背后,人物经历的是一段关于人性、情感与自我认知的深刻旅程,小说结局无疑是具有悲剧性的。在这里,没有爱情,所谓的人生只是一场游戏而已。《生活之恶》则正如小说题目一样,描述了当代都市人性的阴暗面。为了追求爱情与幸福,眉宁自愿用身体向富豪罗东进行交换,目的只是想拥有一套和男友结婚的房子。然而当眉宁用贞操交换房子的同时,她的男友为了向上爬,甘愿与一个令人讨厌的副市长女儿结婚。

❶ 刘心武、邱华栋:《在多元文学格局中寻找定位》,《上海文学》,1995年第8期,第73-79页。

《哭泣游戏》同样也如小说题目所暗示的那样，小说主人公黄红梅从不名一文的社会底层到富甲一方的百万富翁的华丽转身中，也并未到达自己期望的幸福彼岸，她最终收获的只是死亡。

通过这些小说的冷峻叙述，作者们所揭示的是面对新媒介给感官的冲击时，都市小人物的各种悲剧命运。意图通过生活之"恶"来反衬理想生活之"美"，寄托的是作家对于人文诗意美好家园的追求。在作家的笔下，小人物们为了各自的生存目的，什么都可以成为商品，生活与房子、事业、地位、婚姻与仕途等都可以画上等号。为了出人头地，为了个人生存，一切都可以用来交换，并理所当然地理解为是都市生存法则的准则。在这个名利场中，包括贞操、人格、身体等都可以物化。不独如此，人们为了不同的目的和欲望的满足，以纯真的人性为代价，换来的结果却并不尽如人意：或是永不可及的奋斗目标，或是精神世界的空虚苍白，或是个体生命的沉沦堕落。在作家的"恶乌托邦"的生活中，人成了其创造出的物质的对立面，人创造了一个"物"的世界，却被"物"所占有，人失去了自己的"世界"。

因此，揭示当下都市生活的异化成为一些作家开始关注的文学焦点。新的生活规则和城市逻辑已经初露端倪，进行量化的金钱数目在人们的一定认知中成为"身价"、"身份"和"地位"的代名词，商品的符号价值被扩大化。所以一些小说中通过商品的外在"价值体现"进行描写，来传达人们对城市的认知。如凡一平的《男人聪明　女人漂亮》写了主人公宋杨开办了一家广告公司，从半球集团公司争取到了一个五百万元的项目，从而为企业与个人的"成功"奠定了基础。又如张欣笔下的女性角色包含着都市中各个不同角色：广告人、服装设计师、模特、生意人等，这些女性人生经历虽不尽相同，但她们有着共同的对于物质的追求，并通过这种物质追求来诠释自己对于都市生活的理解，跑车、奢侈品和金钱成为她们眼中"成功人士"的标签。小说中在描写她们为了追求梦想与成功，展现出坚定的意志和不懈的努力，积极把握各种机会，展现出自我价值。但同时在面对现代都市快速发展的节奏时，她们也在不断寻求内心的平衡，通过个性化的生活方式和多样化的表达，来诠释对生活的热爱和对自我认同的追求。为了体现这种"都市认知"与"商业发达"之间存在的构建关系，作家在小说中展现出更多的是对于都市的"物质化"外在描写的侧重。比如,《岁月无敌》中通过对于物质的详细描绘,生动展现了当代都市物质丰富多元的生活图景:"将近下午五点钟左右,汽车交易广场上的客户和来参观浏览的爱车一族明显地少了,千资便靠在一辆粉红色的'爱快罗密欧'跑车的车尾上小憩。"❶ 在这里,女主人公"千资"是和跑车"爱快罗密欧"一起出场的,车的含义已经远远大于它自身跑车的物质工具性,而是代表着一种身份和地位的象征,从而暗示了都市的"物质性"。同样,在邱华栋的《手上的星光》中,成功后的杨哭是凭借着不下两万元的欧洲名牌的全套装扮出现在读者面前的。

值得注意的是,当代小说在经过类似对"物"进行的"狂欢式"的表象的捕捉之后,逐步构建出了一种充满梦想与希望的都市生活图景。随着时代的推移,网络小说又延续了这种创作模式。如安宁的《温暖的弦》,小说对女主人公温暖第一次出场就令人印象深刻:

> 身高约一百六十五厘米,身着粉蓝色纪梵希春装外套和及膝裙,入时而不失端庄典雅,完美小腿套在玉色全透丝袜里,细致的脚腕下是三公分高的细跟宫廷鞋,走进来时步履轻盈,身形窈窕玲珑得令人怦然心动。

而男主人公占南弦更是一个毫无缺点,集智慧、能力、金钱、权力与外貌于一身的完美男人:

> 十大钻石级未婚男中排名第一的他现年二十八,一米八五的修身比例完美得恰到好处,窄腰长腿性感无比,配上如古代画工一笔一笔精心勾画的五官,尤其俊容上永恒一抹不沾人间烟火的淡冷,使他整个人透出似远还近让人无法抗拒的谜魅。
>
> 异禀天赋的商业才华使占南弦有钱到连福布斯都已不知占南弦坐拥的身家达到多少。

---

❶ 张欣:《岁月无敌》,武汉:长江文艺出版社,1997年,第1页。

通过小说的描述，我们可以看出小说人物的完美无缺，以及高质量的生活享受，开启了无数人向往、憧憬的梦幻式的爱情故事。靓男、美女、酒吧、豪车、咖啡厅这些现代元素的生活场景，如童话般存在在现代都市间。在作者的有意侧重的笔下，展示了都市的精致物质生活，也映射出现代人对于品质生活与情感的双生追求，是"物质"与"精神"的双满足，成功人士当是如此。网络小说之所以会以如此的叙事模式展现在世人面前，这固然和当代小说有着一定的联系，但与90年代所盛行的"哈韩""哈日"之风不无关系。如果说90年代以来的当代小说对"物"的捕捉和书写显示了作家的深深忧虑、对物质欲望化空间的批判态度，那么在网络小说对物质追求的唯美式的叙述中，则强调了对于"都市日常生活理想图景"的寄托，弱化了对"物质崇拜"和"浅薄"的批判。但从另一个角度来看，当代小说中主人公们在市场经济大潮的都市下，在对时代思潮和生活本身的认知方面，恰恰在某种程度上折射出卢卡奇批判的现代"物化"意识。这正如德国哲学家卡尔·雅斯贝斯所指出的那样："人失去了自己的世界，而被抛入漂泊的世界之中"❶。

　　随着时代的发展，电子科技的突飞猛进，使电子产品渗透在人们的日常生活中。从BP机到手机，再到如今的智能手机、iPad、笔记本，信息化、智能化的电子产品成了当下社会进行交流的必要手段。高科技的数字化给人们带来了极大的便利与消费，不仅仅消费的是物质，消费的同样也有精神。越来越多的"低头族"出现在人们的视野中，面对面的交流反而变得困难与无所适从。如张忌的《沉香》，厂长老段感觉到越来越难招到工人，当下的年轻人不但关心收入，还关心休息时间能不能保障，特别注重工厂里有没有wifi。❷庞羽的《一只胳膊的拳击》，祁茂成的生活从出生、上学到工作、生娃，都一帆风顺，日子过得宛如一碗水，端得稳，端得平，却也平淡无奇。然而自从参加了同学聚会，加入了微信群后，"祁茂成可找到乐子了"❸。通过微信群，祁茂成觉得自己的生活宛如平静的湖面中，泛起了层层涟漪，生活才有了一些趣味。又如雷默的《信》中，记者三七因为一个短信，决定给老师田永年写信。然而却发现"不知

---

❶ 卡尔·雅斯贝斯：《时代的精神状况》，上海：上海译文出版社，1997年，第28页。
❷ 张忌：《沉香》，《人民文学》，2016年第9期，第132页。
❸ 庞羽：《一只胳膊的拳击》，《人民文学》，2017年第2期，第79页。

道从什么时候开始，家里除了书，连纸都找不到了"❶。最后没有找到信纸，只得用打印的A4纸。当坐下来却发现笔也找不到了，最后在电视机柜子里找到了一只小拇指长短的铅笔。八年未见，满腹话语却在提笔之时无从下手，伏案吭哧了许久才写了两张半，当颇费周折地终于把信寄出后，三七才发觉电脑、互联网已经汹涌地深入到生活中的每一个细节，每个人都被包裹在其中而不由自主地往前赶。在这里，"信"成了人类"精神文明"的代言人，当三七终于在与田老师的回复信中重新拾回了"安静的时间"，庆幸有田老让他回到了从前的生活时，田老的去世却使三七终止了这段"精神交流"，"信"的交流中断，这在某种程度上意味着古老的精神文明在现代文明的侵蚀中的自我消逝，最终只能像"仿佛死了"的废弃电话亭、陌生的刷着绿色油漆信筒一样，成为"一曲绝唱"。

在"寄信"比发邮箱、QQ异常艰难的时代里，高科技在给人们带来便利和快感的同时，也使社会群体变得难以交流，人与人之间多了几分冷漠和绝情，缺少了情感的温度。每个人都变得越来越相似，成为电子时代下的复制品。如范小青的《关机总比开机快》，参加会议的老董因为自己的苹果手机出现故障，无法联系到工作人员、记不清会议的地址、也不知道单位同事的手机号码，甚至连妻子的手机号也记不起来……在经过种种艰难的寻找之后，一切问题都因为手机突然自己开机而迎刃而解。老董的生活在手机的安排下简单而明了，然而当手机罢工以后，老董几乎到了与人隔绝的"断联"状态。人与人之间也越发的冷漠和淡然，不仅在同事之间，就连多年的夫妻之间也变得陌生和淡然，当老董好不容易记得家里的电话打过去的时候，空洞洞的铃声让他心里一阵酸楚，"好像自己是一条被抛弃了的流浪狗，眼神和灵魂都无比哀怨"❷。小说中老董的生存状态无疑是当下每个人的现实写照。在我们被各类电子产品控制的同时，个体的情感和抵抗力量被削弱，每个人成了被"手机"奴化的奴隶。

总之，无论是对都市"日常生活"的再现，还是对都市下人物的物质彰显"异化"，或是被智能手机、iPad等电子产品的精神"奴化"，都无时无刻不在展现在当今社会人们在面对自身所创造的物质"都市"下，自身"此在"的被"物

---

❶ 雷默：《信》，《收获》，2015年第5期，第34页。
❷ 范小青：《人群里有没有王元木》，武汉：长江文艺出版社，2015年，第131页。

化"意识。这也在某种程度上显现了当代作家的一种困惑和矛盾：一方面，通过都市中个体"生命"生存的困苦和艰辛，来表现生命的个体在都市下的迷茫和困惑，以及自我放逐欲望得以满足的同时却丧失了人类自身的精神诉求。另一方面，当主人公们的人生追求走向了物质欲望的满足，被物质所控制而最终向其负面方向发展和转化时，最终都走向了否定的结局。这也是作家对于其自身"此在"在"世界"之中的反思，是对时代思潮和生活本身的认知。

三、情感的日常生活

在传统文学话语中，有关两性的文学话语一直是历代作家保持克制的态度，强调精神性、道德性和理想化，极少涉及身体的书写。但这种文学话语似乎缺少了启蒙话语的责任，即使是没有情感的婚姻和爱情也在某种程度上能得到社会大众的谅解和道德层面的宽恕。20世纪90年代以来，中国当代小说在社会文化结构转型的背景下，逐渐拓展了对两性关系的叙事空间。不同于传统文学中对情感与身体的压抑表达，许多作家以日常生活为叙事载体，展现了个体情感与欲望在现代城市语境中的真实经验。比如在90年代的卫慧《上海宝贝》、陈染《私人生活》以及《废都》《白鹿原》等文学作品开始突破传统禁忌，描写个体在现实情境中真实的情感与欲望，拓宽了文学的表现范围。关于两性话题在推动了叙事能力的同时，也和市场经济相结合，这是文学与社会市场的互动。一方面，对于两性的描写及其拓展的公共话语空间是小说家对于在当下社会中关于日常生活存在的一种跳跃式的跨度思考；另一方面，也体现了文学"日常生活"参与社会建构的积极意义。

在传统观念中，爱情是一种正能量，它可以穿越历史和现实，超越困苦和磨难，使人们从黑暗走向光明。所以在20世纪80年代的当代文学中，爱情是苦难生活的乐土，成为一种对抗社会生活压力的力量，正是这种爱情的"伟力"使他人跨越历史的废墟，重新穿起了《没有纽扣的红衬衫》，走出《被爱情遗忘的角落》，回到阳光中来。可以说，在历经十年浩劫的80年代作家群眼中，爱情是他们鼓起了对光明和自由追求的勇气和力量所在。比如作为80年代较早描写两性情感的作家之一的张贤亮，他的小说总是展现出社会环境对人本能欲望的压抑氛围，并将其放大，在主人公本我与超我的较量中，超我总是处于胜者的地位。《男人的一半是女人》中的章永璘潜意识中的道德信念与行为原则压制住了主人公自身的欲望,最终他以精神上的满足达到了人生的圆满。随着外部的压抑不断增加,本我完全让位于超我,直至人性完全受到阉割。张贤亮表达了一种对社会文化的批判和对知识分子和世界之间存在关系的解剖与反思,是具有"启蒙"思想的"人"的精神折射,从属于大写的"人"的建构,两性之间的书写只是作家借以表达的工具,一个表达所指的能指。

如果说两性情感的描写在张贤亮这里还是"犹抱琵琶半遮面"的话,那么到了90年代朱文、韩东这一代作家手中,则是以一种更为直接、坦率、不加贬抑的笔触描绘出了人的情感心理活动。正是缘于此,在吴锐看来,他们的小说突破了以往文学道德性的写作格局,开辟了文学写"情感"的新格局。更重要的是,提出了一个现代意义上的、本然的、健康的性观念或欲望观念等问题。90年代的当代作家以大胆的情感描写在颠覆了传统文学观念的同时,却也呈现了一个不争的事实:日常生活中人们两性情感观念的逐渐开化以及对以往神圣化情感处理的"祛魅"。在朱文、韩东的叙述中,情感不再是崇高中的革命宏大叙事中的牺牲,也不再是精神启蒙中的追求自我解放和确证主体,其两性书写以对日常生活的祛魅化处理为核心,通过对琐碎、平庸、重复性生存细节的凝视,解构了传统性别叙事的浪漫想象与权力神话,呈现出鲜明的后现代日常美学特征。

不仅如此,90年代作家不仅在文学创作进行大胆的尝试与探索,还在具体的文学活动中提出了疑问与观念。他们对现存文学秩序的各个方面以及象征符号发起了挑战,促进文学界对现存文学秩序进行反思,朱文《断裂:一份问卷和五十六份答卷》(1988)向全国73位青年作家发出问卷调查。同时,韩东也以《备忘:有关"断裂"行为的问题回答》对其进行回应。他认为,文学不仅应脱离正统的意识形态的奴役,还应从政治从属的地位中解放出来[1]。在朱文、韩东的小说中则完全展现了人的纯粹,着重通过日常生活的情感为重构现代人的精神家园提供了思考路径。比如朱文的《我爱美元》这部作品,通过父子关系的特殊叙事视角,构建了一个解构传统伦理的观察窗口。主人公"我"试图用物质消费填补精神代沟的行为,恰恰形成对商品经济时代人际关系异化的强烈反讽。朱文以超现实手法将性消费符号化,并非认同其合理性,而是通过极端叙

---

[1] 韩东:《备忘:有关"断裂"行为的问题回答》,《北京文学》,1998年第10期,第41—47页。

事叩击物欲横流的社会痛点,以此警示物质主义对人文价值的侵蚀。这种具有先锋性质的文学实验,实际上暗含着新媒介下对精神家园重建的深切呼唤。

同样,在《弟弟的演奏》这部作品中,韩东以冷峻的笔调解剖都市人的精神困境,通过栾玲与主人公的畸形关系,艺术化地呈现了现代人在价值真空状态下的生存焦虑。当主人公说"在激情丧失的尽头,我没想到厌恶也能成为另一种激情",这既是对存在困境的坦诚,也隐含着突破精神困局的潜在诉求。这些看似荒诞的情节设置,实则是韩东为迷失的灵魂敲响的警世钟,提醒人们在物质丰裕时代更需守护精神坐标。

韩东也同样对于新媒介下的知识分子的精神困境与道德重构有着多维度的探索。他通过对于知识分子日常生活情感的展示,呈现出当代人在新媒介环境中的自我调适机制。《美元硬过人民币》中塑造了"杭小华"这一受过高等教育的知识分子形象,通过其去N市的两次出差之行,完成了对"正派传统"形象的背离,细腻描摹了人性中理性与感性的动态平衡。然而故事还在继续,当深层人格对表层人格进行背离的同时,又使得两者回归到同一:因为背离行为而对妻子周玫深感内疚,为不得已地撒谎而感到歉意,这种微妙的内疚感和歉意恰恰反映出杭小华的道德自觉。这种设计,一方面呈现了个体的精神层面的自我修复,另一方面也暗示了传统伦理与现代并非绝对对立,而是可能通过个体的道德内省达成新的平衡。杭小华们的困境与突围,暗示着在承认人性复杂性的基础上,通过持续的自省与道德实践,仍可构建具有韧性的价值体系。韩东的创作突破在于,他并未简单否定婚姻制度或道德规范,而是以文学手术刀剖析了现代婚姻的复杂肌理。作品揭示的并非性爱至上的价值观,而是呈现了当代人在社会角色与真实自我之间的永恒博弈。正如叙事最终回归家庭生活所昭示的,人性的完整性恰在于对多重需求的动态协调,而非非此即彼的价值判断。

由此可见,在韩东、朱文的小说中,主体以异化和分裂的代价,用堕落来反抗堕落,建构了以自我为中心的生活体验世界,游离于20世纪80年代对情感的启蒙式的幻想,又不同于20世纪90年代的时尚、经理、白领等。尽管在朱文、韩东这里,他们极力地消除故事里所包含的深度,然而在南帆看来,对所谓的浪漫、集体主义、公共领域进行大胆地抛弃,这不啻于另一种革命❶。

---

❶ 南帆:《文学、革命与性》,《文艺争鸣》2000年第5期,第25页。

小说家米兰·昆德拉赞成在一本小说中强烈地表达思想，认为"真正小说式的思想（就像拉伯雷之后的小说所认识的那样）永远是非体系的；无纪律束缚的；它与尼采的思想很相近；它是实验性的；它在包围着我们的一切思想体系中攻打缺口；它考察（尤其是通过人物）一切思索的道路，试图一直走到每一条的尽头。"❶以韩东、朱文为代表的"断裂的一代"的文本作品中，首先昭示的文学写作内容的时代性变化，其次才是作家抓住这个变化，究竟想做出怎样的文学性的努力。韩东在为朱文的小说集《弯腰吃草》作的序中认为，只有把真实的写作和作家自己的生活混为一体，才能把握自己最为真切的痛感，才能不断地回到自己。❷朱文、韩东热衷于从内心出发，揭示当下社会中人的精神世界及当下人在世界之中的存在状况，无疑具有深刻的社会和自我解剖作用。在表层的文本愉悦下会发现隐藏着作家对社会的忧虑和痛楚，这种伏忧隐痛是对都市表层生活下庸常琐碎的无奈，更是对人的自身存在的思考。

朱文认为只有来自小说家自身诚实敏锐的心灵，才能写出与小说家有着血肉联系的那个故事。❸在他看来，真正的作家、真正的写作就是要回到源头，回到最初的自我，遵从自我内心的情感诉求，拒绝非其他的政治目的或者时代、社会等因素对自身和文学创作的影响，对于他自身而言，明白地承认他自身精神上对写作的需要远远甚于写作对他的需要。正如他自己所说的那样，"对一个严肃自律的作家来说，他最糟糕的作品里也有着隶属于他本人的当时的最紧张的心灵焦灼"❹，写作是一个自我和自我心灵进行沟通的过程。

朱文、韩东的小说是一种情感书写的"新体验"，是对日常生活情感的揣摩，是个人生命在当下世界中遭受到的困扰，显示了在20世纪90年代的市场经济下，传媒时代中的"消费"意识中文学想象的方式。如果说，劳伦斯将欲望与大自然的美结合在一起，从而创造出一个诗化的世界，米勒将情感与生命的宣泄、狂欢结合在一起，从而创造出一个混乱而灼热的世界，那么，在朱文、韩东这里，人物通过"以堕落对抗堕落"的极端方式，恰恰折射出对精神价值的执着追寻。南帆所言的"另一种革命"，在此语境中可解读为：当集体话

---

❶ 米兰·昆德拉:《被背叛的遗嘱》，余中先译，上海译文出版社，2003年，第181页。
❷ 韩东:《弯腰吃草·序》，见朱文:《弯腰吃草》，北京：华艺出版社，1996年，第2-3页。
❸ 吴虹飞:《朱文：我与火热的社会生活严重脱节》，《南方人物周刊》，2007年第4期，第58-59页。
❹ 同上。

语难以回应个体存在困境时,回归私人体验的写作本身即构成对生命本真的守护。值得强调的是,这类创作并非鼓吹价值虚无,而是以现象呈现的方式激发读者思考。在新媒介所带来日新月异快速发展的当下,文学作品中展现的欲望与道德的辩证关系,恰为重构现代人的精神家园提供了思考路径,通过琐碎的日常生活中的小人物而彰显了文学创作中"另一种写作"的个体化创作的可能性,正是这种可能性,使得其成为中国当代文学史中不可抹去的具有浓烈色彩的一笔。

第二节 新媒介与"80后":"青春小说"的生发与分化

一、"80后"的青春写作

在日常生活中不但有琐碎生活的烦恼和物欲横流的都市生活,也有着充满"个性"的日常生活叙事,而这种"个性"则当以"80后"的小说为代表。严格说来,"80后"并不是一个具体的文学流派名称,并没有一个确切的定义,但是被大家公认的是对生于1980~1989年的作家作品的总称。在笔者看来,"80后"是相对于"60后""70后"出生的作家而言的,对于"80后"作家而言,作者出生于独生子女一代,成长于国家改革开放时期,生活在高科技和传媒文化的环境中,如果说在"60后""70后"作家那里有着对文学性自觉的追求,那么在"80后"这里,这种纯粹的文学性追求则发生了"断裂",对于"80后"而言,更多的是抒发个人的体验和感受,"自我"成为"80后"这一代人最明显的特征,这和他们的生长环境有着密不可分的关系。

"80后"起步于"新概念作文"大赛。"新概念"大赛于1998年由上海作协旗下的青年文学期刊《萌芽》发起,并于1999年分别与北京大学、复旦大学、华东师范大学、南京大学、南开大学、山东大学和厦门大学这七所全国重点大学开始联合举办"新概念作文大赛"。在随后举办的十几年内,陆续有清华大学、武汉大学、浙江大学、中山大学、中国人民大学等学校参加其中的评选活动,邀请著名的作家、人文学者、大学教授等作为评委。大赛主要针对的是30

岁以下的青年人，大赛的理念是"新思维""新表达""真体验"，每年举行一次，推出几位具有写作天赋的青少年作家。众所周知的韩寒、郭敬明、张悦然……包括后面处于青年作家中坚力量的郑小驴、马小淘、蒋峰等都是从"新概念作文"大赛中脱颖而出的。

"新概念作文"大赛一经推出，在媒体的极力渲染和各个学校抛出的橄榄枝面前，几乎成了21世纪初许多具有文学梦想的中学生们的神圣殿堂，不但可以由出版社策划和出版作品集，而且优秀者还能免考被保送至名牌大学。"新概念作文"大赛不但在文坛上也在社会上刮起了不小的风潮，这也极大地推动了"80后"进行创作的积极性。以2000年韩寒的《三重门》为标志，在其后的几年内，"80后"作家和作品层出不穷：2002年郭敬明出版了《爱与痛的边缘》(东方出版中心)，2003年刘嘉俊出版了《我曾经是那样地企盼》(中国少年儿童出版社)，分别各自收录了12名男生和12名女生的作品；2003年张悦然的《葵花走失在1890》(作家出版社)；2004年出版了由马原主编的《80后实力派五虎将精品集》(东方出版社中心)，收集了李傻傻、张佳玮、胡坚、小饭、蒋峰五位"80后"的作品；张悦然出版了《樱桃之远》(春风文艺出版社)、《是你来检阅我的忧伤了吗》(上海译文出版社)、《红鞋》(上海文艺出版社)、《十爱》(作家出版社)……2004年11月，由"中国当代文学研讨会"在北京语言大学所举办的"走近'80后'研讨会"召开，这表明了中国学术界第一次正式回应当时众多的"80后"作家及其作品，承认并接纳了"80后"这一文学群体。同年，"80后"的春树和郭敬明登上了美国《时代》周刊(亚洲版)，成为当时传媒的热点话题，引起了从社会到文坛、从个人到群体、从网络传媒到文学圈的关注，而这一年被媒体称为"80后"文学年。

诚如"80后"陶磊在《后纯真宣言》中说的那样："我们不是纯真的一代，我们是后纯真的一代，因为我们生活的年代已经不是纯真年代，而是后纯真年代。'后纯真'不是'反纯真'，不是污秽的代名词，而是曾经沧海的拔高与扬弃。我们不是纯真一代，但是我们从骨子里比你们任何人都想纯真，而且比你们任何人都更有资格追求纯真，甚至可以说，我们才是真正纯真的代表"[1]。在"80

---

[1] 陶磊：《后纯真宣言》，见徐妍：《"80后"写作现象分析》，《当代文学研究资料与信息》，2005年第2期，第7-16页。

后"这里,"个体经验"被重视和反复强调,能够意识到自己的生命状态和思想情感,自己才是故事的主角。

  韩寒的《三重门》描写了中学生林雨翔考到市重点中学以后,在学校里的经历及其所见所闻。通过林雨翔的眼睛,一个真实的高中生活展现出来,在揭示父子、师生、同学等各种关系之间的种种矛盾和问题的同时,也把中国现行的教育体制的缺点、中国父母望子成龙的急切盼望心理和学校中存在的腐败现象毫不留情地展现在众人面前。整个文笔充满了嘲讽和反叛的意味,然而却也仅仅只是在诉说自己的"后纯真"无法与现实中的教育体制相适应而已,仅仅只是在张扬自己的个性但却没有明确的含义,没有明确的指向。在《长安乱》中,则叙述了一个少年公释然下山闯荡江湖,在经过奇遇得到一把神秘宝剑,最终凭借它得到了武林盟主的称号,然而却最后选择了归隐山林的故事。整篇文章没有什么中心思想可言,没有固定可循的结构和节奏以及时空,文中充满了尖锐和欢乐,似乎就像是对固定的中国语文的反面教材一样。但也仅仅如此而已,并没有什么对抗性的意义隐含其中。

  而郭敬明的小说则更多的是诉说青春期成长的疼痛和伤感,在直白的日常叙事中蕴含着一种精神的反叛,他笔下的主人公有着丰富多彩的心理路程,文中充满着一种华丽的惆怅。在《爱与痛的边缘》中,试图剖析自己在这个世界的性格成长和变化历程。作者是一个有着梦想和追求的孩子,然而现实让他明白只有通过高考才是他的出路,他向往着丰富的情感世界,却又毫不掩饰对世俗的金钱、物质的欲望和梦想。性格的矛盾造成了他的忧伤,渴望独立自由却又对现实社会有着眷恋和清醒的认识,"是一个在感到寂寞的时候就会仰望天空的小孩"❶,在郭敬明看来,"青春是道明媚的忧伤。"❷ "没有欢笑的青春不完整,没有眼泪的青春更是一种残缺。"❸ 于是,在《悲伤逆流成河》中,经历过情感纠结之后的顾森西,费尽心机忘记的事情,却在一次不由自主地跌倒引起的肉体疼痛时,引发了内心的痛楚:

---

❶ 郭敬明:《一个仰望天空的小孩》,见《爱与痛的边缘》,上海:东方出版中心,2011,第3页。
❷ 郭敬明:《爱与痛的边缘》序,上海:东方出版中心,2011,第4页。
❸ 同上。

有一些痛觉，来源于你无法分辨和知晓的地方。只是浅浅地在心脏深处试探着，隐约地传递进大脑。你无法知晓这些痛的来源，无法知晓这些痛的表现方式，甚至感觉它是一种非生理的存在。在整整一个白天里，持续地在身体里产生出源源不绝的痛苦。像有一个永动机被安放在了身体里面，持续不断的痛苦。没有根源。❶

这样悲伤的痛楚几乎充满了整个小说文本，尽管和《爱与痛的边缘》相比较而言，语言不再华丽，在通过两个家庭与男女主人公的对比反差中，在鸡犬相闻的邻里和市井里弄中，在一个打闹嘀咕的班级中，描写了年轻人之间的微妙情感。然而悲伤却依旧在那处静静地停留原地唱着一曲黑色的挽歌。恰如其文中所写的那样：

那些如天如地如梦如幻如云如电如泣如诉如花如风如行板如秦腔的歌/我的黑色挽歌。❷

《北京娃娃》中的那个"春树"，更多地则是暗含了作家的一个真实的"自我"，这是一个追寻者，追寻着自己所认为的美好的一切：爱情、友情、物质……她逃学、不回家、交男朋友、靠着出卖自己的秘密而得以生存……在她近乎盲目而执着的追求中，一次次地进入和逃离中，用激烈和张扬的情绪燃烧着自己的青春，她只是渴望着和人亲近一些。然而她的追求和举动使她的父母、老师、男朋友的家庭都不理解从而隔离了成人的世界，她是一个被抛弃的人，她付出的惨痛青春却并没有使她得到她所想要的，相反，她所向往的一切都和她无关，无论是关爱还是物质上的。她没有钱买时尚的衣物、没有钱买自己喜欢的口红……她只能穿着自己并不喜欢的衣服，灰不溜秋地穿行在这座孤独的城市中。在《北京娃娃》中，没有任何理性和深度，有的只是张扬的任情任性、有的只是决绝的叛逆和肆无忌惮的青春释放。"我活在自己的迷茫里，活在走向答案的漫长的路上。"春树这样描述自己的青春。其实整个"80后"一

---

❶ 郭敬明：《爱与痛的边缘》，上海：东方出版中心，2011，第322页。
❷ 郭敬明：《爱与痛的边缘》，上海：东方出版中心，2011，第5页。

代都这样行走在自己的青春岁月。他们成长于最多变动的时代，是在迷惘和矛盾中真正开始自我思考的一群，这些都可以在春树的《北京娃娃》里有最集中、最真实的表现。

不同于春树自我的叛逆传统、张扬青春，张悦然则是在成长的迷惘中，小心翼翼地梦想和求证、思索和感悟。没有那些愤世嫉俗和喧嚣浮躁，她总是在日常生活中倾诉着青春成长期的那份难以释然的生命忧伤。《樱桃之远》讲述了两个女孩杜宛宛和段小沐从小到大化敌为友的故事，通过她们和纪言、小杰子、唐晓、管道工等人的爱恨情仇，来揭示她们面对友谊、爱情、生存和死亡的心路历程。《葵花走失在1890》描写了因借助女巫的力量而有了双脚毅然奔赴所爱的向日葵，反反复复地倾诉童话般的开始和残碎的结尾。梦幻般的想象和诗意的气息体现的是面对现实的淡淡忧伤。《十爱》则是通过十个不同的故事来展示不同人在各自成长过程中所经历的爱情和友情。

无论是对现实的反讽和嘲弄，还是对青春期成长的疼痛和伤感的诉说，抑或是自我切身经验的青春个性张扬和叛逆，再或是对成长过程中的迷惘和求证……都在他们的笔下彰显或隐约、或浓烈、淡雅地体现出"80后"在经过现实的残酷、信息的包围下的焦灼和思考。"孤独"几乎体现在他们笔下的每个主人公身上：《三重门》的林雨翔在进入高中后独自一人，没有什么好友；《梦里花落知多少》中的"我"在经历爱情、友情的洗礼后，"物是人非"成为最为惨痛的词语；《北京娃娃》中的春树在飞蛾扑火般的一次次投入和逃避后，最后被成人的世界所抛弃；《樱桃之远》中的杜宛宛逃避与人交往的世界，而沉浸在画画的自我世界中，她的画"总是大块大块淤积的颜色，一副不知所云的样子"，"线条总是粗而壮硕，它们带着颤抖的病态，毁坏了画面的纯净"。《葵花走失在1890》那个为了爱情而毅然和女巫做了交易的美丽的向日葵，然而最后却只能孤独地献祭在梵高墓前……正如张悦然所说的那样："少年时的写作，更像是一种蒙克式的，带着两只黑邃的眼眶，双手捧起头颅的呐喊。因为孤独，只想发出声音，尖利而响亮的声音。"❶

在"80后"这里，很少人会把个人的成长与社会环境和国民背景联系起来去进行整体的认识，往往沉浸在个人的生活而对外在的社会生活和时代环境忽

---

❶ 张悦然：《鲤·孤独》，北京：江苏文艺出版社，2008年，第2页。

略不计，类似个人"独语"般的青春成长期的"孤独"吟唱几乎成为他们的标签，一再重复的"类型化"的"青春文学"成为"80后"的"桎梏"。从某种程度看，"80后"写作更多的是依赖想象力写作，缺乏历史感，从而使这种想象力缺乏节制，陷入了臆想式的呓语，这种仅仅关注于自身而缺乏对社会整体把握的呓语使他们的创作具有一定的限制性，从而也表现为一定的类型化和模式化。所以，作为"80后"中的一员的颜歌认为"80后"的创作可能还不完全符合作家的标准和要求，同时彭扬也认为"80后"作家是否是作家还值得商榷，而称为"80后创作者"更为合适。

颜歌和彭扬对于"80后"创作的看法很能代表当时一部分"80后"的心声，"转型"成为一部分作家新的创作动力，这也是一种必然，然而如何转，转型到何处，这在2008年后，"80后"已经发生了截然不同的变化。

不管怎样，必须承认的是，21世纪初"青春文学"的迅速发展填补了当时文坛上青少年写作的空白，真实的情感和理想丧失的颓废情绪在一代青年中产生了强烈的共鸣，迅速俘获了同龄人的心。诚如张颐武所指出的那样，在"80后"的"青春写作"这里，凭借着一种超越社会历史时空的想象力，以类似电子游戏的方式展开，随心所欲地抒写青春的想象，是一种对世界的再度编织和构造。❶从而在中国当代文学史上划下了不可磨灭的一笔。

二、分化的青春文学

康凌曾在《"系统时代"中的欧美"80后"》中认为在西方文学（尤其以英语为母语）中，当代的绝大多数欧美"80后"作家是从一个相对比较独立自主的文学生产系统中培训出来的，这一体系包括创意写作（creative writing）教学系统、写作比赛、出版商、代理人、文学杂志期刊、文学评奖与写作资助等。❷而从某种程度上来看，当代的中国"80后"也受益于这一"培训系统"，大部分年轻作家来自于"新概念作文"大赛。与以往中国作家靠写作发表在文学期刊成名不同，在"80后"作家这里，几乎还没有在文学期刊发表过文章，仅仅靠着"新概念作文"大赛就出名并出版畅销书成为很多青年作家的成名方式和成

---

❶ 张颐武：《80后寻找超越平庸的空间》，《黄河文学》，2007年第12期，第32-36页。
❷ 康凌：《"系统时代"中的欧美"80后"》，《中国图书评论》，2013年第7期，第12-19页。

长环境。众所周知的青年作家如韩寒、郭敬明、张悦然、蒋峰、马小淘等,都是这一作文大赛的受益者。而另外一些作家如唐家三少、流潋紫等凭借着网络平台和影视则一举成名。可以说,"80后"作家身后有着巨大的"培训系统":看不见摸不着但有着奇异号召力的图书市场和网络平台。

如果说在青春文学写作的初期到处萌动着的是个人生活、个人情感,包括青春期的叛逆、莽撞,沉溺于爱情、友情等,那么其自身所隐含的背后巨大的"图书市场"和"网络平台"使一部分"80后"作家不再专注于个人情感的"独语",而走向了市场,成为市场的弄潮儿。

韩寒在2010年主编杂志《独唱团》,在2010年7月出版的第一期总销量就超过了150万册,虽然后来由于众多原因并没有持续下去,但韩寒把注意力逐渐转向了影视方面:2006年5月,发表了个人单曲《私奔》的MV,2010年出演了贾樟柯执导的电影《海上传奇》,2014年客串出演电影《分手大师》,并在2014年、2016年分别执导了电影《后会无期》和《乘风破浪》两部电影。同时,他还为电影《观音山》的主题曲《辞》、电影《二次曝光》的主题曲《在我想起来》等多部影视歌曲作词,从而实现了兼具作家、电影制片人、歌曲作词家等多重身份的转型。

和韩寒相比,郭敬明转型得更为市场化,2001年他因"新概念作文大赛"一举成名后,2003年凭借着小说《幻城》获得了当年文艺社科类图书销售前三名,此后便一发不可收拾,凭借着《左手倒影,右手年华》《梦里花落知多少》《夏至末至》《悲伤逆流成河》等多部校园小说确立了在文学市场的位置。但他并没有仅仅止步于此,2004年,他成立了"岛"工作室,在三年之内先后出版了10本系列杂志❶。从2006年开始,郭敬明在上海成立了柯艾文化传播有限公司,出版刊物《最小说》,并在2010年正式成立"上海最世文化发展有限公司",担任公司的董事长兼总经理。之前的"上海柯艾文化传播有限公司"成为旗下附属公司,更名为作家经纪部。同时,作为《最小说》的副刊杂志《最漫画》也于2010年10月独立发售,2013年《最小说》将其电子版权交予腾讯文学网站进行宣传。在由同济大学文化批评研究所联合《怀光访谈录》发起的

---

❶ 10本杂志分别为:《岛·柢步》《岛·陆眼》《岛·锦年》《岛·普瑞尔》《岛·埃泽尔》《岛·泽塔》《岛·瑞雷克》《岛·天王海王》《岛·庞贝》《岛·银千特》。

"2008—2009年度中国出版机构暨文学刊物10强"中,《最小说》《读者》《萌芽》《人民文学》《青年文学》《小说选刊》《故事会》《鲤》等期刊参与其中,12859位网友参与投票,郭敬明的《最小说》凭借着6835的票数名列榜首,远远超过位居第六位的《收获》459票[1]。在投身于青春文学市场打造的同时,郭敬明也不忘与时俱进和影视紧密联合,从而使青春文学和影视彼此互相渲染和宣传,并获得了极大的市场利益和效应。2007年首部作品《梦里花落知多少》被改拍为电视剧。2008年、2009年、2011年分别发行了"小时代"系列[2],凭借着几百万册的销量分别在当年全国图书销量榜上名列前茅,并趁此继续造大声势,把"小时代"系列纷纷改编为电影:2012年,郭敬明担任电影《小时代》的编剧与导演,影片由杨幂、郭采洁等主演。电影《小时代》分两集公映,分别定名为《小时代》和《小时代·青木时代》;2014年郭敬明执导的电影《小时代3:刺金时代》上映;2016年3月,其导演的电影《小时代4:灵魂尽头》上映。郭敬明凭借着自身的优势成为"80后"走向市场的一个典型,从一名青春文学作家走向了兼具董事长、导演的多重身份,确立了其打造的青春文学在中国市场中的地位,从而实现了名利双收,成为当下时代市场中的弄潮儿。

张悦然也创办了文学期刊《鲤》系列主题心灵书,以小资和高稿酬拥有相当固定的阅读群体,在期刊中采取文图互相交叉的形式,融合了杂志的概念和光影,关照的是当下青年女性的生活状态和内心世界。诚如其在《鲤·孤独》中卷首语中所说的那样:"于是我终于明白,一个群体的重要。我需要你们,和我一起披着青春上路,茁壮地呼吸,用力博取时间。我需要你们,与我一同被写入一支乐曲。"[3]在张悦然这里,"你们"无疑是读者,而拥有庞大的读者群和粉丝拥护者则必须要满足市场的机制和需要。

一部分"80后"作家则投身于网络平台,凭借着高产量、高读者群取得了高收益,"中国作家富豪榜"于2006年由吴怀尧所创,其中网络作家榜的收入远远高于一般文学作家榜,在2016年的富豪榜排列中,唐家三少凭借着1亿的超高收入稳居榜首。从2011年开始,根据网络文学作品改编的电影、电视剧、

---

[1] 韩浩月:《〈最小说〉赢了〈收获〉≠郭敬明赢了巴金》,《中国青年报》,2009年12月15日。
[2] "小时代"系列分别为:《小时代1.0折纸时代》《小时代2.0虚铜时代》《小时代3.0刺金时代》。
[3] 张悦然:《鲤·孤独》,南京:江苏文艺出版社,2008年,第2页。

网络剧几乎愈演愈烈，在2015年和2016年更是充斥了各个大小屏幕，如流潋紫的《后宫甄嬛传》、唐七公子的《华胥引》和《三生三世十里桃花》、秦简的《庶女有毒》、桐华的《大漠谣》和《云中歌》、匪我思存的《寂寞空庭春欲晚》和《佳期如梦》、蒋胜男的《芈月传》、瞬间倾城的《美人心计》、海晏的《琅邪榜》、Fresh果果的《仙侠奇缘之花千骨》……影视作品在无形中宣传扩大了被改编小说销量的同时，这些剧目的爆红也给网络作家带来了比传统写作作家更多的版权收入。

不同于韩寒、郭敬明等成为商人的文化者，也不同于唐家三少、流潋紫等投身于网络平台，凭借着影视等电子媒介扩大自身影响力，也有一部分"80后"作家则从"青春写手"中走出来，转向了传统文学的阵地，从而给中国文学带来了新气象。如笛安、霍艳、马金莲、吕魁、邓安庆、蔡东、蒋峰、甫跃辉、宋小词……诚如霍艳所坦言道："我们这一代人创作开始时有个共同的毛病，就是把自己的情绪无限放大，如果说情绪是一个小小的墨点，我们用文字把它晕染成一片天空，仿佛全天下都被这青春期无处宣泄的郁闷所笼罩……却忽视了对身边人的关注。"❶ 不同于之前"80后"青春文学的类型化写作，而是自觉地与文学传统对接，更多的是关注自身社会与周围人的世界，从现实出发，从不同的角度来表达不同的个体精神特质成为这些"80后"青年作家创作的新气象。

蔡东的《我们的塔希提》讲述了春丽、麦思、高羽三个年轻人各自的生活经历：春丽为了专门写小说把工作辞去；麦思喜欢的是平静安稳的生活并为此追求着；高羽却对工作产生了厌烦感。他们以各自的标准来看待生活，反映了当代青年的生活现状和对自我迷茫的精神状态的揭示。

甫跃辉的《热雪》则写了"他"由于感冒发烧而引发了在教堂里关于生死的一系列感受，并在看望老师的时候闲聊谈起的一个普通故事，触动了"他"作为一个北京外来者对生活的体验。当"他"被导师送回家的路上，看到郊区河堤上的杨树、柳树下有很多小土堆时，触动了灵魂，在"他"看来，小土堆们"一堆两堆，三堆四堆，五堆六堆七堆……还有更多。和杨树一样多，和柳树一样多。不细看，真看不到它们"。莫名地走进了"他"的灵魂，当"我"执拗地问老师和师母是什么时，却被告知是坟头……作者在日常生活的叙事中穿插

---

❶ 霍艳：《我如何认识我自己》，《十月》，2013年第4期，第180—181页。

了一部分心理描写，尤其是开头教堂内的心理活动，更深地使读者体验到主人公"他"的感受："活着，原来是这样。"这和后半部坟头们的微乎其微、毫无存在感的情境相互呼应，一个北京外来青年的精神状态就真实地展现在读者面前，然而这不仅只是个人的精神状态，也成为当下时代青年在社会中精神生存状态的暗喻。

蒋峰的《六十六号信箱》聚焦于当代社会中青少年的成长困境与心理变化，通过许佳明、房芳、张阔阔、张天慧、付强等一群中学生的故事，描绘了一幅复杂而真实的青春图景。作品中，许佳明自幼失去父母，在寄人篱下的生活中逐渐形成封闭的性格。面对亲密友人房芳的突然离世，他一度对生活失望，做出了逃避现实的选择，然而也在危机中获得了救助与重新思考人生的契机。房芳虽成长于温暖的家庭，备受父母的宠爱，却因缺乏有效沟通而在虚构的"同学点点"的陪伴中寻求心理慰藉，当房芳的父亲企图通过学校寻找房芳时，却发现"没有点点这个人，从头到尾她都未曾存在过，几年以来，关于点点的一切，都是女儿编出来的"；张阔阔则误入歧途，承担不了应由学生所肩负的"责任"，最终酿成严重后果，并通过司法力量的介入解决了问题。这些青春人物的经历虽然充满挑战与迷失，却也对当下社会中青少年心理健康、家庭教育和社会支持体系存在问题的深刻启示。在这篇文章中，蒋峰通过细腻的心理描摹，既揭示了家庭关系疏离、代际沟通障碍等现实问题，也展现了社会支持系统的积极介入，在展现青少年世界中青春迷茫的同时，也呼吁社会给予更多关注与理解，鼓励建立良性的成长环境，帮助年轻人在迷惘中找到方向，于破碎中重建希望。

笛安的《胡不归》则描写了一个身患绝症的75岁老人的精神风貌和心灵状况，展现了老人在等待死亡的过程中，对于生存、死亡、衰老、孤独的独特感受，在通过"老人"与"死神"、亲人、自己的三个对话关系中，把"生"与"死"、"希望"与"绝望"、"老"与"小"等丰富的生命内涵展现出来，从而"死期将至，胡不归"。作品充满了对生命本质、存在价值与时间流逝的探讨，富有生命、存在、时间等哲学话题的意味。

郑小驴的《利物浦牌剃须刀》表面上描绘的是胡须杂乱生长的琐碎日常，但实则通过兄弟、父亲等人物各怀心事的描写，折射出一个家庭内部生活的混乱无序。这种"乱麻"式的家庭关系与同时叙述中的国际局势紧张、美伊战争爆发等宏大叙事形成互文，传递出作者的核心隐喻——无论是家庭琐事还是世界大局，其混乱和不安都有如不受控制的"胡须"疯长。郑小驴并未止步于简单地呈现生活褶皱，而是以"利物浦牌剃须刀"为文明仪轨的象征——这把跨越时空的器物，既承载着修复家庭裂隙的期许，更寄托着一部分"80后"作家们对和平秩序的永恒追寻，诚如其自述的那样："文学并不是百米冲刺，拼的是耐力……文学，本就是一眼望不到尽头的事。"❶

同样，在宋小词的笔下，聚焦于制度结构下个体命运的撕裂，用充满张力的城市寓言，叩响现代文明的精神晨钟。在《直立行走》中，通过杨双福与武汉市民周午马的关系，揭示了城乡之间、体制内外、性别之间的权力不平等。但作品的超越性正在于其温暖的人文底色——储物间婚房里的契约婚姻虽透着荒诞，却迸发着底层群体改写命运的炽热渴望；周父弥留之际的生命坚守，更彰显着超越功利主义的生命尊严。在杨双福法庭抗争的铿锵之声中，在"人应如树般挺立生长"的价值宣言里，我们看见被遮蔽的星光正穿透现实阴霾。宋小词用冷静之笔刻画了畸形的社会下冷漠的人们，婚姻的不对等、城乡之间的不对等的背后是作家对"平等"的呼吁，就如宋小词自己所说的那样，人与人应该是平等的，人应该像人一样活着，人人都该有自己的尊严和体面，这种体面不是表面的面子上的风光，而这才是幸福的基础。❷

这些"80后"作家的作品恰如时代双镜，以日常生活为观照点，既反映出转型期的精神阵痛，更以文学之光滋养着破茧重生的力量，在混沌中孕育着文明新生的可能。在"80后"作家欧阳娟看来，之所以选择对日常生活的现实叙事，源于切身的经历和体会，这种经历使得自身的思考能够更为深刻，她强调，所谓的"太私人化、太情绪化的写作，会随着年龄增长而过去。"❸无论是对当代青年日常生活的精神面貌和生存状态的揭示，或是关于"生"与"死"的哲学上的形而上学的思考，抑或是描写关于不同的人在当下社会中的精神追求……都可以看到当下的"80后"写作与以往迥然不同的文学追求和写作姿态，不同于

---

❶ 郑小驴：《一眼望不到尽头》（创作谈），《西湖》，2009年第3期，第18-21页。
❷ 宋小词：《隐忍最终会化为一种力量》，《小说林》，2013年第4期，第36-37页。
❸ 陈香：《"80后"开写现实题材作品》，《中华读书报》，2008年6月11日。

以往立足于个人"独语"式的抒发和描写,而是呈现出类型化的写作聚集在青春期刊周围、与新媒介相结合走向市场、向传统文学转型三者并存的现象。

可以说,"80后""青春文学"作为一个整体命名的文学现象已经不复存在了,多种文学作者的存在现象,说明了"80后"在经过了市场、新媒介与写作的冲击后,对于如何选择个人写作有着更为多方位的认知和思考,在自觉地投入写作过程中,多方面地以不同的面目来体现个体经验或是对周围人的世界的体验。在透过驳杂、丰富的多样化的个人体验来挖掘个体化、社会的精神特质和内核时,来表达出一个时代青年的当代"成长",从而确立其"自我"的"现代性"、"成长"的合法性。

第三节 新世纪写实:"底层"日常生活的现实观照

一、"打工"的现实言说

随着我国社会经济的持续发展和社会结构的不断优化调整,社会面貌既呈现出城乡融合发展的时代画卷,又展现出社会群体多元化特征的时代新景。不同区域与群体之间的差异性逐渐显现,城乡之间的文化差异、发展阶段的多样性成为社会进步过程中的阶段性特征。在这一背景下,一些作家聚焦于特定创作领域中日常生活的文学探讨,以独特的艺术视角构建起观察时代的精神图谱,通过其丰富的精神世界呈现彰显着新时代的人文温度。

聚焦普通劳动者的"城市打工"成为作家越来越关注的对象,在新世纪初,出现了所谓的"底层文学""打工文学"等称谓。通过对打工者在当代都市中"日常生活"的描写,来反映当代人的生存状况和心理结构状况。关于"底层文学"的概念,学界和公众之间仍存在诸多探讨与思考,其内涵与外延尚未形成统一定义,但可以明确的是,这类文学作品关注了社会中一个人数众多、具有代表性的群体。他们的生活境遇具有鲜明的现实特征,同时也蕴含着坚韧、自强的精神气质和丰富多样的情感世界。这类文学的意义不仅在于反映生活,更在于激发共鸣、促进理解,推动社会更具包容性与温度的发展方向。

例如吴玄的《发廊》、白连春的《我爱北京》《拯救父亲》、荆永鸣的《北京候鸟》、邓一光的《怀念一个没有去过的地方》、鬼子的《瓦城上空的麦田》等，通过真实呈现农村务工者在城市生活中的适应与挑战，关注他们在社会转型中的身份认同与精神挣扎。这些作品通过城乡迁徙者的奋斗历程，艺术化映照出城镇化进程中特定群体"打工者"的现实境遇，彰显着文艺工作者对社会变革的深切观照。方方的《出门寻死》中以何汉晴的生活际遇为棱镜，展现的是作者对同代人命运的关怀和理解。北北的《转身离去》等则聚焦城市底层群体的生活变迁，通过"拆迁"这一社会事件，让历史与现实在时间的隧道中定格，在芹菜跟自己过不去的诉说中揭示时代变革带给个体命运的冲击。在芹菜的叙述中，虽然充满了压抑与无奈，但也蕴含了普通人对生活意义的持续追问与自我坚持。在这一过程中，历史与现实交织，使个体情感在社会语境中获得更多理解。尤凤伟的《泥鳅》、北村的《愤怒》中，通过当下农民工在城市中的"日常生活"描述，展现的是农民工在当下社会中的生存权利、发展权利、司法公正等问题，进一步拓展了对城市中农民工生活状态的描写，透露出作家对农民工生存境遇的深深思索和探究。《泥鳅》中的"泥鳅"象征意义尤其深刻：泥鳅虽然平凡，却具备顽强生命力，成为普通人坚韧奋斗的象征。当国瑞将满怀希望养大的泥鳅摆上餐桌，这一情节虽令人唏嘘，但也折射出他对命运不屈的反抗与深层的现实警醒。作家们旨在通过作品，在推动社会进步的过程中，理应给予基层群体更多尊重与支持，保障他们的发展机会与尊严。总体而言，这些作品虽然关注的是社会底层人群，但其价值不仅在于展示新媒介时代社会发展的进程中存在于现实的困难，更在于对公平、正义和人性温度的深入思考。通过文学的方式，作家们传递出积极的关注与深切的人文关怀，推动新媒介环境下的社会更加包容、多元、健康地发展。

然而这股被称为"打工文学"的写作热潮因其自身对打工者和城市弱势群体苦难生活过于夸张的描写和虚假的想象而一直备受质疑。有的学者认为，当时的"底层文学"存在着一种为惨烈而惨烈、为苦难而苦难的创作倾向，❶大量的关于苦难的过度造势使读者虽有同情之心却难生认可之情。宏治纲在《唤醒

---

❶ 于淑敏：《"唯物"的新美学——论当代小说的日常生活叙事》，北京：北京大学出版社，2013年版，第102页。

生命的灵性与艺术的智性》中认为，作家在强调底层关怀的同时，如何真实表达底层生活或许更为重要，是否真正融入他们的精神内部，是否真正抵达了那些默默无闻的弱势群体，从而成功地唤醒了每一个生命的灵性。❶

在新世纪走过的二十几年路程中，对于"城市打工"这一题材的挖掘不断地深化和给予新的意义和内涵，而在表现手法上，则更为真实地写出了他们的生活状况和精神状态。

安庆的《麻雀》同样将笔触指向了中国庞大的打工者这一社会群体。但他不仅仅表现的是农民工打工的艰辛和所遭受到的心灵创伤，也表现了小人物之间的关爱和温暖。小年和小婉同样作为来自农村的打工者，相同的生活经历使他们在互相漂泊中互相帮助，并产生了那种若即若离的感情，宛如艰难生活中的一盏橘红色的灯光，照亮了两个人的心灵。而小年对二年的兄弟情谊以及以武力方式保护弟弟不受到伤害的行为，更是反映了小人物之间的亲情，富含生活气息。

郑小驴的《赞美诗》则更多关注的是打工群体的情感世界。小说中的"他"是一个在白天劳累，却在黑夜中寻找理想和生命尊严的打工者。幸福、成功和自由成为他人生的渴望。"他"和一个女孩合租一间房屋，但彼此之间宛如陌生人地相处，"他"看"女孩"，"女孩"也在看"他"，只不过"他"看女孩是带着一种向往来看，这是一种基于尊重和憧憬的目光；而"女孩"看"他"则是陌生人的"看"，没有任何意义和情感，映射出城市生活节奏下人与人之间的防备与隔阂。但这种描写并非为了渲染孤独，而是作者希望引发人们对现代社会人际关系的深思，唤起对相互理解与情感连接的重视。所谓的"赞美诗"不但打开了底层生活的细部，也让生活中的你我看得清清楚楚、明明白白，"他"不仅仅是"他"，也是生活中的"你"和"我"。作品通过"他"的故事告诉我们，哪怕是最平凡的个体，也在用自己的方式默默地诠释着对美好生活的追求。他的经历不仅是他个人的写照，也是在为千千万万普通劳动者的坚韧与执着发声，成为当代每一个人在生活中不断前行、不懈奋斗的象征。

而焦冲的《北漂十年》无疑是与作者的生活息息相关的。焦冲在北京生活

---

❶ 洪治纲：《唤醒生命的灵性与艺术的智性——2006年短篇小说创作巡礼》，《文艺争鸣》，2007年第2期，第125-130页。

了十几年，从事广告文案工作，每天都要加班到很晚，只有在周末才能写点小说，是一个名副其实的"北漂作者"。他小说中所创作出的人物其实就是他自己和身边朋友的故事，从农村走出来的大学生，收入状况比那些纯粹的体力劳动者的收入要稍微好一点，但身上仍背负着巨大的生活压力。在《北漂十年》中写的那些所谓的打工者，其实是传统意义上的"小白领"，然而却无可奈何地下滑为底层阶级了。小说里的主人公，工作处于一种随时被解聘和聘用的状态，他们的恋爱和婚姻都受到了经济上的很大限制，不会给女朋友花上千元买一个包包或者衣服，也不会在节假日出去旅游，有的人甚至不买房不结婚，攒着钱回老家买房子和娶妻生子。对此，徐则臣有着深刻的体会："如今的小白领阶层，像住在燕郊的小白领，每天披星戴月上班，生活范围很狭窄，可能比种地的农民还要辛苦。"❶ 而《当代》杂志的编辑石一枫则认为现在的小说描述的北漂底层所散发出来的漂泊感特别明显。

同样，荆永鸣的《北京时间》则是以"我"为中心，用我的眼光来看北京的各种打工者和胡同里的老居民及其之间的交往和摩擦：摊煎饼的胡冬、唱着京剧的老杨头儿、有背景的出租房东、前来画画的艺术家李黎……可以说荆永鸣的小说是与他自身的生活经历密切相关的，在他来北京以后发现写作难以维持正常的基本生活，于是放弃了写作而选择了开餐馆来维持生计，直到生活有了缓解和改善以后才又在业余时间从事文学写作，而在他看来，"北漂"群体之所以引起他的关注和共鸣，在于他自己本身就是其中的一员。

虽然在安庆、郑小驴、焦冲、荆永鸣这里早期打工文学的一些痕迹还依旧存在，然而在打工诗人郑小琼看来，只有"保持这种在场感，一种底层打工者在这个城市的耻辱感"才能"让我不会感到麻木"❷。这种"在场感"的创作理念，使他们的"打工文学"显示出了和新世纪初的"底层文学"不一样的叙述方式和情感表达。随着步入21世纪二十多年，新一代的农民工显而易见和第一代的农民工有了很大的差异，长子中认为"当前新生代农民工作为社会的一个特殊群体，介于农民与市民之间，受到各种复杂因素的影响，形成了一种近乎'夹缝'

---

❶ 周南焱：《用小说唖摸北漂底层生活》，《北京日报》，2014年8月28日。
❷ 杨宏海：《打工文学备忘录》，北京：社会科学文献出版社，2007，第373页。

中的价值取向"❶。而这一价值取向，体现在作为"在场感"和"体验式"进行创作的作家们这里的是："苦难叙事"的退隐，不再是对"苦难"的直接书写，而转向到在文本的呈现和构造中"问题意识"的彰显。在新一代的"底层文学"这里，更为理性和冷静的文字背后，展现的是新生代打工文学作者对"城市底层和社会问题的思考"，关注的是都市下的年轻人的生存状态和心灵成长，从而在另外一个方面为现代都市精神提供新的样本。❷

二、知识分子的困顿

在社会整体结构中，知识分子在过去被视为是上层阶级的代表也成为了历史。在新的时代语境下，知识分子的话语权不断被削弱，面对日益迅速发展的传媒时代及其所带来的商业化浪潮冲击下，知识分子的"启蒙者"身份也被拉下高高在上的神坛。如何在现实的困窘中寻得精神和物质的平衡成为了当下很多作家进行探索的对象。

在急速流动的都市景观中，《章某某》以极具时代穿透力的叙事，镌刻下当代青年叩问生命价值的灵魂印记。马小淘的《章某某》写的是大学生章海妍从考上大学的那一刻起，就渴望成为电视台春节晚会中的一名主持人。为了这个梦想，在学校上学期间，她一直刻苦学习，卧薪尝胆，然而在人才济济的校园里，资质平平的她并不起眼。大学毕业后，她依旧为了自己的梦想而奋斗着，然而屡败屡战，屡战屡败。诚如章海妍在小说中控诉道：

> "你知道毕业五年我换了多少工作？我录过彩铃，剪过片子，最热的天跑人不愿意跑的采访，又怎么样呢？还是连个主持人也当不上！勤学苦练，天道酬勤，我信了快三十年，再信就死了！你大学毕业天天吃饭睡觉打豆豆，我念唱做打快累成狗，然后呢？你生在北京，天生就带着户口，我还不是什么也没有，住在出租房里，当北漂。"❸

---

❶ 长子中：《当前新生代农民工价值观念透视》，《北方经济》，2009 年第 5 期，第 7–11 页。
❷ 陈超：《"代际"差异与打工文学的审美突围及叙事转向——论"80 后"新生代打工文学的文学史意义》，《小说评论》，2015 年第 5 期，第 139–143 页。
❸ 马小淘：《章某某》，合肥：安徽文艺出版社，2016 年，第 279 页。

马小淘把这篇小说的名字叫作"章某某",而非具体的名字,这种名字的刻意模糊使得小说具有了某种深层意味。马小淘笔下的章海妍并非简单的失败者符号,其十年追梦历程恰似一柄棱镜,折射出转型期中国青年知识群体特有的精神光谱——那些被误读为"偏执"的坚持,实则是理想主义者在价值重构时代的悲壮突围。章海妍的北漂轨迹撕开了奋斗叙事的浪漫面纱,暴露出都市丛林残酷的生存法则。从录彩铃到跑采访的职场沉浮,与其说是个人能力的困局,不如视作媒介资本时代价值评判体系失衡的隐喻。但作家并未停留于控诉层面,当主人公在出租屋内反复打磨主持稿的身影穿透纸背,我们看到的不是被现实击垮的怯懦,而是西西弗斯式的精神觉醒——这个永远在准备着的状态本身,已然构成对功利主义最有力的抵抗。章海妍的故事暗示着:在资本与技术的合谋时代,真正的成长不在于抵达某个预设终点,而在于保持向理想跋涉的生命姿态。

如果说马小淘笔下的章海研通过其"精神崩塌"和被诊断为"疯癫"的执念来暗示知识分子精神之火的燃烧姿态,那么在蒋一谈、霍艳这里则显示了新媒介环境下知识分子面临的精神与物质、梦想与现实之间的困惑和艰难的抉择。

蒋一谈的《在酒楼上》讲述了"我"作为一名拥有博士学位的历史老师在现实生活中所面临的生活和精神危机。"我"在他乡的城市生活了三十多年,然而作为一名清贫的中学历史教师,使得事业并没有改善生活上的艰辛,谈了五年的女朋友也在感情上处于若隐若离的状态,使得"我"想到了鲁迅先生小说《在酒楼上》吕纬甫他们的"虚弱和叹息"、面对命运面前"漂浮着的憔悴和无奈"……这与自己何其地相似。而姑姑的一封信使得"我"的生活也处于人生的一个十字路口上:身患绝症的姑姑愿意把她自己所有的包括酒楼在内的500万元资产继承给"我",然而"我"必须得照顾生活缺乏自理的残疾人阿明,这也就意味着放弃自己热爱的事业,放弃实现自我人生价值的奋斗理想。如何面对金钱和精神的选择,"我"成为所有漂泊于都市的当代青年知识分子的一个缩影。在《在酒楼上》的叙事空间里,历史学博士"我"的生存困境折射出当代知识分子的精神觉醒。面对500万元资产继承与特教事业的选择,主人公最终选择继续坚守中学讲台,这个看似被动的决定实则彰显着知识分子的价值自觉。当"我"在课堂上讲述《在酒楼上》时,学生们眼中闪烁的求知光芒,恰恰印证了教育传承的永恒价值。这种选择困境的超越,揭示了当代知识分子在物质诱惑面前对精神使命的坚守——他们正在重新定义"启蒙者"的内涵,在平凡的岗位上延续文明薪火的传递。

同样,在《林荫大道》中,历史学女博士夏慧志存高远,但因为没有关系并且出身贫寒,只能违心地做一名中学教师,她的男朋友和她的情况差不多。两个年轻人在社会上立足艰难,好不容易建立起对生活的自信,却在面对一栋豪华别墅时经历了一场物质与精神的折磨。《林荫大道》中夏慧博士的生存境遇,则展现了青年知识分子的精神成长。当物质欲望的浪潮冲击着这对清贫的教师恋人,他们最终选择共同守护校园这片净土。这个看似理想化的结局,实则蕴含着深刻的社会隐喻:在商品经济的冲击下,青年知识分子正在探索新的价值实现路径。他们在课余时间创办的"人文讲堂",将学术研究转化为公共知识服务,这种创造性转化既维系了学术理想,又实现了社会价值,展现出知识分子的实践智慧。

霍艳的《无人之境》则以作家这一群体为对象,展现了楚源、柴柴、方红等一些小说家、诗人在当下的自我生命的跋涉过程。当作为一个成名作家的楚源遇到了与自己女儿年龄相仿的作家柴柴之后,他不由自主地被吸引并最终全身心地投入这场跨代的恋爱之中。霍艳《无人之境》的叙事突破在于,它撕开了知识分子群体的精神褶皱。楚源与柴柴的忘年恋,不应简单理解为道德困境,而是知识生产机制异化下的精神突围。当商业化写作吞噬创作初心,这场"不合时宜"的爱情实质是作家对文学本真的追寻。故事结尾楚源在文学讲座上坦然剖析创作危机,这个场景恰似当代知识分子的精神宣言——他们正在经历浴火重生的蜕变,通过自我解剖实现精神重构。这种直面困境的勇气,正是知识分子保持精神独立的重要表征。

这些文学镜像揭示:当代知识分子的精神困境实质是文明转型期的阵痛。他们不再固守启蒙者的神坛,而是在与现实的碰撞中探索新的价值坐标。从校园到社区,从书斋到公共空间,知识分子正在将个体困惑转化为集体思考,用文化坚守回应时代叩问。这种在困境中保持精神定力,在现实中寻求突破的生存智慧,恰恰构成了社会文明进步的重要推动力。

在城市化进程的裂变中,青年知识分子的精神突围呈现出复杂的时代光谱。

他们与都市文明的博弈，不应简单归结为物质与精神的二元对抗，而应视为现代性进程中主体意识觉醒的必经之路。当伴随着新媒介环境的快速形成，与之而来的是消费主义的浪潮席卷城市空间，青年群体以或坚守或变形的生存姿态，恰恰构成了对现代文明最生动的注解——那些被指认为"冷漠"或"癫狂"的精神图景，实质是知识分子主体在价值重构过程中的阶段性镜像。

在都市文明的实验室里，青年知识分子正在经历着前所未有的精神淬炼。他们以肉身感知资本逻辑的规训力量，用理性解剖消费社会的运行机制，这种双重体验催生出独特的生存智慧。那些被视作"心如死水"的疏离者，往往在保持精神洁癖的同时，发展出抵御异化的生存策略；而所谓的"偏执追寻者"，则通过极端化的精神实验，为群体探索着突破困境的可能路径。这种看似分裂的精神状态，恰是转型期社会价值体系重构的微观投射。

当下城市文学的三重症候，正暗含着文化新质孕育的生机。传统的知识分子人物形象的缺失，折射出传统典型论在流动社会中的失效，却为新型知识分子人物塑造开辟了实验空间；"没有青春"的焦虑，恰是青年作家突破代际叙事框架的契机；纪实性困境的凸显，则推动着文学话语与社会现实的深度对话。这些所谓的创作困境，实则是文学现代性生长的阵痛，预示着城市文学将从"未完成的建构"走向更具生命力的表达。

在《无人之境》等文本中，我们看到的不仅是精神困顿的表征，更是文化主体自我更新的轨迹。当楚源在文学讲座上袒露创作危机时，当夏慧将学术理想转化为社区教育实践时，这些充满张力的精神图景，正构成新时代的启蒙叙事——不是居高临下的训导，而是扎根现实的共生。当代知识分子通过自我解构与重构，正在将个体的精神突围升华为群体的价值自觉，这种动态平衡中的精神成长，或许正是破解现代性困境的文化密钥。

三、非虚构的写作

所谓非虚构小说，源于20世纪60年代的美国，由作家卡波特根据一起发生于美国堪萨斯州的凶杀案所写的调查报告《冷血》，作家根据被害者周围的人和凶手进行的谈话，写出了一种新的文体。这种文体取材于真实，但又充分使用文学手段写作完成，卡波特把这种文体命名为"非虚构小说"。

《人民文学》从2010年第2期起设立了"非虚构"栏目，同年10月启动"人民大地·行动者"非虚构写作计划，提倡走出书斋、走向生活的"非虚构"写作栏目。陆续发表了一些前沿作家的作品，如梁鸿的《梁庄》（第2期）、董夏青青的《胆小人日记》（第4期）、李晏的《当戏已成往事》（第9期）、萧相风的《词典：南方工业生活》（第10期）等。《大家》在各个栏目中给予重点推介，形成了"南北呼应"的局面。

　　之后，《人民文学》《收获》等知名文学期刊又纷纷发表了乔叶的《盖楼记》和《拆楼记》、阿乙的《模范青年》、冯骥才的《无路可逃》和《地狱一步到天堂——韩美林口述史》、胡冬林的《金角鹿》、高宝军的《普兰笔记》、艾平的《一个记者的九五长征》、陈霁的《白马部落》等，"非虚构"的作品风头日益强劲，与虚构类的作品旗鼓相当。这是作家们在面对复杂的现实，尤其是面对日新月异的科技时代，如何正确处理现实经验的一种尝试。在笔者看来，也未尝不是对当下传媒所造成的一个"日常化"审美的一种适应和谋求共存的尝试。

　　萧相风的《词典：南方工业生活》采用词典条目的形式，以"打工""老乡""加班""出租屋""塑料""流动人口证""工伤""ISO""电子厂"等词语构成了一个层次丰富、光影交错的南方工业图景，这些词语不仅是现实的切片，更像是南方社会脉搏跳动的节奏点。它们构成了一个既现实又极具张力的语义场，让读者得以透过词语，触及生活肌理与精神温度。面对商品经济下的南方，作者并没有采取相应的艺术手段进行虚化，反而用诚实、直白的笔触，表达了他对这一现实的复杂感受。他在序言中坦率地写道："我不知是歌颂前进还是批判阴影下的丑陋，不知是呈现已有的辉煌还是悲悯背后的苦难，我不知是用纪实报告的方式还是用个人化抒情的方式，我不知是将它上升为美学还是还原为现实生活。事物也远远超过词语本身，从'不知'中伸出更复杂的面孔。"❶这种"不知"反映的其实是萧相风在面对真实世界时的谦卑与敬畏——既不轻言赞颂，也不轻率批判，而是尝试在纷繁中寻找理解的可能，在沉重中捕捉微光。正是在"不知"之中，萧相风让读者见到了真实，也见到了理解的可能；见到了社会的复杂性，也见到了个体努力向光的顽强生命力。在《词典：南方工业生活》

---

❶ 萧相风：《词典：南方工业生活》，广州：花城出版社，2011年，第2-3页。

中,那些在流水线上日复一日的工人生活、在城市边缘辗转的群体身份,不再只是统计数字或社会符号,而成为一个个值得铭记的故事节点。尽管文中并没有避讳工人在现实中的困境,但作品却让读者通过词语感受到了一种生活肌理和精神温度,整体传递的是一个积极的文学姿态——那种愿意"看见"的力量,那种通过语言参与社会、唤起共感的张力。

同样,"非虚构作家"乔叶与梁鸿的创作实践,在当代非虚构写作领域构建起独特的观察坐标系。两位作家以田野调查者的学术自觉与文学创作者的审美感知,在城乡巨变的裂痕中培育出具有建设性意义的叙事范式,为转型期的中国社会生活提供了珍贵的精神档案。

在乔叶的"拆楼系列"中,涉及的是当下社会中的"拆迁"问题,与当地许多书写"拆迁"的文学作品不同,乔叶以在场者的身份,最大限度地忠实于她自身亲眼所见的现实并给予真实的再现,对拆迁过程进行了细致而深入的书写,尤其是关于很多细节的再现很具有真实性。作为一位亲历者,乔叶书写的不仅是建筑的坍塌,更是个体情感、社会关系与城乡结构在剧烈变动中的调整与再生。她并未以"高位视角"评判现实,而是选择了贴近地面、贴近人心的视角——深入拆迁现场、贴近普通居民、重视语言和行为的质感。例如,她对基层农民与政府人员"讨价还价"的过程描写,充满了生活的真实张力;对拆迁户"种菜战术""户口博弈"等策略的细致摹写,不仅展现民间智慧的韧性,更揭示出基层治理现代化进程中传统伦理与现代制度的创造性融合。这种充满烟火气的现实书写,将拆迁叙事从简单的二元对立提升为文明更替的动态观察。乔叶"拆楼系列"的突破性在于其超越传统底层书写的认知框架。作者并不沉溺于拆迁带来的"失",而是在文字中捕捉人与人之间的联结与协商空间的生成。文本所展现的,是一个社会在变革中如何逐渐寻找新的共识与秩序。这种立足现实的温和"非虚构"叙事,为我们打开了理解城市化过程中民众主体生活的重要窗口。

而梁鸿在《中国在梁庄》和《出梁庄记》中,则构建了另一种书写路径——从熟悉的故乡出发,探问个体命运与社会结构的深层连接。她聚焦于自己生长的故乡——河南梁庄,不仅关注故乡的地理与物理变迁,更着力描绘村庄居民在历史进程中如何构建自我、维护尊严、寻找归属感。池塘的污染、砖厂的扩张、劳动力的外流固然令人叹息，但梁鸿并未止步于批判与哀伤，而是通过详实的田野调查与大量的口述访谈，还原了这一生命共同体的复杂性与韧性。在《出梁庄记》中，梁鸿采访了从梁庄出去打工的51个打工者，这些打工者的足迹几乎遍布了中国的大江南北，她与51位打工者展开深入对话，记录下他们在城市打拼的酸甜苦辣，尽可能地用他们自己的话语展现了"梁庄"这一生命群体的工作环境、生存状况、身体状况和精神状况。从三十年打工经验的老者，到初入城市的年轻人，他们的声音构成了当代中国底层迁徙史的一部分。梁鸿没有将他们抽象为"农民工"标签，而是强调个体生命在社会洪流中的坚持与希望。他们既有对家乡的深切牵挂，也有对自我命运的积极书写——即便面对现实的重压，他们依然选择向前。

萧相风、乔叶、梁鸿等作家他们分别以自己的方式展现了社会转型背景下普通人的情感维度、选择路径与价值坚守：萧相风、乔叶从城市边缘记录共识的生成，梁鸿从故土出发追索精神的根基。他们的作品在关注社会现实问题、呈现真实的同时，也赋予读者一种穿透现实表象、在变化中寻找意义与力量的可能。

不同于萧相风、乔叶、梁鸿对当下社会现实的"非虚构"叙事，在阿乙的《模范青年》、杨庆祥的《80后，怎么办？》里，则更多地带有个人亲身经验的"非虚构"书写。

阿乙的《模范青年》中讲述了"我"和周琪源同为一个专科警校的学生。在校期间，"我"爱逃课，玩游戏，得过且过地混到了毕业。而周琪源则和"我"恰恰相反，他刻苦学习，没有什么业余爱好，是一个老师眼里的好学生。毕业后，"我"和周琪源都被分到了同一个小县城的公安局，周琪源依旧是安安分分、老老实实地工作，每年发表论文、看英语单词评职称，和很多人的普通一生一样，毫不起眼。而"我"则冲破了家庭的阻挠，放弃了所谓的"铁饭碗"，来到了郑州、北京，进入到了报社当记者、做编辑，开始了新的旅程。周琪源和很多人一样，普普通通地娶妻、生子、老去，甚至在生活中翻不起一朵小小的浪花。究竟"我"和周琪源谁才算得上是"模范"呢？在这里，"我"和周琪源无疑是代表着人的两种生活态度和精神取向，这里的"我"并不是所谓的第一人称的虚化叙事，而是阿乙自己的亲身生活经历。阿乙曾经做过警员，后来辞职分别在郑州、北京进入报社从事记者和期刊编辑等职务，显而易见，这里的"我"其实就是阿乙自身，这篇文章中则饱含了作者对其自身在当下社会中存在的深刻思考和拷问。

同样，在杨庆祥的《80后，怎么办？》一文中，作者在附记中明确地说出，之所以写这篇文章，是和自身的个人经验密切相关。在文中一开始提及到的人"我"遭遇到的被房东变相的"驱逐"是真实存在的，因为房东老太太认为散租赚不了钱，从而要租给中介公司，让"我"赶紧另寻他处。在小说中，"我"作为一名人民大学的青年教师，有着博士的高学历，对于很多人来说应该不属于底层人物中的一员。然而，高速发展的经济同时带来的是房价的炒作，面对天价般的房价，"我"也只能租到一个大约14平方米的小房间。当下的社会中，很多青年的理想生活就是拥有一套三室一厅的房子、有稳定的工作、不菲的收入、有一些自由支配的时间、和睦的家庭……这种对中产阶级生活方式梦想的产生，并不是自觉的产生，而是被迫的产生。文中深刻地对当下国家与个人的脱节、拼爹现象、新媒介所传播的思想对生活的渗透各个方面进行了剖析。当80后的一代人，在现实生活中的巨大压力下，个人奋斗无法兑换成相应的资本和尊严后，巨大的失败感重创了这一代人的创造性和对梦想的追求，使他们不得不向世俗、体制和资本低头。在这里，"我"所体现出来的焦虑感和失败感，是杨庆祥自身对生活的体验和思考，从而折射出"我"这"80后"的一代人在当下生活和精神上的困窘。

曹寇的《水城兄弟》则不同于前两者或是对社会问题的真实参与和考察，或是从个人经验出发进行个人非虚构的书写，而是以2007年"六兄弟跨省抓逃犯"这一新闻事件作为关注的对象，作者去事发地进行实地考察，并根据采访当事人后写成的。从这一点上来看，很类似于卡波特的《冷血》。在小说中，不仅展示了六兄弟跨省抓逃犯这一事件的过程和经历，更勾勒出了那个年代贵州边远地区的生存环境：穷乡僻壤，孩子们很容易丢失；贫穷使人们宁愿被罚款也要多生孩子，因为人口多则意味着一个家庭才有力量，不会被欺负。小说着意考察了当地的人情风貌、地理环境、经济状况等各个方面，"六兄弟跨省抓逃犯"这一新闻事件也不再仅仅是简单的抓捕凶手的新闻事件，一个陌生而又真实的社会现实展现在我们眼前。作者以真实的笔勾勒出我们真切的现实生活。

诚如王蒙所说的那样，所谓的非虚构前提是这篇作品中的我当真是"我"的一半多，而"她"是"你"的一半多。❶无论是乔叶的"拆楼系列"，梁鸿的"梁庄系列"，或者是阿乙、杨庆祥的"个人经验"的书写，抑或是曹寇对真实事件及其背后真实现实生活的再现，其细节的"真实"、精神的"接地气儿"是非虚构小说受公众所欢迎的主要原因。在这里，作家们不会在作品中处处显示自己的高明，极少出现过度的议论、抒情，从社会到个人、从现实到历史、从宏观到具体，各种不同的经验和存在以一种"比报告文学或纪实文学更为广阔的写作方式的'呈现'"成为当代非虚构写作的新起点和宣言。

在梁鸿看来，"非虚构写作"的出现，源于电子媒介迅速发展的当下，作家们在艺术和审美之中过于"自恋"，没有清醒地意识到在这场由电子媒介所带来的声势浩大、不可逆转的社会巨变中，每个人究竟失去了什么？文学固有的艺术和审美准则在当下则表现出一种无力和苍白。对于当下的作家们而言，走出"书斋"，真正走进所书写对象的"日常生活"，而不是臆想中的"观念生活"，是一件必须清楚和正视的事情。可以说，在经过各种文学的尝试和实验之后，作家们以"纪实"的方式直接指涉现实，它是一次在新媒介及其所带来的文化中心的新型文化关系下的"突围"，它使文学回到了最初"真实"的起点，然后重新出发，另辟蹊径，寻找文学未来的一个新的空间和可能性。❷这些非虚构作品虽具备"报告"性质，一定程度上展示了现实的沉重，但却通过语言组织、场景构建、情绪弥散等方式，让人们不仅"看见"了生活，也鼓励人们去"理解""共鸣"，甚至"改变"生活，从而形成了一种介于纪实与抒情之间的张力。这也显示出诗意与现实之间并非对立，而是可以互为引导的可能。

第四节 另一种存在："民间"的精神之旅

20世纪80年代初虽然也有呼吁欲望，然而却始终没有挣脱启蒙的框架，在20世纪90年代市场商品化的社会背景下，挣脱了启蒙话语的崇高载体，从

---

❶ 王蒙：《女神》，《人民文学》，2016年第11期，第8页。
❷ 兴安：《真实，让文学回到原点——关于非虚构写作的思考》，《文学报》，2014年1月16日。

高高在上的神坛走向社会生活的各个方面，冲击着现有的一切道德伦理规范。1990年初的人文精神大讨论，引发了众多话语对人在当下社会中存在性的思考。"人文精神"思索者对现实表示了深深的忧虑，认为当代中国文学乃至整个文化都处在深刻的危机中，"当代文化人的精神状态普遍不良"，"一些文学写作者抛弃了过去的面具，不再是一个文化英雄，而成为一个欲望的英雄"[1]。面对快速发展的社会，一些人在越来越便利的物质占有的同时，精神追求却逐步丧失，在这样一种现实之中，他们呼唤人文精神，试图与物欲横流的社会划分界限，在大众市场文化里寻求一种知识分子清醒独立的叙事，呼唤一种终极性的生命追求和精神支撑。刘小枫的《走向十字架上的真》和李泽厚以"第四提纲"为代表的哲学探讨，都是直面问题的深深思考。不同于着眼都市生活的无奈和都市下的"物化"意识描写，不同于朱文、韩东以堕落抵抗堕落式的性爱虚无，在张炜这里是呼唤"清洁的精神"，把"大地"作为精神的寄托之地，把眼光投放于"民间"的"大地"之上，以求在一个以消费为主导、大众传媒为支配的社会中，在"民间"寻求到人的生命力寄托之所在。诚如张承志自己所说的那样，"在极端的污浊中求存活，只能追求极端的清洁"[2]。他倡导严厉批评性的叙述导向，"今天需要抗战的文学，需要指出危险和揭破危机，需要自尊和高贵的文学"[3]。在张炜眼中，"城市是一片被肆意修饰过的野地，我最终将告别它。我想寻找一个原来，一个真实"[4]，张炜认为，只有"野地"才是这个"原来"的"真实"，"泥土滋生一切；在那儿，人将得到所需的全部，特别是百求不得的那个安慰。野地是万物的生母"[5]。

什么是"民间"？在《现代汉语词典》中，对于"民间"的解释为人民中间或是非官方的。《辞海》中并未收录"民间"一词，而只是对"民间艺术""民间工艺"等诸词进行了解释。可见，"民间"应该并非指一种人群范畴，而是相对于国家或者政权中心而言的一个客观历史存在。在西方民俗学那里，"民间"

---

[1] 郑国友：《欲望叙事泛滥：当前文学亟待破解的文化难题》，《湖南第一师范学报》，2007年第2期，第108-110页。
[2] 张承志：《无缘的思想》，长沙：湖南文艺出版社，1999年，第138页。
[3] 张承志：《无缘的思想》，长沙：湖南文艺出版社，1999年，第82页。
[4] 张炜：《忧愤的归途·融入野地》，北京：华艺出版社，1995年，第96页。
[5] 张炜：《忧愤的归途·融入野地》，北京：华艺出版社，1995年，第128页。

中的"民"被不同的学派界定为乡民、种族甚至"野蛮人",把民间等同于"乡间"及其"乡民"。不同于西方的历史发展,中国自己的"民间"是建立在中国自己的历史之上。周作人在《地方与文艺》中曾指出:"风土与住民有密切的关系……所以各国文学各有特色,就是一国之中也可以因为地域显出一种不同的风格。"❶ 由此可见,任何事物都不会是历史、社会文化之外的独立存在,自然而然,在中国农村村落聚居中也深刻地打上了历史、社会文化的烙印,呈现出中国独特的"村落聚居"的文化。"百里不同风,十里不同俗",不同的地区和不同的村落,有着不同的风俗习惯,从而形成了不同的村落文化。社会学家费孝通撰写的《乡土中国》,对中国的乡村社会结构及传统文化的变迁过程进行了深入细致的研究,他认为"'乡土'具有更多的文化意义,强调的是与传统农耕文明相联系的社会特性"。周作人则认为,"'民间'这意义,本是指多数不文的民众;民歌中的情绪和事实,也便是这民众所感知的情绪与事实,无非经少数人拈出,大家鉴定颁行罢了"❷。而胡适在《白话文学史》中认为"一切新文学的来源都在民间","民间"指的是那些"村夫农妇,痴男怨女,歌童舞姬,弹唱的,说书的"❸。20世纪30年代以后的知识分子所指涉的"民间"分别在不同的时期有着不同的认识:"不分阶层的民族全体""国民""突出阶级属性的平民""劳动人民""大众"等。由此可以看出,所谓的"民间",从文学史的角度上来看,是指文学生存的文化空间。在不同的历史语境里,民间的文化意蕴及其价值会发生不同的变化。陈思和在1994年先后发表了《民间的还原》《民间的浮沉》等系列文章。他认为从文学史的角度出发,"民间"具有三个特点:第一,民间之所以能够保持比较自由活泼的形式的根本原因在于国家权力对其控制相对薄弱,能够比较真实地表达人民的情感和还原民间世界生活百图。第二,真正的民间道德具有向上的正能量,是穷人在承受和抵抗苦难命运时所表现的正义、勇敢、乐观和富有仁爱的同情心,是普通人在寻求自由、争取自由的过程中所表现出的热情,具有强烈的生命力冲动。第三,它是以历史与现实发展过程中的某种现实世界为基础的,在历史中是以含垢忍辱的方式来延续和发展自身历

---

❶ 周作人:《地方与文艺》,见《周作人批评文集》,珠海:珠海出版社,1998年,第65页。
❷ 周作人:《中国民歌的价值》,《学艺杂志》(上海),1910年,第2卷第1期。
❸ 姜义华主编:《胡适学术文集·中国文学史》(上),北京:中华书局,1998年,第155页。

史,长期处于被遮蔽的状态,所以民间的生命力与它自身的藏污纳垢性与生俱在,无法截然分开。他认为,只有采取平等对话的态度,以民间自在的生活方式来体现民间自在的生活状态和审美趣味时,文学创作才能充满民间的意味。❶

在20世纪末的社会景观中,呈现在人们眼前的是新城市的不断出现和城市规划的扩张,城乡之间的分野也越发模糊不清。从"城"和"市"并存到有"市"无"城",这是世界城市发展的总趋势。尤其自新媒介的出现和发展,对于中国而言,20世纪80年代的经济体制改革,从理论倡导到实践措施的实施,真正实现城市化的国际发展,是在电视真正普及到中国人民的日常生活之后。新媒介的迅速发展,影视、网络、广告、手机等已经成为人们生活中的一部分,信息社会的全面覆盖,工业化和商品造就了消费主义统治的时代,工业化和商品经济铸就了现代城市的灵魂。人类创造出了消费化的城市,然而却对它无法控制,从而使其站立到人自身的对立面。王晓明在《太阳消失之后》中坦言,之所以参加"人文精神大讨论"是因为"觉得自己丧失了信仰,在精神上没有根"❷。对自身与所处世界的焦虑和怀疑,不仅仅是人类文化现实和思想危机的共同物,更是对自身生存意义上的思考。正如王晓明自己所说,"'人文精神'的讨论清楚地凸显了当代中国知识分子生存困境的真正深度:它并非仅是一种外在的困境,例如对社会的影响力的减弱,在日益商业化的社会中找不到适合的表达方式等,它更是一种深刻的内在困境,一种在精神价值上的认同的丧失,一种对自己的整个生存依据的茫然。正因此,它才不仅表现为理论上的贫弱和'失语',更大量地表现为人格的病态和精神品质的侏儒化。"❸

一、诗意的民间

一部分作家把精神依托于农业文明的民间、乡村为主体生存空间的民间,希图在民间能得到心灵的慰藉和"精神的清洁"。在张炜的《九月寓言》中,依托着大地,张炜把苦难转换成了幸福。贫瘠的小村远远滞后于现代文明,文化

---

❶ 陈思和:《民间的还原——文革后文学史某种走向的解释》,《文艺争鸣》,1994年第1期,第53—61页。
❷ 王晓明:《太阳消失之后》,见《思想与文学之间》,北京:人民文学出版社,2004年,第1页。
❸ 王晓明:《思想与文学之间》,北京:人民文学出版社,2004年,第66页。

设施贫乏,娱乐只能是奢侈,但是在村子里却充满着蓬勃向上的生命力:有独眼老人耗尽一生寻找爱人的执着,露筋和闪婆的惊世情缘,有肥、龙眼、喜年等人的爱恨情仇……大地,无时无刻不呼唤自己的儿女,发出"停吧,停吧"的声音。在孙惠芳的《歇马山庄的两个女人》中,尽管村里的成年男人们都去城里打工,村里只剩下了老弱妇孺,但是经过了城市创伤之后的李平和潘桃,因为对"浪漫"的憧憬而走在了一起,在歇马山庄中建立了深厚的友谊。在你一尺,我一丈,你一丈,我十丈的友谊建立中,使她们看到了无穷无尽的景色。文中展现辽南农村日常生活的同时,使我们看到了在城市文明日益侵蚀下的歇马山庄,一种在农家里极其平常的滋味以及平静中的波澜,这是一种平实中的奇迹。生活在这样波澜和奇迹中的人们所展示的那份知足、那份安定。

与此同时,河南作家刘庆邦也把眼光放在了农村中。刘庆邦作为一个富有文学才能的农民之子,亦是在宁谧的天地中孕育着浪漫的心灵。在他的笔下,自然是关乎灵魂的。他呈现的不仅是生存背景原初的美,更重要的把世界和人、自然和人、天地和人合而为一,是彼此之间的声息相通。或是诗意的撩拨,或是朴素的启迪,或是艺术的渗入,自然以它的方式与人灵魂相遇,甚至融合。而乡村的风景在浪漫的笔触下,焕发出勃勃生机,与人合为一体。乡村的一切在刘庆邦的笔下洞见人的心灵,引发并释放着人对于生存和世间美好事物的一切期待与美好。《曲胡》中"三月的春风户外飘,柳条摆动,麦苗起伏,塘边的桃花花蕊微微颤动,托春风捎去缕缕清香"。艳丽的粉色桃花、摇摆的绿色柳条,在不经意之间就撩拨起人们的情思万缕。而这些,使自然也成为生命的存在。

自然还更与艺术互通声气,甚而浑然一体,使人的情思与生命获得诗性的呈现。在《梅妞放羊》中,绿绿的河坡上,"没有人,有太阳,还有风。风大的时候,草吹得翻白着,像满坡白花。风一过去,草又是青的",梅妞"害羞地缩缩地"让小羊吃自己的奶时,"吃得梅妞直哎呀,直嚷我的亲娘哎"。灵性的人,善良的羊,美妙的自然,毫不相干的三个事物通过再简单平白不过的素朴语言连接,自然地还原给我们一个宁静和谐的图画,夹杂些许青春的生涩、朦胧的羞怯、启蒙的母性、人、动物、自然就这样在素朴的语言中构成了一个和谐的童话。在这里,自然成为艺术得以引渡的凭借,使人们从贫瘠匮乏的社会现实被过渡到诗意的彼岸,从而完成了生命的飞跃。

一幅幅豫中农村独特风俗长卷被刘庆邦以年画的笔法画得浓墨重彩,成为人们生存劳作的背景。而小说里写风俗,目的还是写人,在展现农村生活百态图的同时,展现在人们眼前的是生活在这里的人们传统的悠久的生命力、人性的醇厚美好以及现代文明所束缚的野性。

尽管张炜、孙惠芳、刘庆邦等这些作家,试图重建中国传统的农耕文明,以温情书写来创造精神的"世外桃源"以期待精神的满足和释放。但在丁帆看来,虽然中国日出而作、日落而息的农耕文明的生活方式仍然存在,但伴随着国家政策的转变和社会体制的改革,越来越多的地区已经被现代工业文明所普照。❶随着新媒介的传播,后现代文明的消费文化及审美观念蔓延至中国传统的农村生活之中已是大势所趋,一些作家清醒地认识到这一点。何玉茹的《回乡》讲述了"我"和丈夫老杨一起去郊区村庄——万庄采摘的故事。在去采摘的路上,"我"和老杨回忆起"我"曾经生长的村庄,回忆起在村庄中当保管员的事情……在采摘棉花的过程中,感受到了"人气",在采摘园守门女人的脸上看到了"母亲"般的模样。却被老杨一语中的,"你这哪里是去采摘,你这是回乡呢",让这次旅途有了更深的意义。而后老杨却又自言自语般道:"其实我也是在回乡"。两个没有故乡的人在一次城郊村庄采摘的过程中,得到了"回乡"的感觉,哪怕这个村庄早已不是自然状态下的村庄,而生活在里面的人们也早没了农村人固有的宽厚和淳朴。尽管故事中的万庄已不再是传统意义上的农村,那里的面貌被现代化不断重塑,人情也难再复当年的淳厚,但正是在这种"异乡化的乡村"中,他们才真正意识到自己"心灵的故乡"已难以用空间去定位。在这过程中,乡愁不再只是一种关于家园的记忆,更是一种深植于文化与情感中的根性需求。《回乡》中并没有交代自己的生长之地何以不见,然而这份"回不去"的感受却让人动容。一代人的浓浓乡愁油然而生,它折射出在中国快速城镇化的浪潮下,传统乡村文化在时光中逐渐褪色的现实。正是这种对"根"的寻找与精神皈依的渴望,构成了当代中国人内心中那份挥之不去的乡愁。

如果说在何玉茹这里是通过平淡与深邃的对照过程,表现了对逝去"故乡"

---

❶ 程光炜、丁帆、李锐等:《乡土文学创作与中国社会的历史转型——"乡土中国现代化转型与乡土文学创作学术研讨会"纪要》,《渤海大学学报》(社会哲学版),2010年第1期,第49-67页。

的一股浓浓的乡愁，那么刘玉栋的《回乡记》则真实地再现了在农村城镇化的过程中农村的变化以及生活在里面变化的人们，以更加现实主义的笔触，描绘出农村在城镇化进程中的巨大变迁，以及这一进程中人情世故的变化。"我"是一名从农村走出来的报社副编辑，被父亲的一个电话叫回了老家，只因为父亲说自己被人欺负了。常年不回的"我"，依旧保持着对故乡的美好记忆：村北枣林里红玛瑙般的枣子、村西口金光闪闪的苇穗、金黄色的池塘里鱼花泛起……然而当我回去后，即使知道故乡早已不是过去的故乡，然而还是依旧让"我"感觉到故乡变得"陌生"：宽宽的街道、漂亮的绿化带、十多层随处可见的大楼、从商厦顶端一挂到底的十几米高的大红条幅、不亚于大城市商厦的装潢和气派……在我眼中，那些熟悉的乡村景象早已被现代化的面貌取代。我竟在这片生我养我的土地上，感到无比陌生，唯有那座巍峨耸立的大楼，冷静地宣示着村庄的"新生"。当"我"得知父亲卧病在床的原因是被同村亲戚丁大匡的儿子丁小尤骑摩托车撞折了腿，丁小尤肇事逃跑并且拒绝承认。由于缺乏目击证人，使双方各执一词，得不到道歉的父亲气不过才把"我"从省城叫来。作为儿子，我自然无法坐视不管。"我"找到了作为村支书的丁文成，一起去找丁大匡，却调教无解。最终无奈"我"只得拎着两箱牛奶跑到丁大匡的弟弟丁三明家，由他出面在父亲面前道歉才算解决了此事。这场原本应以责任与歉意简单收尾的小事，却因人情淡漠和责任推诿变得复杂难解。在这场对故乡的回访中，"我"切身感受到：经济的快速发展并未同步推动精神文明的进步，反而对传统文化造成了一定的冲击。"我"是一名"返乡者"，却也在某种意义上成为一名"失语者"，面对如今的"故乡"，有的只是空洞与失落。记忆的枣树早已经变得"像一团团的雾霾似的包围着村庄"。虽然春风依旧柔软，却把"我"的眼窝吹得又辣又痛。

故乡是人精神的避难所，然而随着农村城市化的迅速发展，都市文明及其所带来的现代文明却以势不可挡的气势侵入其内，不仅改变了农村的面貌，也改变了农村更多的传统文化和生活在这里的人们的精神。在何玉茹、刘玉栋这里，展现的是一个传统文明日趋式微的"乡土"：传统的伦理道德被逐渐替代。❶

---

❶ 古显明：《乡村伦理的颓败与救赎——世纪之交乡土小说中的伦理叙事》，《求索》，2016年第6期，第132—138页。

我们会发现，文本对现代文明对农村传统文化侵蚀进行"极端化叙事"处理的背后，意在提醒人们对"现代化"进行反思，同时背后同样寄托的是作者构建诗意"家园"的美好"企图"：在日益流失的乡村文明中，重拾人性的温度，构建精神寄托之所。这不仅是对现实的反思，更是对理想乡土的执着守望。

二、身份认同的困顿与挣扎

在 20 世纪末的社会景观里，呈现在人们眼前的景象是新城市的不断出现，原有的城市大规模地扩张，特别是东部沿海发达地区，城市和乡村连成一体，城乡分野模糊不清，乡村都市化，都市现代化，从而造就了小城镇在全国范围内以飞跃的速度进行发展。1978~2000 年，我国城市化水平由 17.92% 上升到 36.22%，年均增加 0.83 个百分点，设市城市由 193 个增至 663 个，建制镇由 2173 个迅速增加至 20312 个。❶《2012 中国新型城市化报告》指出，2011 年中国城市化率首次突破 50%，这意味着中国城镇人口超过农村人口，中国城市化进入快速发展阶段。❷ 中国农村正在逐步走向城镇，城镇化标志着人类生产生活方式由传统的农业文明转向工业文明，由乡村转向城市。农村人口不断向非农产业和城镇转移，使城镇数量增加、规模扩大，城镇生产方式和生活方式向农村扩散、城镇物质文明和精神文明向农村普及的经济、社会发展过程。无疑，在城镇中，农村和城市两种文明进行了碰撞，那么当具有农业文明的民间、乡村在面对城市化时，两者在文化内涵和人文价值取向上具有巨大的差异能指，人的生存又是怎样的一种存在状态？

"认同"一词起源于拉丁文 idem（为相同、同一之意），后来发展为英语中的 identity 一词，identity 本身有两重含义：一是"本身、本体、身份"；一是"相同性、一致性"，是对与自己有相同性、一致性的事物的认知。有对我群一致性的认知，必然伴随着对他群差异性的认知。个人与他人或其他群体的相异、相似比较构成了个人在社会网络中的位置，从而确立了身份，认同也就融合了身份认同的意思。由此，构成 identity 的第四层含义为"身份认同"。对身份的研

---

❶ 武力：《1978—2000 年中国城市化进程研究》，《中国经济史研究》，2002 年第 3 期，第 73-82 页。
❷ 牛文元主编：《中国新型城市化报告 2012》，北京：科学出版社，2012 年，第 3 页。

究也就是对个人与社会、个体与集体关系的研究。伏尔泰在他的《哲学词典》中关于"身份"(Identité)一词写道:"此词不意味着'同样的事物'。在法语中可以用'相同性'(mêmeté)一词表示同样的意思。"❶ 他还写到更重要的一点:"只有记忆才能建立起身份,即您个人的相同性。"❷ 而处在乡村和城市之间的城镇空间的主体,也存在着对自身身份的认同。

在刘庆邦的长篇小说《红煤》中,主人公宋长玉是一个出身农村的青年,在城乡交会的矿区,通过不懈努力寻求命运的转变。他起初试图依靠与权力的联结以谋求正式身份,遭受打击后,并未因此沉沦,反而激发了更加强烈的上进欲望。通过奋斗,他最终成为村办煤矿的矿长,在物质上取得了显著成就。虽然其经历中也映射出人性在权力与金钱面前的挣扎与膨胀,但更重要的是,他代表着一类人——那些渴望走出土地、融入现代社会的农民。他们的命运不仅是个体的抉择,也是城乡转型时代中农民身份转化过程的缩影。如果说在宋长玉这里,通过个人的种种努力与奋斗,得到了物质上的成功,却没有获得精神上的归属感,那么在朱山坡的《推销员》这里,来自乡村的青年通过自己在城市里的努力与奋斗,展示了乡土中人性的质朴与可贵。小说叙述了一个从农村里出来的年轻人在一栋楼房里销售老板诗歌集的故事。为了成为楼房开发商的一名正式职工,挨家挨户地推销老板的诗歌集,只有每家每户都买了一本,才可以成为一名正式职工。为了过上好的生活,年轻人凭借着农村人的韧劲得到了 23 户人家的签名,只有最后一户却拒绝买书。好心的"我"想多买一本替他完成任务,然而却被诚实的年轻人拒绝了。尽管他坚持不懈地努力着让第 24 户人家买书签名,哪怕在经历过暴力伤害后,依然不改初衷……在这个年轻人的身上,有着农村人特有的朴素与善良,坚韧的精神和毅力,在这个城市中带着美好的希望来获取好的生活,他的遭遇是坎坷的,代价是巨大的,但这种坚韧、善良、守信的品格,深深打动了"我","我"连"年轻人"的名字都不知道,"年轻人"的没有名字恰恰隐含了众多的农村打工者们,也象征着千千万万农村进城者在现实的夹缝中仍不失人性光辉的可贵精神。尽管城乡之间的壁垒尚

---

❶ 阿尔弗雷德·格罗塞:《身份认同的困境》,王鲲译,北京:社会科学文献出版社,2010年,第33页。

❷ 同上。

未完全消弭，但正是这些来自乡土的青年们，用脚踏实地的奋斗、用诚实守信的行动，在现代社会中不断拓宽着希望之路。他们的故事不仅让人看到现实的残酷，更让人感受到一种来自底层的向上力量——那是对命运不屈的挑战，是对美好生活不息的追求。他们或许被称为所谓的"外来者"，但他们的努力与坚持，却成为现代文明不可或缺的一部分。

在蒋子龙的长篇小说《农民帝国》中，郭存先的人物形象依旧延续了宋长玉与高加林等经典形象的特征，体现出农民向城市文化转型过程中的复杂心态与挣扎。然而，与以往男性始终占据叙事核心不同，《农民帝国》赋予女性角色更为重要的位置与深刻的精神刻画，暗喻了城市文化和农村融合的过程中的复杂性。林美棠，正是这样一个不可忽视的重要角色。林美棠作为一位受过良好教育的高级女性知识分子，她身处农村社会，与城市文化保持张力的同时，也在不断追寻自我身份的认同。在特定历史背景下，她表面上似乎被动地接受了命运的安排，但她内心真正渴望的，是在感情中实现自身价值的肯定。这种选择背后，映射的是一位女性在社会边界中寻求精神独立与尊严的努力。林美棠并非单纯因爱情而沉沦。她将希望寄托于爱情，更深层的动因是对于"我是谁"的不断追问。她的情感表达，是对现实制度与文化结构中女性处境的回应，更是对自由精神的一种执着追求。小说结尾，林美棠在出租车中低语："我是死人，我已经没有命了。"这一句虽然悲怆，但也可被视为人物对既定命运的最终告别——她看清了幻象，也完成了自我认知的转向。她的意识不再依附于他者，而转向对"自我"本质的省思。因此，《农民帝国》中林美棠的形象，尽管身处困境，却并非完全的悲剧。她所代表的是一类女性在城乡交汇、时代嬗变中的觉醒者，是从边缘走向自我反思、自我建构的探索者。这种精神内核的转化，也正是新时期文学女性形象探求自我的写照，蕴含着积极的现实意义与时代价值。

诚如赫勒和费赫所指出的："他们采纳了偶然性的人的立场和关注，这种人一心想把自己的偶然性转化为一种命运。"对于个体来说，这样转化的发生，并不是通过单纯需要的满足，甚至也不是通过使自身脱离某一背景，而是通过应对该背景，同时优先考虑满足自我决定方面的需求。无论是郭存先通过一系列看似偶然的事件逐步实现其内心对农民身份的否定，还是林美棠从偶然的事件中把自身身份的追求放置于与郭存先的爱情，他们的悲剧，与其说是因为欲望、权力、名声、地位等外在条件或是偶然事件或是历史的进程推动了郭存先和林美棠之"死"，不如说是在历史社会变迁、偶然事件等"外围"条件和其自我对"身份认同"追逐的"内在"条件下的合谋。在追逐自我的过程中，他们越来越深地陷入不能认识和把握自己、不能认识和把握社会的困惑之中。

"身份认同"这样一种"重述"理念的设定具有十分强烈的现代性意义。放眼当下的纷攘现实世界，回首一部悠久漫长的人类发展史，会发现导致许多人类悲剧发生的根本原因在于所谓的"身份认同"。实际上，不仅在一些重大的政治历史事件中，而且在我们的日常现实生活中，也经常会陷入所谓的"身份认同"的困境难以自拔。诚如蒋子龙自己所说"历史上的每一次大的变革都与土地有关，而每一次农村的变革，又都推动了历史的发展。写一部关于农村的小说，描写蕴含着农业文明形态下的乡村和农民，在面对几十年纷繁变幻的现代化进程时，他们都做出了哪些反应？""在意识形态上，或者从文学意义上讲，目前中国还没有真正意义上的城市，倒有的是类似城市的大农村。农村在害城市病，城市在害农村病。"❶ 更多的是，作家把笔指向了人类自我"身份"的困惑，触向了人类的自身存在。无论是农民还是知识分子，无论是男性还是女性，"我是谁？""我从哪里来？""到哪里去？"

在这里，人类的悲剧不再是外界（自然界）变幻莫测的因素所致，而恰恰是来自人类自身，来自人类所创造的文明——社会、阶级、集团、民族和自我。文明是人类创造的，反过来又被"文明"所窒息；人类发现了自身的价值，但它又使人的欲望膨胀而失去自我。这种来自人类自身的挑战，其威胁远远超过生存的范围，它不仅摧毁了理想，也毁掉了理想的支柱——人的价值。对于"身份认同"这样一种"现代性"，很显然是只有对于现实世界、对于人的本位持有强烈人文关怀的批判性现代启蒙知识分子才能赋予的。

三、新乡土意识与文化赓续

党的十八大以来，国家对如何发展新时期的农村及相关工作作出了全面的

---

❶ 蒋子龙：《"农民情结"和"帝国情结"——我为什么要写〈农民帝国〉》，《秘书工作》，2009年第1期，第38-39页。

部署，并发布了《中共中央 国务院关于进一步深化农村改革扎实推进乡村全面振兴的意见》。在文件中，强化"持续增强粮食等重要农产品供给保障能力"，在"绿水青山就是金山银山"的理念指引下，着力壮大县域富民产业。目前，"乡村振兴"的多元化、规模化已初步形成，主要体现在"人""地""物"三方面。据相关研究表明：在人力资源方面，返乡入乡创业人员也在逐步增加，乡村新产业、新业态的发展吸引部分外出务工农民和大学生返乡入乡成为"新农人""农创客"，2024年各类返乡入乡创业人员超过1200万人，为乡村发展注入生机和活力；在土地资源方面，全国家庭承包耕地流转率有了显著的提高，从2012年的21.5%到2023年的37.8%；在经济效益方面，国家用于农林水支的公共预算支出大幅度提升，涉农贷款持续增长，进一步健全满足乡村经营性和公益性建设资金需求的体制机制。❶ 在城镇化与全球化双重冲击下，中国乡土社会正经历从"断裂"到"重构"的深刻转型。当一些作家如刘庆邦、蒋子龙、孙慧芳等关注到传统乡土文化因人口流动、空间变迁和价值冲突而面临解体危机的同时，也有一些作家关注到随着乡村振兴战略的推进，"新乡土"文化以及乡土文化在进行"重构"后与传统价值之间的关系。"日常乡村"在新乡土写作中被重新发现。从仅表现物质贫困转向精神生态与文化记忆的书写，呈现出由传统伦理到现代社会的过渡性张力，试图在日常中追溯乡村社会的内在新秩序与变迁逻辑。

巴陇锋的《秦岭人家》是众多聚焦乡村振兴思想主题的长篇小说中比较有代表性的一部小说，小说以虚构的塘坝村为中心，以秦岭地区的民众生活为视点，以邝军、唐小凤、康静雅、边大冶等乡村青年群体的成长历程、爱情婚姻和命运遭际为线索，立体呈现了改革开放的制度性变革给中国乡村民众由表及里所带来的生存方式和情感心理的巨大变化，既是一部激励青年成长的励志小说，也是一部记录时代变迁的史志作品，生动反映了20世纪90年代至今，约30年间秦岭地区的乡村社会图景和一代青年的奋斗历程。在这篇小说中，小说通过主人公邝军的创业轨迹，将宏观政策转化为具象的个体实践：从高考落榜生到村支书，其"书记姓邝但不信穷"的信念折射出脱贫攻坚与乡村振兴的衔

---

❶ 吕之望、马铃、贾伟、蔡海龙、李军、肖鹏、辛贤：《开创乡村全面振兴新局面》，《经济日报》，2025年1月17日。

接逻辑。生态旅游企业的创设、村集体经济的培育等情节，不仅呼应绿色发展的生态经济模式，更以"数万人实现共同富裕"的结局，完成对"两山理论"与共享发展观的价值确证。值得注意的是，这种合法性建构并非单向度的政治隐喻，而是通过邝军与村民的利益博弈、传统伦理与现代治理的冲突等情节，展现政策落地过程中的文化调适机制。巴陇锋以文学人类学的方式，将乡村振兴的宏大叙事锚定于具体的地方性"秦岭"这一知识体系之中，其价值不仅在于政策合法性的美学证成，更在于通过邝军的"未完成"人生，揭示出现代化进程中永恒的结构性矛盾——如何在社会效率与人文关怀、经济发展与生态可持续、个体自由与共同体责任之间寻求动态平衡。这种充满张力的现实主义书写，为当代乡土文学提供了兼具思想深度与叙事创新的典型样本。

　　同样，将宏大的历史视野与细腻的个体叙事结合，刻画"有信仰的农民英雄"，并以此来呼应乡村振兴主题的还有关仁山的《白洋淀上》。《白洋淀上》作为"新时代山乡巨变创作计划"的首部作品，以雄安新区建设和乡村振兴为背景，通过白洋淀渔民王永泰一家三代人的命运变迁，深刻揭示了乡村振兴的复杂性与多元性。小说最具有代表性的人物无疑是主人公王决心，他从渔民转型为现代工匠的历程，象征乡村个体在现代化浪潮中的自我革新。他通过电焊技术实现职业身份跨越，体现了"技术赋能"对乡村振兴的推动作用，然而，其成长过程中与姚力英的"世仇"纠葛、与工程腐败的对抗等情节，暴露了乡村社会转型中个人利益与集体诉求的尖锐冲突和转型的艰难历程。同时关仁山对在数字时代中"科技"与"传统"之间如何建构也进行了深深地思考，并把这一思考体现在文学作品中。文中通过对滹沱河战鼓、白洋淀渔猎技艺等"非遗"的再现，探讨传统文化如何在乡村振兴中实现"活态再生"，既批判了"博物馆化"的保护模式，也强调文化创新对经济赋能的必要性。对于数字时代下的"科学技术"，小说虽未直接描写数字技术，但通过杨义成的通信实验强调了"新乡村"对"科技创新意识的觉醒"，将技术赋能纳入乡村振兴的合法性建构，探索传统乡土与现代性的融合可能性，从而呼应了现实中"文学 IP+ 新媒体"的乡村振兴实践。

　　关仁山摒弃了"歌德式"赞歌，以"热气腾腾"的细节还原当下乡村生活的复杂性。其在《白洋淀上》中，以复调叙事结构解蔽了乡村现代化进程中经济基础与上层建筑的多维互构，在表层的地域振兴叙事之下，潜藏着对伦理价值体系嬗变、基层治理范式迭代及主体性觉醒的深层叩问。文本不但以文学地理学视角重构雄安新区的空间政治——将国家战略具象为雄安新区的地方经验，而且通过叙事裂隙的创造性处理，为当代乡土写作的在场性实践提供认知框架：创作者需以反思性观照穿透传统/现代的二元迷思，在微观生命史与宏观社会进程的对话场域中，构建兼具历史诗学与现象学意义的叙事范式，从而突破"乡村乌托邦"的想象边界，完成对新型乡村的理性书写。

巴陇锋的《秦岭人家》和关仁山的《白洋淀上》以改革开放深化期的乡村社会转型为背景，通过虚构的新农村叙事场域，构建起一套兼具历史纵深与现实批判性的文学话语体系，小说中的人物冲突、社会背景、文化转型等，都是对中国当下乡村振兴问题的生动写照。作家们在文本中通过具体可感的事件展现了传统乡土文化与现代化之间的张力、代际冲突、贫困与命运等问题，为我们提供了关于如何实现乡村振兴的深刻思考。作家们不仅以文学叙事回应国家战略层面的共同富裕、绿色发展及民族协同发展理念，更通过复杂的情节设计与人物命运书写，揭示基层治理的深层矛盾与社会转型的历史性张力，从而超越了表层的政策图解，实现了对乡村振兴命题的立体化阐释。"新乡土"的写作也为乡土文学如何介入现实提供了方法论启示：唯有在传统与现代的张力中保持批判性思考，在个体命运与时代洪流间建立深度关联，才能书写出兼具历史厚度与现实温度的"新山乡史诗"。

第五节　微观转向：家国情怀的日常化表达

中国文学自古以来便秉持着"文以载道"的传统，强调通过文学作品传递道德理念与社会责任。历代文人以"文以载道抒家国情怀，学以致用写天下华章"为理想追求，家国情怀始终是文学创作的核心精神。早在中国现实主义文学源头《诗经》中就从不同的角度抒发了爱国之情：《王风·黍离》中"彼黍离离，彼稷之苗。行迈靡靡，中心摇摇。"表达了因国家衰败而引发的内心忧伤。《秦风·无衣》中"岂曰无衣？与子同袍。王于兴师，修我戈矛。"表达了保家卫国的壮志豪情。而中国浪漫主义诗人屈原则吟唱出"长太息以掩涕兮，哀民生之多艰"的绝句，传诵千古，绵绵不绝。儒家的《大学》更是把"家"与"国"之间的关系进行建构并成为儒家的主要思想之一，"古之欲明明德于天下者，先治其国。欲治其国者，先齐其家。欲齐其家者，先修其身。""身修而后家齐，家齐而后国治，国治而后天下平。"儒家的"家""国"思想，成为中华优秀传统文化的重要组成部分，在中国几千年的历史长河中，影响了一代代的文人墨客，并把这种情感渗透在他们的文学书写之中。"白骨露于野，千里无鸡鸣"，将乱世家国与苍生苦难并置，家国情怀从忠君拓展为忧民之心；"安得广厦千万间，大庇天下寒士俱欢颜"，是对国家的责任担当；"捐躯赴国难，视死忽如归"是为国家勇于献身的死节之气；"国破山河在，城春草木深"是对国家深沉的爱；"苟利国家生死以，岂因祸福避趋之"是对国家的壮志豪情……"家国情怀"成为了每一个中国人心中的精神归属。

20世纪初，家国情怀在文学中经历重大转型。"五四"运动及新文化运动将个体解放与民族救亡并重，家国情怀呈现出从"忠孝"到"救亡"的观念断裂与重塑。鲁迅《呐喊》《彷徨》中塑造的孔乙己、闰土等小人物，呈现出"国弱民弱"的双重结构。鲁迅提出"哀其不幸，怒其不争"，是对传统家国伦理的深刻反思。中华人民共和国成立后，文学成为国家意识形态建设的重要工具。家国情怀被纳入社会主义现实主义创作体系，呈现出高度集体化、宏大叙事的特征。小说如杨沫《青春之歌》、浩然《艳阳天》、周立波《山乡巨变》将个体命运与国家建设同步推进，以"革命主体"承担"国家形象"的建构任务。这一时期的家国情怀书写往往强化英雄人物的典型性与先进性，侧重通过理想型人物体现国家意志，但也因此削弱了对个体复杂性的关注，形成了某种叙事上的"单一性"与"规范化"。改革开放后，中国社会迅速转型，文学家国叙事逐步从意识形态工具走向反思性表达。"寻根文学""新写实文学"等流派尝试在历史创伤与民间记忆中重构家国情怀。张承志、王安忆、莫言等作家试图在民族中探索个人与祖国边界的文化认同问题，体现出"文化家国"的再构建。20世纪90年代以来，随着新媒介带来的日新月异的环境变化，家国情怀的文学表达在全球化、多样化语境中重获张力，表现出从传统血缘共同体向现代价值共同体的转型，无论是"革命理想"还是"个体参与国家建设"，作家们都在努力着将家国情怀从抽象理念具体化、日常化，推动其在新时代文学中的复归与再生，在新时代语境中，家国情怀已从"大一统"的意识形态转向多层级、多元化的社会寓言与文化隐喻。

一、历史记忆中的"家国"折射

中华人民共和国成立后的十七年文学中，革命历史题材成为当时创作中的一种显学，并出现了"三红一创，青山保林"的经典作品，这类题材文学作品主要是反映中党领导下的革命斗争史，作家的实践带有时代印记和政治色彩的文学创作。在这一时期的文学中，"家"往往是"国"的延伸，家庭与家族常被用来寓意阶级与政治的关系，例如《红岩》《苦菜花》等小说通过家庭内部的革命分裂，展现了家、国命运的高度一致性。但同时作家群体又具有执着的艺术信念和塑造精品的文化意识，所以在作品中强化了个体的"牺牲精神"，将"个人"纳入"集体"之中，形成高度一致的政治美学风格，表现出宏大的叙事倾向，"史诗感""历史感"也就成为了这种题材作品的主要特点。随着思想解放与改革开放，新媒介的技术发展，文学重新回归"人"的视角，"家"与"国"的紧张关系被重新书写，"家国"的时空边界被重新定义，如何通过历史探讨"记忆"中的"家国"成为了一些作家所关注的焦点。法国理论家莫里斯·哈布瓦赫在《论集体记忆》中认为，作家通过现象学视角揭示了社会记忆建构的内在逻辑：社会机制往往使个体形成一种认知错觉——当下时空相较于往昔总呈现出某种未完成的断裂状态。哈布瓦赫指出，社会记忆的存续恰在于通过符号化操作，将"过去"建构为承载理想价值的平行维度，以此缓解现实性生存的焦虑。扬·阿斯曼在《文化记忆》理论体系中，则进一步深化哈布瓦赫的观点，将集体记忆的讨论推向制度化维度，强调文化符号系统对群体认同的形塑作用。中国当代的一些作家们则通过"记忆"中的"历史"构建起与"家国"之间的桥梁，探讨文学如何在新的社会语境中重构国家认同、历史记忆与文化情感。

陈忠实用近似"史笔"的方式勾勒出宗法结构中的历史记忆与家国情怀。陈忠实的《白鹿原》以白、鹿两大家族的兴衰为脉络，通过宗法制度、乡约民规与革命浪潮的碰撞，映射出20世纪中国从封建帝制向现代民族国家转型的阵痛。小说中的主人公白嘉轩坚守的"仁义"与鹿子霖的功利主义形成鲜明对照，象征传统伦理与现代性价值的冲突。而白灵、鹿兆鹏等年轻一代的革命选择，则体现了个体在国家命运转折点中的抉择与牺牲，隐喻了家族内部秩序的瓦解和新国家认同的建立。《白鹿原》通过家族史与国家史的交错叙述，将个人与家庭的命运深度嵌入历史变革之中，使家国情怀不仅体现为对家族传统的坚守与背离，更呈现为历史记忆在当代语境中的情感再生。家族伦理的重建成为国家认同重塑的隐喻路径，白灵的牺牲既是对革命理想的践行，也是对家国情怀最深沉的诠释。小说最终以"白鹿原"的传承与裂变，构建出一个充满悖论的历史记忆场域，在文化层面呈现出集体情感与国家意识之间的深层纠葛。

同样，贾平凹则把历史记忆固定在《山本》中的"涡镇"，以秦岭腹地的涡镇为缩影，通过陆菊人与井宗秀之间的情感纠葛，串联起从民国军阀混战到抗日战争等重大历史节点。小说中的"山本"既是地名，又成为传统与现代、地方与国家、个体与群体交汇的符号场域。陆、井两大家族的恩怨、血缘与婚姻、忠诚与背叛，构建出一个典型的"家国叙事共同体"，体现出"地方史记忆"与"国史记忆"在日常生活中的交织。小说最终通过涡镇的覆灭、陆井两家家族血脉的断裂，展现出历史断裂中的悲剧意识，也体现了个体情感在国家叙事中所承担的伦理与命运双重重压。在《山本》中，贾平凹通过"地理+历史+神话"的复合结构，将涡镇的龙脉传说、志书记载与历史事件糅合，呈现出一种"地方性知识"对家国情怀重构，这一方式，开拓了集体记忆与象征结构的叙事视角，将"家国情怀"重构为一种既可感知又难以名状的文化情绪。在这个意义上，《山本》不仅提供了一种地方记忆与民族国家共构的文化想象，也为当代小说中如何从"家"的视角理解"国"的形成路径，提供了范式转移的样本，它通过感性记忆承载历史真相，通过民间立场重构国家伦理，使"国家寓言"在新的世纪语境下获得反思性与历史深度。

如果说陈忠实、贾平凹通过"宗法历程""地方进程"中的"记忆"建构起一种"家国想象"，那么阿莹的《长安》则把"记忆"放在军工系统这一特殊领域中，实现了"家国情怀"的文学再生产。阿莹的长篇小说《长安》以主人公忽大年的视角展开，通过其从抗美援朝回国、进入军工系统、艰苦创业、陷入政治风浪直到隐退反思的生命历程，串联起共和国军工事业的发展史。阿莹在小说中通过回忆和反思，建立起一种"国家寓言"的文学逻辑：忽大年不仅是军工系统的一员，更是国家历史叙事的承载体。他的悲欢荣辱既关乎个人，也关涉国家在特定历史阶段的战略选择。因此，《长安》的家国情怀不是空洞的政治口号，而是通过个体记忆与历史现实的交织而生发的文学情感。小说的叙事结构在很大程度上依赖于"回忆"机制：主人公的回望既是个人生命的重组，也是对国家历史的一种审视与重构。作为一部工业题材小说，《长安》突破了冷硬理性和技术叙事的传统，注入了大量情感资源。小说不仅讲述科研攻关、设备转运、型号研制等技术细节，更着力描写人物之间的情感联结，如老黄虎对忽大年的保护、连福的忠诚与牺牲、黑妞的隐忍等，都使"国家任务"具有人性的温度。这种"情感社会主义"写法，使家国情怀不仅是政治理念，更是一种日常情感实践。

尽管小说时间背景停留在20世纪，但其完成于21世纪初，其写作立场已隐含了当代文学对历史的再认识与重估。阿莹并未将忽大年塑造成"完人"或"英雄"，而是呈现其在国家建设中经历的挫折、失落、悔恨与困惑。在小说结尾，忽大年选择隐退，住进小院，饮茶听风，这种处理方式已不是传统主旋律文学的"胜利大团圆"，而是一种带有哲学意味的"退隐精神"。这与21世纪以来其他作家的"历史回忆型小说"形成呼应，例如阎连科的《丁庄梦》、贾平凹的《古炉》、徐则臣的《耶路撒冷》等，这些作品共同勾勒出当代文学从"建构国家神话"走向"拆解国家神话"的叙事转型，而阿莹的《长安》正是在这一语境中，以温和而沉稳的笔调完成了"家国情怀"的现代书写。

二、"小叙事"中的"大情怀"

中华人民共和国成立以来，中国文学在表现宏大叙事的同时，逐渐将家国情怀融入日常生活的描写之中，传统的"家国一体"思想在现代文学中获得了新的审美转化路径。尤其是在经历战争、政治运动、改革开放乃至新媒介带来的社会语境发生转变的历史背景下，文学不再仅以直接的方式传达国家意识，而是通过普通人的日常生活叙述、家庭关系与个体命运，隐喻式地呈现家国一体的文化逻辑与精神诉求。随之而来的是，作品中的家国情怀不再以革命、战争、国家命运为唯一叙述对象，而是渗透在普通人的婚姻选择、亲子关系、乡愁记忆、职业命运之中。正是在这些日常生活的细节中，作家通过个体生命的书写表达了对国家、民族、文化根性的深刻认知和情感共鸣。这一叙事转型体现了"国家意识生活化"的表达趋向。这一转向不仅是宏大叙事退潮后的自然反应,更是对国家叙事模式的一种主动重构。法国学者阿尔都塞在《意识形态和意识形态国家机器》一文中指出,意识形态具有物质性存在。意识形态并非单纯的思想体系,而是通过意识形态国家机器——如教育、宗教、家庭、传媒、文化等——具体化为社会实践。这些机器通过日常仪式、行为规范、语言习惯等,将统治阶级的意识形态自然化为"常识",使个体在无意识中接受并再生产社会关系。在中国当代文学中,"家国情怀"意识形态的渗透形式更加趋向隐性,通过普通人对家庭、亲情、职业、传统的坚持与取舍,体现国家理想与文化认同的在地化与具体化。

迟子建的长篇小说《额尔古纳河右岸》通过鄂温克族老年女性"我"的第一人称叙述,展示了一个以游猎生活为基础的少数民族家族的百年命运。这部作品不仅是一部具有浓郁民族风情的生命史诗,更是通过日常生活的细节、家庭成员的变迁、族群文化的流转,隐喻了家与国的复杂关系。小说中的这位年迈的鄂温克族女性作为"见证者"与"记录者"的双重身份,使国家、民族、家族的叙述实现了同构转化。她经历了祖辈的迁徙、丈夫的去世、子女的外出、族群的式微,但她始终坚守森林、守护祖先留下的火种。这种坚守不仅是家庭与族群传统的延续,也是对家国文化认同的隐秘表达。迟子建在小说中重点刻画了鄂温克人代际之间的传承与伦理秩序:如何对待死亡、如何抚养后代、如何面对自然。这些日常行为与信仰行为本质上是家族精神传统的传承,也是民族文化的非物质表达。作品将这些文化元素自然融入日常生活的讲述之中,使家国情怀以"生活常识"的方式出现,而非被迫灌输的"意识形态"。同时,小说也展示了个体命运如何与国家政策、时代变革产生互动。从接受国家安排到村屯定居,再到面对文化遗产的边缘化,主人公的叙述体现了一种非对抗性的融合与自我调适,而这种"诗意的日常"也是文学对国家认同与文化精神最深沉的回应。

严歌苓的《陆犯焉识》则聚焦于知识分子的身份困境与记忆政治,建构起一个关于个体与国家、记忆与遗忘、伦理与暴力之间张力关系的叙事图景。小说以陆焉识的劳改经历为核心事件,探讨在国家权力极端介入私人领域时,个体如何通过记忆、语言与情感维系其存在感与主体性。陆焉识对《诗经》的反复背诵，不仅是一种文化记忆的保存行为，更是对国家历史暴力的象征性抵抗。而冯婉瑜失忆后的精神状态，隐喻了公共叙事中的"历史断裂"与"记忆消亡"，其失语症的文学书写反映了个体历史与国家叙事之间的不对称结构。小说结尾陆焉识整理手稿的情节，则可被理解为对"记忆伦理"的一种回应，标志着个体主体对"家国记忆"的能动修复。

阿耐的长篇小说《大江东去》以改革开放四十年为历史背景，通过宋运辉、雷东宝、杨巡等典型人物的命运轨迹，将"国家叙事"嵌入"个人叙事"之中，从而呈现出一种以"日常生活"为载体的家国情怀书写。这种转向打破了传统文学中"家国一体""英雄史诗"的宏大叙述方式，而转向细部书写、具体经验与微观视角，体现出新世纪以来文学对个体经验和社会转型复杂性的深入关照。

首先，主人公宋运辉的成长经历集中体现了技术知识分子与国家工业现代化进程之间的同构性。他从一个出身成分复杂的工人家庭子弟，通过高考实现社会流动，最终成为大型国企的技术骨干与领导者。其个人命运的转折，紧扣国家改革开放带来的制度松动与社会结构重组。不同于革命叙事中"为国捐躯"的牺牲逻辑，宋运辉所展现的是通过专业能力、管理才干和制度适应获得个人发展与国家建设双重成就，体现出新时代家国观中"个体价值—社会功能"相结合的新模式。这种价值转变契合王德威所提出的"后英雄时代"的文学叙事转型，即从政治主体到生活主体，从宏观叙述到微观生命感知的转换。

其次，《大江东去》在雷东宝与杨巡两个支线人物身上，更加深入地体现了"家国同构"向"家国异构"及其再协商过程的书写。雷东宝作为军人转型的村支书，其领导小雷家村实现"乡镇工业化"的改革路径，展现了国家宏观政策在基层实践中如何被地方化、具体化。雷东宝虽具"英雄"色彩，但其改革举措的得失，以及情感生活的失败，使其形象更具现实主义张力。他不是完美的"国家代言人"，而是一个在情感伦理、政治风险、制度张力中不断试错与修正的改革行动者，其个人悲剧正是国家转型期"阵痛"的具象反映。与之形成对照的是杨巡——一个从底层起步的个体户，通过倒卖、承包、涉足房地产等手段逐步积累资本，其"发家史"不仅是市场经济初期机会结构的缩影，也隐含了新时期国家与个人关系的张力转化。杨巡的困境与焦虑（如父亲病故时的无力、婚姻失败、身份焦虑等），从生活层面揭示了市场化过程中个体"自由"与"失序"并存的现实。阿耐在杨巡身上完成了从"国家命运的承担者"向"社会流动的试错者"这一角色范式的转变，也彰显了新世纪小说对"草根家国情怀"细节化、多维度表达的关注。

在叙事策略上，《大江东去》采取多线并进、长时段、慢节奏的叙述方式，赋予每一个人物以充足的成长空间与心理描摹。阿耐通过对工作细节、政策会议、情感纠葛、日常生活的细致描写，使国家宏观政策与个体微观选择在具体语境中互为建构，呈现出一种"生活即政治"的现实主义伦理结构。这种细节的丰富性不仅提升了叙事真实感，也构成了对国家发展进程的"底层备忘录"，具有纪实性与文献性双重价值。

可以说，《大江东去》通过"小人物—大时代"的重构机制，实现了家国叙事从"宏大表述"向"生活表达"的范式迁移。小说中家国情怀不再是抽象理念的情感投射，而是通过个体在制度转型、价值重构、代际变迁中的抉择、挣扎与妥协，被细化为一种"在场的经验"。这种转向体现出21世纪中国小说在"人—家—国"三位一体价值结构中的书写新趋势——即以个体视角重新观察国家叙事，以生活微光照见时代洪流。

回望20世纪90年代以来的中国文学发展，可以发现"家国书写"的叙事范式已悄然发生转向：从以往突出意识形态与国家宏观政策的"国家—历史"叙事模式，逐渐演化为更具人本精神的"个体—生活"叙事逻辑。在这一转向过程中，个体经验成为重新理解"家"与"国"的重要入口。无论是《额尔古纳河右岸》中的鄂温克族老年女性"我"坚守森林、守护祖先留下的火种，还是《大江东去》中宋运辉、雷东宝、杨巡在时代巨变中因应制度、伦理与情感重重张力的生命历程，抑或是《陆犯焉识》中陆焉识在历史创伤中进行个体修复与意义重建的书写努力，这些人物形象都不再是国家意志的工具化延伸，而是家国变迁的感性见证与伦理参与者。

这种叙事转向不仅体现了文学对宏大叙事的反思与重构，更展现出文学主体对历史真实性与经验多样性的重新追问。在当下的新媒介语境中，这种小说揭示人之"可能性"不仅关乎个人能否突破命运限制，更关涉个体如何在制度逻辑、伦理实践与情感记忆之间，完成"我"与"国家"的关系重塑。文学以"个体之眼"丈量时代脉动，使"家国情怀"从政治宣言回归为切肤之痛、实感之忧与日常之思。因此，新媒介语境下的"家国叙事"并非取消国家意识，而是通过个体命运、亲密关系、基层结构等多维镜像，呈现家国关系的复杂性与开放性。它既是一种对宏大历史话语的温和抵抗，也是一种在生活世界中重塑公共情感与历史记忆的文化实践。作家通过"小人物—大时代"的复调书写策略，建构出一种兼具历史深度与现实温度的新型家国叙事范式，体现出当代文学在历史责任与人文关怀之间的深层协调能力。

第六节　本章小结

梅洛·庞蒂认为，当画家进行艺术创作的时候，他并没有把自己与要表现的对象区别或对立起来，没有把外在的客体和自身的主体进行二元对立，也就是说，没有人为地设置灵魂与身体、思想之间的对立，而是把两者相结合融入个人的生命之中，是生命的体验，是对主体在世的存在的表现。❶这种生命体验，是艺术家和世界之间的交流，在这种交流中，艺术家领悟了大自然奥秘的同时也使自我的生命得以诉求，景物也因此而获得了自身的生命，从而成为艺术家进行创作的源泉。这种交流关系，同样存在于作家和世界之中。作家在进行创作的过程，也是在世界之中存在和生存的过程，是观察和体验社会生活的过程。作家的文学创作从来不仅仅是对事物、社会的客观描写和展现，而是用自己的生命体验和外在事物、社会之间建立起来的相互交流，是自我和世界之间的沟通，这也是科学技术知识与文化艺术创作的根本区别所在。而正是由于作家和世界之间形成了这样一种根源性的交流关系，因此文学活动的存在意义才得以显现。从某种意义上来说，从存在意义上来理解文学与意志论哲学和生命哲学所谈论的直观或者体验活动其本质上是一致的，不是对"主体""客体"简单地二元分化，而是把主体和客体、精神和物质规划为整体的合一的生命来看待。

---

❶ 梅洛·庞蒂：《眼与心》，刘韵涵译，北京：中国社会科学出版社，1992年，第136页。

随着20世纪90年代中国社会文化语境的变迁，在新媒介为中心的新文化关系重置中，中国文学得到了前所未有的"自由"，文学的意识形态叙事功能走向式微，而非意识形态叙事得以彰显，去掉了意识形态的枷锁，"写什么""怎么写"不再成为困惑作家的主要问题。也正是在新媒介的作用下，中国文学被带入到一个充满着自由表达和喧哗的话语场中，"日常生活叙事"成为文学的表征，文学的日常生活叙事形式变得日益多样化。我们发现在驳杂的日常生活叙事中，有着尼采的"我完全是肉体，不再是别的什么；灵魂只是肉体上某个东西的代名词罢了……富于创造性的'自己'为自己制造尊敬和蔑视，快乐和痛苦。富于创造性的肉体作为它的意志之手为自己创造了思想"[1]。在这里，"我"等同于"肉身"，"肉身"的存在是"我意志之存在"的代名词。回到人的肉身，意图在于摒弃对"人"的抽象理性理解。如果控制肉身的欲望，那么则意味着生命的消逝，生命之花的枯萎与凋谢。"人"首先是具有肉身实在的人，而生命的存在首先且一直是肉身的存在。无论是20世纪90年代对物质的对象式描写，还是借着性欲来进行自我和自我心灵的沟通，或是进行"架空"式的游戏人间，抑或是和新媒介结合密切，或是寄托民间企图得到个人精神上的回归，应当肯定的是，随着新媒介及其所代表的文化和审美观念的兴起，过去被现代理性压抑的欲望被逐步强调，在进行"日常生活"现实书写的背后，是对感官享受、满足本能欲望的充分肯定。叔本华把"生命的肯定"形态定性为人对自己"身体的肯定"。身体在叔本华看来，不是灵魂的附属之物，而是给予理性主体以个体化的生动，从而让生命主体得到还原。在他看来，身体的实在性是由人通过意志欲望自我感觉的，而不是作为客体如同物品一样被认识的，身体的自我经验是肉身愿望意志的发生。所以，叔本华认为身体的欲望经验构成生命的真正本质，肯定生命意志实际就是对欲望的肯定，人作为自我主体从而在此得到确立。子曰："未知生，焉知死！"歌德也说："生命的全部奥秘就在于为了生存而放弃生存。"东西方文化差异虽大，但在重视生命现实性上有许多相通之处。

由此可见，人作为主体，首先是欲望的主体，因为人首先是肉身的存在之物。"欲望"是人作为主体的"元"情态，它不是西方的逻各斯，也不是东方的

---

[1] 尼采：《查拉图斯特拉如是说》，钱春绮译，北京：生活·读书·新知三联书店，2000年，第28—29页。

"道",而是主体在欲望的表达和叙述中得以自身的确立,是此在与世界之间的联系平台,也是此在对于其自身的思考。

  在新媒介时代下的欲望"故事"里,我们未必能够再像以前那样清楚地发现西方或传统的资源在其中所起的作用,更多是新一代的写作者摆脱观念的羁绊,扎根在空前复杂、变动着的生活与经验中,尝试以鲜活的灵魂面对世界,面对那些"欲望"所展示出的"丰富"以及"丰富的痛苦",而这都是作家自己的生命意义之所在,也是文学的意义之所在。

第四章　新媒介下的女性文学存在

学者刘思谦认为，对"女性文学"这一概念进行理解时，一定要与历史性和现代性的内涵相结合。在她看来，女性文学的发展是和"五四"以来启蒙主义的人的文学同命运的，是和主体性、自我、个人这些人文主义价值理念同命运的。❶ 也就是说，女性文学是立足于人性之本而进行的女性创作。❷ 新时期的女性文学，以林白的《一个人战争》以及陈染的《私人生活》为开端，逐渐引发了文学界、批评界的关注。2002年，由《北京文学》《北京日报》文艺部共同举办的"她世纪与女性写作研讨会"在北京召开，在这次会议上，多数参会学者一致明确提出了"她世纪"的说法。有的学者甚至认为，新世纪文学的本质是女性化的。❸ 虽然有部分评论家对此说法提出怀疑，但它却在某种程度上反映了女性文学自20世纪90年代以来，以自身的特点构成了当代文学不可或缺的一部分。

在笔者看来，女性文学之所以在新媒介的时代中展现出盎然生机，并且在表现手法上愈来愈丰富多彩，主要原因有三：第一，女性的性别意识与个人的

---

❶ 刘思谦：《女性文学这个概念》，《南开学报》（哲学社会科学版），2005年第2期，第1-6页。

❷ 目前学术界对"女性文学"并没有一个明确的概念。谢玉娥在《女性文学教学参考资料》中认为对于"女性文学"这一概念大体上存在几种看法：其一，以性别作为标准。即为女性所写的作品就是女性文学。其二，以性别、写作风格为标准。即为女性所写的表现女性生活、体现女性风格的作品。其三，以性别、女性意识为判定标准。即为女性所写的表现女性意识的作品。其四，扩大"女性文学"概念的外延范围，由男性所写但表现女性意识的文学作品也应被划为女性文学中。刘思谦在《女性文学这个概念》一文中，分别对这四种看法提出了质疑，并认为，"女性文学"是诞生于一定历史条件下的以"五四"新文化运动为开端的具有现代人文精神内涵的以女性为言说主体、经验主体、思维主体、审美主体的文学。在这里，性别成为"女性文学"的前提条件；女性的主体性是"女性文学"的核心；历史性和现代性是"女性文学"的内涵。对"女性文学"这一概念的界定，本文遵循刘思谦教授的观点。

❸ 文波：《女性写作持续趋热走强——近期文坛热点之三》，《中国社会科学院院报》，2003年3月18日。

日常生活很好地"融合"在一起，通过女性的"个人"生活体验来进行自我言说成为可能；第二，女性作品大量地被改编为影视剧，从而使其在进行自我言说的同时，又得到了大众的认可，扩大了知名度；第三，其自身的女性身份，在新媒介的作用下，本身就是一个很好的宣传"策略"，因为女性作品进入到市场领域中会引起人们的好奇心，从而容易吸引更多的读者。由此可见，就女性文学作为当代文学的一个亚类型而言，与新媒介的联系更为紧密，同时，受到新媒介的影响也更为明显。

第一节　女性的出场与言说

20世纪80年代当代文学的一大亮点是女性作家的崛起以及女性文学作品的大量涌现。如张洁的《沉重的翅膀》《爱，是不能忘记的》《方舟》《祖母绿》，戴厚英的《人啊，人！》，铁凝的《哦，香雪》《玫瑰门》，张抗抗的《北极光》《在同一地平线上》，王安忆的《流逝》《小城之恋》《荒山之恋》《锦绣谷之恋》等。这些作家们通过女性的眼睛去看世界，不仅关注女性封闭内心的描写，更多的是反映在时代变革和历史反思中女性的困惑和追求，这里的"女性"更多地代表的是"个人"，而不是"女人"，张抗抗对自己作品的剖析可谓是一针见血：作品中写过许多女主人公，但如果把她们统统换成男性，作品所表现的思想感情和矛盾冲突在本质上仍然成立。❶正如中国当代学者洪子诚先生所指出的："80年代初，女作家并不以'女性'群体的面目出现。在读者和批评家看来，女作家的创作与男作家并无明显差别。她们同样参与了对'伤痕''反思''寻根'等文学潮流的营造，一起被称为'朦胧诗人'或'知青作家'。女作家的创作，并没有刻意追求与'女性'身份相适应的独特性。"❷在这里，大多数女性作家都是希望自己的写作能够"超越性别"，怀着一种人道主义精神去反思历史和人性，力求在文化和生命的双重视野下对女性的历史进行书写，并以此来作为一个类别的存在的生命本相，虽然已经有意识地从性别的角度作为一个切入口

---

❶ 张抗抗:《我们需要两个世界》,《文艺评论》,1986年第1期,第57—61页。
❷ 洪子诚:《中国当代文学史》,北京:北京大学出版社,2003年,第357页。

来思考时代变革和历史反思的"人",但有时的呈现,也未尝不是一种女性意识的含混和不明确。

在女作家陈染看来,传统的表现方式表现的是"公共的人",缺乏对"个人"和"私人"的表现,在个性的层面上,恰恰是这些"公共的人"才是被压抑了个人特性的人,因为她才是残缺的,不完整的,局限性的人……❶ 在这里,"公共的人"是与"个人""私人"相对而言的,"公共的人"作为残缺的"个人"正是在于失去了自我的真实或是自我的本真,是具有国家意识形态、政治塑形下的个体模型,丧失了个体所需要的个人特性、私人空间和私人生活的"私密性"。也正是如此,20世纪90年代以来的女性文学,如林白的《一个人的战争》、陈染的《私人生活》代表了一个转折点,体现出和以往的女性作家很大不同的文学创作。拒绝进入宏大叙事,而只愿意通过自我个体的自我体验去把握属于人类个体化的世界成为其创作的宣言,显而易见,这种"个人化写作""私人写作"写作个性更强,对于强权的反抗意识更具有自觉性和主动性。

林白1994年发表的《一个人战争》以及陈染1996年发表的《私人生活》,开启了中国女性文学的新篇章,启动了"身体"在文学书写的"中国之旅",以近乎自然主义的写实手法对身体进行细致入微的描述,从而自觉地发现女性自身对性欲的觉醒和灵魂的自觉。她们从女性的躯体描写入手,对性感及其性感区域的细腻、精确描摹出发,来阐述一个"女人"成长中的自我意识,具有强烈的女性意识。

林白的《一个人的战争》通过女主人公多米自五六岁(叙述者)抚摸自己开始,描写她年少时的学习经历,通过一系列人生经历:初燃的创作野心、荒唐的被侵犯事件、抄袭事件到流浪四方的奇遇、性爱试验、与导演N的一再挫折的恋爱,被迫堕胎的悲伤等情节,她最后辗转由家乡来到北京,死里逃生,复活过来。可以说,《一个人的战争》是一部女性的觉醒和成长史。小说第一章的标题为"镜中之光",镜子成为主人公多米自我探索和实现的起点和途径,是其自恋的精神上的世外桃源。在小说的一开始是这样写的:

---

❶ 陈染:《私人生活》,北京:经济日报出版社,2000年,第282页。

这种对自己的凝视和抚摸很早就开始了，令人难以置信地早。❶

通过对自己的凝视和抚摸，多米开始形成对自己身体的完整印象，在此基础上，也开始了主体的自我认证过程。多米的童年是孤独的，女孩独坐于傍晚的蚊帐深处，开始在想象中体会生命、生育、死亡、噩梦等种种女性成长中的隐秘经验。她开始意识到自己的性别，意识到作为女孩的自己和男孩的区别。然而镜子阶段只是一个起点，认证过程并没有随着童年的结束而结束。多米从童年镜子中的映像开始，不断追寻着种种不同的映像并改变着对自我的认同。

同样，在陈染的《私人生活》中也出现了很多关于倪拗拗对镜子的自我认知，通过女主人公倪拗拗从幼年到成年的生活遭遇，在世界的种种伤害之下，倪拗拗最终在浴室找到了安全感，在浴室中内心的自我获得了最大的完善。在文章的一开始，就有了倪拗拗镜中的自我凝视：

> 我常常觉得自己就是那镜子里的人。很显然，我是从发虚的镜中认出了我自己，那是一个观察分析者与一个被观察分析者的混合外形，一个有诸多的外因被遮掩或忽略了"性"的人，一个无性别者。❷

镜子对女性来说具有特别的意义，在宋朝郭茂倩编的《乐府诗集》的《木兰诗》中写道"当窗理云鬓，对镜帖花黄"则意味着花木兰女儿身份的回归，它给了女性观看自我的途径。在女性作家的笔下，频繁地出现镜子的意象，它成为女性探知自我、确认女性身份的一个重要特征。在这里，镜像是自我的开端，也是一切想象认同的开始，然而在这种想象认同的统一中，却又有明显的异己性的存在，异己性始终处于自我之中，从而造成了主体的分裂性，这种异己性是从"他者性"的形式表现出来的。

可以看出，镜子里的我和镜子外面的我进行对视，分裂的自我在某种程度上得以同时展示，从而在真真假假的虚幻之间获得了某种平衡能力的可能，一旦真我出现，另外一个被诸多外因所遮蔽的无性别的"本我"也将被唤醒。然

---

❶ 林白：《一个人的战争》，武汉：长江文艺出版社，1999年，第2页。
❷ 陈染：《私人生活》，南昌：百花洲文艺出版社，2015年，第5页。

而之所以女性能够在镜子面前得以展示真实的自我，恰恰是因为在现实的外面世界被隔绝到镜子之外，镜子之所以能够成为自我审视的重要工具，是由于她们的镜子多放置在"浴室"这样封闭的私密空间里，她们偎依在镜子旁时，也就逃避了窥视的目光。

米德（G.H.Mend）把自己的心理学体系称为"社会行为主义"。他指出：自我是一种社会实体，自我本质上是一种社会存在，个体的自我只有通过社会及其中不断进行的互动过程才能产生和存在。他把自我分为"客我"（me）和"主我"（I），这两者共同构成整体的自我。然而按马克思的学说来看，"人是社会关系的总和"，那么在世界中的"客我"（me）可以看成"社会自我"和"他人自我"的整体。❶

在倪拗拗和多米的自我被镜子中的想象唤起的同时，也在外面的世界中寻求着"自我"，渴求在异性恋中寻找到自我。在这里，人际关系和社会里的男人和事件充当了"镜子"的作用，无论是《私人生活》中倪拗拗的父亲，再到她的男友尹楠，还是《一个人的战争》中多米和英俊船员的恋爱，以及开始和导演N的爱情故事，倪拗拗和多米都没有在男性世界中找到安全感和归属感，她们的"社会自我"和"他人自我"都是残缺的，社会和男性对倪拗拗和多米带来的伤害和不安全感足以将女性试图通过"社会自我"和"他人自我"来寻求人的整体存在击溃，将自我的追寻脚步制止和退却。

无论是"社会自我"的缺乏安全感，还是在男性"他者"世界受到的伤害，以及在同性"她者"之间的爱恋悲剧收场，倪拗拗和多米们都得不到一种完整性的存在，而在寻找的过程中，自我也越发地强大。与此同时，也就与弱小的"社会自我""他人自我"和破坏的"他人自我"产生无法弥补的巨大裂痕，自我就走向了分裂。分裂的后果便是在幻想和现实之间的冲突以及人在冲突之下的彷徨和恐慌，最终陷入了孤立无援的生存困境，女性的孤独意识越发的彰显。

孤独意识是女性意识的主要组成部分，在陈染看来，孤独是一件自然而然的事情。不但女性在现实中遭遇困境时的心理反应是孤独的，在女性文学作品中女性精神构架的基本元素也是孤独，对于林白和陈染来说，孤独显然是用

---

❶ 涂纪亮、陈波：《米德文选》，丁东红、霍桂恒、李小科、喻佑斌等译，北京：社会科学文献出版社，2009年，第81–86页。

于寻找人类生存困境和精神家园的一个特殊的艺术切入点，陈染常常说她自己是一个孤独而闭塞的人。陈晓明认为，"'孤独感'是现代主义的基本生存态度，是'苦难意识'采取的个人化形式。现代主义把19世纪'浪漫派'崇尚自我的精神追求推到极端状态，把个人放置到整个社会和历史的对立位置上，因此'孤独的个人'是个体向社会夺取完整性存在的体验方式，也是获取存在内化深度的必要途径"❶。在女性作家这里，女性要求成为人类普遍的精神性要求具体指向，孤独是女性意识深处的自然表现，和20世纪末以前的女性文学作品不同，那时的孤独更多的仅仅是一种有关于人生困境中而产生的情绪反应，而在林白和陈染这里，孤独成了女人与生俱来的本领，它使女人获得了一种生命的力量，这种孤独感是发自内心的人生体验和关于人类的普遍处境的生命关怀，从而进入到了一种奇妙的生命境界。

两性关系的难以协调，强大的女性意识使女性与社会发生不可避免的冲突，如何实现自我的保护，得到自我的完整满足？著名的19世纪的英国女作家、评论家弗吉尼亚·伍尔芙在《一间自己的房间》中说道："女人……还要有一间自己的房间。"❷这里的"房间"显而易见具有了隐喻的意味：女性要有可以展现自我心灵的独立的空间。林白和陈染没有给出确定的答案，然而在《私人生活》中，倪拗拗在经历种种伤害和磨难后，在"浴缸"里找到了安全感和归属感，"浴缸"是其安全温暖的栖身之地，在浴缸中，倪拗拗得到了心灵的自我释放。而在《一个人的战争中》，多米在经历了被利用、背叛和抛弃之后，被侮辱和被损害的多米又重新回到了童年的"蚊帐"中去，"上床，落下蚊帐，并不是为了睡觉，只是为了在一个安全的地方待着"。在"蚊帐"中进行"一个人的战争"。

无论是"浴缸"还是"蚊帐"，都是一个相对于客观世界来说封闭的、安全的小空间，然而却使自我世界得以完整地展现，是孕育女性自恋的温床，更是女性灵魂得以释放的栖息之地，在经历种种的现实伤害之后，女性在"社会自我"和"他人自我"那里得不到"自我"的完整，只有退回到"浴缸"和"蚊帐"

---

❶ 陈晓明：《无边的挑战：中国先锋文学的后现代性》，长春：时代文艺出版社，1993年，第191页。
❷ 弗吉尼亚·伍尔芙：《一间自己的房间》，吴晓雷译，西安：陕西师范大学出版社，2014年，第19页。

这一现实场景，才能得到孤独心灵释放的精神空间。

　　林白、陈染的小说多呈现出断裂、碎片性的描写，幻想、莫名其妙的叙述，非线性的情感表达。她们的文本中，感性写作远远大于理性和线性描写叙述。然而其表达的感性认知和生命体验精神却在读者这里引起了精神上的共鸣。随着社会经济的发展，现代生活的节奏越来越快，现代人越来越重体验而轻思考，敏感的女性体验尤其是那种压抑的、无法排解的莫名痛苦和苦恼恰恰是现代精神的写照。在当代文学创作中，陈染和林白的写作打破了传统女性关系被母性和妻性所笼罩的状况，以独特的笔触构建了女性精神世界的立体图景。她们笔下的女性角色突破传统性别框架，通过建立深厚的情感联结探索生命本质，这种细腻的书写为中国女性文学开辟了崭新的审美维度。无论是陈染中《私人生活》中倪拗拗与伊秋，《无处告别》中黛二与琼斯，《另一只耳朵的敲击声》中的黛二和伊堕人，还是林白《一个人生活》中多米、姚琼、南丹，《回廊之椅》中的朱凉和七叶、《瓶中之水》中的二帕和意萍，都描写了女性种种复杂微妙的情感体验。对于倪拗拗们来说，只有伊秋们才真正是属于自我内心的一座用镜子做成的房子，自我在其中无论从哪一个角度，都可以照见自己。女性间的相知相契展现了个体对精神共鸣的深层诉求——当倪拗拗凝视伊秋镜面般的眼眸时，多米与南丹在文学理想中的携手共进时，实质是在寻找自我镜像的精神对话。这种超越世俗的情感联结，本质上是对纯粹精神共鸣的追寻。在她们的作品中，当代女性在自我建构过程中展现出令人瞩目的主体意识。无论是二帕在服装设计领域的执着追求，还是多米对文学理想的坚守，都彰显着知识女性突破性别桎梏的生命力。她们在相互扶持中形成的共生关系，既是对抗现实困境的精神堡垒，更是激发创造力的灵感源泉。南丹为支持多米创作而做出的选择，七叶守护朱凉艺术生命的坚持，这些看似非常规的互助方式，恰恰印证了女性在传统伦理之外开拓生存空间的勇气。在徐坤的眼中，女性作家们通过描述自己的身体而感知隐秘的女性生命体验，用一种女性的发散性思维表现方式，使女性的躯体回到女性主义诗学本身的同时，也在整个文化上具有了一种新的革命意义。❶ 陈染和林白通过诗性笔触建构的女性乌托邦，在现实维度上具有双

---

❶ 徐坤：《双调夜行船——九十年代的女性写作》，太原：山西教育出版社，1999年，第62-64页。

重启示：既呈现了超越性别藩篱的情感可能，也隐喻着个体在现代化进程中的精神求索。这种创作实践不仅拓展了女性书写的疆域，更为理解现代人的精神困境提供了独特的审美参照。

第二节　追求多言的女性书写

如果说在林白、陈染这里是拿女性"身体"作为女性意识的一种宣言，那么"身体"作为女性意识的一把"前卫"武器在卫慧、棉棉等"70后"女作家那里得到了极大的张扬，但仅仅轰轰烈烈地掀起了几度浪潮之后，就归于平静。而紧随其后的"80后"们，并没有续写"身体"的女性意识，反而目击多元的都市生活，立足于日常生活经验，捕捉新鲜的生活文化气息，来表达个体与现实的冲突、精神和物质之间的困惑与思索，"真实"成为她们创作的特点，即情感表达的真实性和社会反映的真实性。

与此同时，林白也没有依旧在女性个体躯体私人体验的道路上继续走下去，在随后发表的小说《万物花开》《妇女闲聊录》《北去来辞》等中，一改其写作的前卫风格，而转向对现实生活中人物与时代之间的纠缠。诚如她自己所说的那样："以前我们总认为文学的价值在于某种'超越'……我现在认为，文学的价值在于那种切肤的百感交集，那种复杂的五味杂陈。"[1] 在《北去来辞》中，林白以女性的眼光看待从20世纪50年代至今中国的社会变迁，尽管其出发点是20世纪50年代，然而她把笔尖更多地触及到中国改革开放后的30年之内，通过来自小城镇的女性知识分子海虹和湖北农村的女青年银禾的经历，呈现女性在时代中的内心情感，富有多重象征意味。在小说中，描写了大量有关当下社会的事件，并通过女主人公的经历，在展现起伏不平的内心世界的同时，也使社会呈现出一种真实的面貌。在这里，女主人公不再是一个人的独语，不再是一个人对镜子中的自我抚摸和爱恋，而是建立在和海虹密切相关的人物的关联性上，如史道良、春泱等，在林白看来，过去站在高绝处的立场很容易"隔"，

---

[1] 金莹：《林白：文学的价值不仅仅在于"对抗"》，《文学报》，2017年7月4日。

不容易血肉相连，人只有不脱离时代与社会，才具有真正的意义。

越来越多的女性作家把目光聚焦于日常生活，书写普通生命的生存情境，在作品中流淌着大量的日常生活细节，从而形成了新的"以现实精神"为主导内容的新文学书写和表现形式。在这种书写中，并没有局限于狭隘的女性情感空间，而是超越了"个体的悲欢"从而上升为对"生命本体"意义的讨论，在这里的女性代表着"女性个体"的同时，也具有了多重的象征意味。

付秀莹的小说擅长写日常生活中男女之间的感情，笔触细腻以手术刀般的精准笔触，在都市情感褶皱中雕刻出人性的多维切面。《旧事了》写大龄女博士丰佩和路由的爱情故事，然而中间却闯进了丰佩的好友温小棉。《如果·爱》里柏一成在情感迷局中的精神觉醒，看似困于三角关系的叙事，实则是现代人对情感本真的勘探之旅。当《爱情到处流传》的少女视角穿透父母的情感迷雾，《花好月圆》的茶室少女见证成人世界的欲念流转，作家通过多棱镜式的观察维度，完成了对当代情感伦理的立体测绘。那些戛然而止的"爱情·骷髅"符号，与其说是情感虚无的注脚，不如看作对物质时代精神救赎的深情叩问。

计文君从前在银行工作，后来弃财会而从文，成为一名作家和"红学"博士，她将《红楼梦》的诗性智慧注入当代情感书写，在《白头吟》中创造性地重构古典婚恋伦理。在《白头吟》中写了一名女作家谈芳的生活，从她的写作到深入生活，最终落脚于她个人的情感。女作家谈芳的婚姻叙事超越了通俗文学中常见的道德审判，当遭遇"白头吟事件"的情感危机时，主人公选择以"星沉海底当窗见"的澄明心态观照婚姻本质。这种将古典诗词"雨过河源隔座看"的审美距离植入现代婚姻的创作手法，使情感修复不再是简单的道德选择，而升华为对生命本质的哲学认知。作家让"宁同万死碎绮翼"的决绝与"白头不相离"的坚守形成精神复调，在当代语境中重新诠释了"弱水三千"的情感智慧。

潘向黎的《穿心莲》则叙述了一个情感专栏女作家深蓝对美好爱情的向往和追求，却在残酷的现实面前被粉碎成碎片的故事。当深蓝在付出了珍贵的岁月寻找真挚的、纯净的爱情时，遇到了心中的"白马王子"漆玄青，这是一个温柔、英俊、富有的完美男人，然而当深蓝准备全身心地投入到对漆玄青的爱恋中时，却发现这个男人对于自己苦苦追寻的一生来说也不过是一个海市蜃楼而已,当遭遇到人生的剧烈突变时:漆玄青的妻子自杀,漆玄青选择了逃避。正如文中所说的那样:人生的许多感情,就像去掉了莲心的穿心莲子,你可以一直好好收着它,但不能指望它真的发芽。❶小说中在后半部展示了深蓝内心复杂的撕扯和尖锐对抗、情感与现实之间的巨大落差,不仅是对深蓝那种心灵绝望的情感书写,更多的是对于自我和人生价值存在意义的思考。作家将"穿心莲"的意象升华为存在主义的隐喻:被剥离的莲心恰似祛魅后的情感本体,看似失去生命力的种子,却在主人公的精神土壤中孕育出新的认知根系。深蓝从"穿心"之痛中觉醒的过程,印证了存在主义哲学"向死而生"的命题:当爱情神话的琉璃盏破碎时,迸发的不是虚无的尘埃,而是重构自我的星火。潘向黎在试图印证着,只有在不断的爱情疼痛与守望中,在不断的渴求与悸动中,女性才能真正清醒地意识到自己在这个世界上的存在价值。

万方的《纸饭馆》则以"女性书写"的方式进入婚姻现场,在《纸饭馆》中搭建的婚姻实验室,展现了烟火人间的生存智慧。女主人公尤玲在遭遇到男朋友涂强突然离世之后,选择了与涂强的好友马晓健在一起;涂强的弟弟涂刚在娶妻生子之后却遭遇到了爱情的十字路口……万方试图告诉我们,婚姻需要的是"妥协",需要的是脚踏实地,需要的是在柴米油盐酱醋茶的现实生活中慢慢体验和品味。作家用"纸饭馆"的意象解构了婚姻的实体性:当物质符号在时光中消融,显影的恰是精神契约的永恒性。涂刚与洗脚妹跨越阶层的相守,尤玲在红尘涤荡后的回归,这些看似背离浪漫主义的情节,实则是中国式婚姻观的当代转译:在《诗经》"宜言饮酒,与子偕老"的古调中,奏响现代性的复调乐章。

计文君、潘向黎、万芳等女性作家通过不同的方式构成女性的互补性精神对话:或是以冷峻笔锋剖开情感病灶,或是用温润笔触敷设治愈良方。这种创作分野恰如中国文学传统中"诗可以怨"与"温柔敦厚"的双重精神脉络在现代的延续。这两种叙事路径共同指向了在解构与重建的张力中,中国女性作家以独特的审美自觉,依然保持着对情感本体的执着追问。

不同于计文君、潘向黎、万芳等女性作家专注于对女性"个体"婚姻生活

---

❶ 潘向黎:《穿心莲》,北京:人民文学出版社,2013年,第160页。

的书写，米米七月的《肆爱》则是展现当代都市女性凡桃俗李的情爱生活和街头巷尾的现实生活，以独特的市井美学建构起都市女性的生存寓言。小说叙述了女主人公小怎经历了与小宝、庄生、恩度、阿撺四个男人的四次情感经历。这场看似混沌的成长叙事实则暗含存在主义的觉醒密码。这部作品以火锅店霓虹灯般的市井笔触，重构了女性成长小说的叙事范式。KTV包厢里的情话与麻将桌上的暗涌，城中村出租屋的隔音墙与星城宾馆的时钟，这些充满烟火气的空间装置，构成后现代都市的情感实验室。小怎从"翻钱包"到"不翻钱包"的行为转变，从追逐"细菌式爱情"到直面"自我镜像"的精神跃迁，印证着消费社会中女性主体性的艰难重构。作家将"肆爱"解构为精神蜕变的催化剂——小宝的物质主义课堂教会她识别情感赝品，庄生的情感博弈训练其建立心理边界，恩度的欲望游戏最终催化自我认知的觉醒。那些被误读为"自虐"的追逐，实则是当代青年突破生存茧房的必要代价。米米通过火锅蒸气般升腾的细节洪流，在螺蛳粉的酸辣味与麻将牌的碰撞声中，完成了对后现代女性情感伦理的在地化书写——中国新都市女性正以惊人的韧性，在情爱博弈场里书写着属于自己的存在主义宣言。米米七月开创的"城中村女性主义"叙事，在当代文学中具有范式突破意义。在这里，不仅仅是对女性个体经验的展示，而是以此为起点，从而关注现代都市女性的情感生活和迷惘人生，从"个体"到"共同体"，这恰是其小说的真正可贵之处。

然而女作家霍艳在她的创作谈《我如何认识我自己》中认为，当代青年作家创作存在一种"太自我"的毛病，擅长把一个小小的情绪无限放大，并以此为傲，却忽略了对身边人的关注。❶写下这样的反省时，意味着这位作家开始关注身边人的世界，许多作家不但开始对"身边的人"的书写，也开始了对"身边的人的世界"的思考，同时也拓展了文学文体边界。

邵丽的小说创作构成了中国基层社会的精神切片，以文学显微镜揭示着体制肌理中的生命律动。《第四十圈》建构的叙事迷宫，恰是当代中国治理现代化的隐喻性图景。当"齐光禄事件"在不同视角的折射中裂变为四重镜像，那些看似推诿塞责的"罗生门"叙事，实则是转型期基层治理复杂性的全息投影。

---

❶ 霍艳：《我如何认识我自己》，《十月》，2013年第4期，第180-181页。

作家将天中镇官场的生存法则"往上跑,闹呗"转化为制度伦理的 X 光片,在司机方向盘上的油渍与秘书会议记录的字缝间,显影出科层制与人情社会交织的深层纹理。这种多声部叙事的实验,使小说超越了问题小说的局限,升华为解码中国式现代化进程的文学密码。

《挂职笔记》以人类学田野调查的精度,在炊事班的水蒸气与公务车的辙痕中建构起基层政治生态的标本库。副书记邹福旺茶杯里的陈年茶垢,司机六三召仪表盘上的平安符,食堂师傅王三炳的炝锅手艺,这些毛细血管般的细节构成体制运转的生物图谱。作家摒弃道德评判的解剖刀,转而使用文学 CT 扫描仪,在看似琐碎的日常中捕捉基层干部的精神年轮——那些被简化为"官僚主义"标签的生命个体,在文学烛照下显露出生存智慧的微光。

《老革命周春江》塑造的典型形象,是解码当代中国价值嬗变的密钥。周春江书记办公室泛黄的党章与上访材料上的新鲜墨迹形成的时空对话,老干部活动室的象棋残局与政务大厅的智能终端构成的文化张力,都在诉说着传统治理智慧与现代行政伦理的碰撞。作家将退休待遇问题转化为时代转型的疼痛指数,在信访室的日光灯与老干部的搪瓷缸之间,丈量着制度温度与人性厚度的微妙距离。

邵丽的创作实践开创了"体制内叙事"的新范式:当《第四十圈》的命案卷宗化作制度反思的镜鉴,《挂职笔记》的食堂菜谱成为政治伦理的注脚,这些作品证明真正的现实关怀不在于廉价的批判,而在于对体制毛细血管的精准描摹。在政务微信群的闪烁光标与老干部手写报告的工整字迹之间,中国作家正在建构起理解当代社会治理的文学坐标系。

在邵丽作品里可以看出,女性作家试图突破个人经验性的话语而走向社会,关注社会和人生,从而实现了女性的外转:一种"私语"转变成了公共性的"刚性话语"。这一转变,在一些批评家看来,被认为是新的社会历史环境下女性建立在性别差异基础上的男女平等,女性作家运用"双向视角"来关注女性、关注男性、关注整个人类社会,从而达到了一种新型的战略合作伙伴关系。

经过二十年的新世纪旅程,女性作家们告别了性别的"战争",放低女性"身体"这一高举的"武器"姿态,试图通过日常生活的"个体"叙述,从而折射出背后的"女性群体",或是试图通过一种"刚性话语"的叙述来体现作家对

"身边的人的世界"的关注,并以此在日常生活中寻觅人最本质性的关系。从细小处和人物的异常处着笔,敏锐地察觉其内在的含义,将自己与人物化为一体甚至是等同起来,潜入生活并领略和回味生活,从而寻找人类精神的"原乡"。诚如梁鸿在《中国在梁庄》的附录《"我"是谁?》中所说的那样:"我是谁?'我'是我们这个时代的每一个人。"[1] 在这里,女性不再执着于个人的"独语",不再以偏激的姿态出现,而外转为"个人""群体"乃至社会的"刚性话语",并以公正平和的姿态展现在众人面前。

第三节 摄影镜下的女性"声音"

从试图以"身体"作为拮抗父权社会的武器到经济市场下的沉重的"肉体",我们可以看出这正是新媒介与商业合谋的结果。如果说,在商业性的消费文化语境下,女性成为被消费的"符号",那么在新媒介的大众文化语境下,女性则成为"被看"的"符号"。在新媒介下,伴随着女性"身体"的是摄影镜下的女性"声音"。

在叙事学中,"声音"一般用来指称叙述行为的本身。"声音"被认为是"在一部作品中,透过一切虚构的声音,我们可以感受到一个总的声音,一个隐含在一切声音之后的声音,它使读者想到一个作者——一个隐含作者——的存在。"[2] 女性主义批评家兰瑟的著作《虚构的权威》研究在特定的时期女性取得话语权威的策略,意在建构女性叙述声音理论。"声音"这个术语,在叙事学中指叙事的讲述者,有别于作者和非叙述性的人物;在女性主义中指身份和权力。兰瑟将两者融入巴赫金的"社会学诗学"中,认为叙述声音和被叙述的外部世界具有互构关系,因此探讨女性叙述声音要联结社会身份和叙述形式、文本与历史。在兰瑟看来,"尽管有人对'声音'这一说法提出尖锐的质疑,认为这不过是人文主义的虚妄之说,但是对于那些一直被压抑而寂然无声的群体和个人来说,这个术语已经成为身份和权力的代称。"诚如露丝·伊里盖蕾所说,有了

---

[1] 梁鸿:《中国在梁庄》,北京:中信出版社,2015年,第265页。
[2] 华莱士·马丁:《当代叙事学》,伍晓明译,北京:中国人民大学出版社,2018年,第138页。

声音（voix）便有路（voie）可走。❶

在20世纪80年代末至90年代，纵观比较成功的影视作品，几乎都是根据文学作品改编而来，对于电影而言，对文学作品的改编成为电影剧本来源之母。无论是高度重视电影的文学性的"第三代"电影人的知名作品《林家铺子》《伤逝》《边城》《青春之歌》《天云山传奇》等；或是强调电影的独立性的"第四代"电影人的作品如《城南旧事》《骆驼祥子》《人到中年》《蝴蝶》《陈奂生进城》等；或者创新的一代的"第五代"电影人影响较大的作品如陈凯歌的《黄土地》《霸王别姬》，张艺谋的《红高粱》《活着》，田壮壮的《猎场扎撒》《小城之春》等，会发现无一例外都是由文学作品改编而来，文学作品在20世纪八九十年代成为电影最便捷也最广阔的根源之地。小说家的作品带动着电影往前走，是电影得以前进的"拐杖"，把电影的繁荣寄托于文学的繁荣，是当时影视创作人对中国电影和电视剧的一种经验心声。

在那样一个大时代背景下，女性文学以其善于刻画精妙入微的现实生活场景，塑造血肉丰满的女性人物形象，表现两性之间细腻而微妙的情感交锋，具有曲折的故事情节，富有独特的艺术韵味，也受到了编导们的青睐，许多女性作家的作品也纷纷被搬上了影视荧屏。比如王安忆的《长恨歌》，铁凝的《永远有多远》《没有纽扣的红衬衫》，池莉的《生活秀》《小姐你早》《来来往往》，金仁顺的《水边的阿狄莉雅》，李碧华的《青蛇》，谌容的《人到中年》，陈染的《与往事干杯》等。

然而随着时代的发展，在经过一代代人的努力下，电影和电视剧已经逐步完善并独立。中国广视索福瑞（CSM）媒介研究将获取剧本的途径分为六种方式，从各类剧本来源的影视作品在城市中的播出比重来看，原创性剧本是2011年以来的播出主力，约占市场播出总量的六成多，其次是根据流行小说、报告文学、真实事件改编的剧本约占两成多，由名著改编的剧本占3%~4%。中国影视剧本已经走向了"原创为主，改编为辅"的获取模式。❷这也就意味着，中国影视剧已经逐步脱离了文学的"拐杖"从而走向了独立和成熟，文学不再是影视剧本的来源根本，反而成为自身扩大影响力的一个重要途径，从而决定了

---

❶ 苏姗·S. 兰瑟：《虚构的权威——女性作家与叙述声音》，黄必康译，北京：北京大学出版社，2002年，第3-4页。
❷ 陈若愚：《2012中国电视收视年鉴》，北京：中国传媒大学出版社，2012年，第118页。

文学与影视的从属地位已经发生了反转。

相比较电影而言，女性文学作品大部分被改编为电视剧。根据2016年CSM媒介研究全国收视调查网基础研究数据显示，我国居民家庭电视机拥有率达97.5%，平均每百户居民家庭的电视机拥有量达135.5台。❶而2001年以来的数据显示[全国样本市、县男女观众平均每日收视时间（分钟）]，女性观众收视时间明显长于男性观众：从2001年的1分钟之差（182分钟、183分钟）到现在的近10分钟之差（157分钟、165分钟），而这一变化从2007年开始显著（168分钟、176分钟）。❷而在中国电视节目收视市场中，电视剧稳居收视第一，时移收视比重占到43.1%，远远高于电影的时移收视比重6.4%。❸显而易见，无论是从受众方面还是从媒介的影响力而言，电视剧作为一个比电影更为大众化的电子媒介，更具有研究的意义。

在走过的21世纪二十几年路程中，许多女性作家的作品被改编为电视剧作品，如王海鸰的同名小说《中国式离婚》改编的同名电视剧（2004）；阚珊的《玫瑰与康乃馨的战争》改编的电视剧《婆婆来了》（2009）、《丈母娘来了》改编为同名电视剧（2012）；落落的《剩女为王》改编的同名电视剧（2015）……而从2011年为肇始，大量的网络女性作家的作品被搬上了屏幕，成为名副其实的"屏霸"：2011年，桐华的《步步惊心》、匪我思存的《千山暮雪》、唐心怡的《裸婚时代》、慕容湮儿的《倾世皇妃》所改编的同名电视剧在各大电视台纷纷登场，在当年的电视剧收视中刮起了一阵飓风。

当女性形象从小说搬到荧屏时，是基于观众的认知。也正由于是对观众的认知，新媒介的巨大影响力不但影响了女性如何认识自己，还使女性在社会中如何"像女人"一样地行动。在这里，笔者想说明的是，如果不同的文本中改编的女性总是在进行某种类似"偶然性的导演理解对象"的话，那么导演的话语就被"导向自身直观的指称意义"。通过电视这一荧屏，女性形象发生了怎样的变化？

在众多女性文学文本中，池莉的作品无疑是较早被搬上电视机屏幕并受到

---

❶ 徐立军：《2016中国电视收视年鉴》，北京：中国传媒大学出版社，2016年，第4页。
❷ 陈若愚：《2015中国电视收视年鉴》，北京：中国传媒大学出版社，2015年，第21—24页。
❸ 徐立军：《2016中国电视收视年鉴》，北京：中国传媒大学出版社，2016年，第252页。

了观众的欢迎。从女性视角出发，会发现在她的小说文本中，从头至尾存在着女性的"声音"：对男权进行反叛，对被伤害和受损害的女性给予深深的同情和爱恋。比如在小说《小姐你早》中，描写了受到来自男性世界伤害的三个不同身份的女人：戚润物、李开玲和艾月，在这个"三个女人一台戏"的故事中，三个身份不同、年龄不同、遭遇不同、个性不同的女性走到了一起，在她们彼此之间基于不同的遭遇所感受到的对女性共同命运的理解与同情的基础上，结成一个女性觉醒的同盟。从男性处所获取的经济利益则使她们在追求女性独立的精神自主和地位独立时，提供理论充分的物质保证，从而改变了女性如果追求精神的自主那么在社会生活便受苦的历史命运。可以说，文本中反映了一种强烈的女性立场。

作者把希望寄托于女性的自我觉醒和女性之间的互相团结和帮助，试图以此来对抗男性社会的压迫和伤害。池莉告诉女人们，女人首先要学会的就是珍惜自己，不能把一生的精力耗在事业上、不能把一生的幸福牵悬在男人身上、不能一生沉湎在金钱中、不要虚构缥缈的爱情，所以在最终，池莉这样展现女性的胜利画面：在戚润物、艾月、李开玲的合谋下，王自力人财两空，而三位女主人公却过上了自由、富足、快乐的生活。从某一种程度上看，未尝不是女性自己所勾勒出的一则童话，然而却表达了女性精神的"乌托邦"：不管怎样，女性终究取得了"自由"，在同性之间，获得了尊重与平等的权利。

可以说，《小姐你早》这部小说，不但展示了生活的烦恼和杂乱，更体现了女人的生活复杂性。池莉作品中的女性都是普通的女人，正是对这些普通女人的生活的讲述才使女性意识得以走进生活，走入更多读者的心中。池莉用她独特的当代女性视角来表现女性的心理个性，关注女性的生活质量。在文学作品中寄予了她对女性自身生命价值的思索。

如果说在池莉这里，传达了一种强烈张扬女性意识、批判男权的意识形态目的"声音"，那么在唐七公子的《三生三世十里桃花》和秦简的《庶女有毒》这里，则是通过一改传统"男强女弱"的男权中心话语体系，挣脱"菲勒斯凝视"之下男性对于女性的渴望和期待来改写女性作为"第二性"的话语秩序，以新的阐释来重新定义女性话语，追寻着女性的新的自我。这两部小说虽然一为玄幻小说，一为穿越小说，皆是架空，但不同于古装剧中对于男性争权夺利的细致刻画或是表现男性世界中的刀光剑影，反而讲述的是女性在男性权力的世界中的智慧与艰苦生存。唐七公子的《三生三世十里桃花》讲述了青丘帝姬白浅和九重天太子夜华经历三段爱恨纠葛终成眷属的绝美仙恋故事。秦简的《庶女有毒》讲述的是南北朝期间，北魏太傅府庶女李未央死后重生，因前世受冤被丈夫拓跋真赐毒酒而死，而致力复仇，历尽艰险磨难，在元烈的帮助下，最终大仇得报，放下心结与元烈（李敏德）终成眷属。尽管在网络小说的女性文本中，开了挂的玛丽苏式的女主人公们被人所诟病❶，然而不能忽视的是体现在文本中鲜明的女性主题意识和审美理想，当代女性在日益增加的社会生活压力下，寻求一个释放空间进行自我精神诉求的企图。这种女性的"声音"同叙述行为、意识形态及社会寓意密切相关，从而载负了某种能够超越私人领域和虚构范围，在新兴的公共'圈子'里建立女性主体地位的权威的叙事要求。❷

电视剧不同于传统文本之处莫过于叙事的语言，从简单平面的作者与笔的二元关系，走向了多方面的立体的导演、编剧、摄影机关系。在摄影机的作用下，图像成为具有虚假性的真实符号意义的生成之所在，多个主体在同一个空间内同时活动而构成意义网络，也正因为如此，只有遵循摄影机独特的语言法规，文本才能够得以进行叙述和展开。由女性文学文本所改编而成的电视剧，也必须要符合人们的普遍心理认知和摄影机的语言法则。编导们以实用的眼光打量着文学作品，试图吸纳一切能再利用的素材，以构成完整独立的故事情节，从而吸引观众的认同。显而易见，在影视剧这里，"女性视角"不再是出发的着陆点，而转向了更为广泛的"大众视点"。然而，不同的人面对同一种事物会有不同的看法，而性别不同往往会自觉或不自觉地投射到其文本中，从而造成人物形象、情节、人物关系、话语方式的不同。由此可见，"如果视点被改变，一个故事就会变得面目全非甚至无影无踪"❸。

相比较小说文本对人物内心的描写，影视剧更多的是通过画面的展示来表现人物的性格。美国著名编剧罗伯特·麦基认为："人物真相只有当一个人在压

---

❶ 莫兰：《女性不该是影视作品中的"隐形人"》，《中国妇女报》，2017年2月27日。
❷ 苏姗·S.兰瑟：《虚构的权威——女性作家与叙述声音》，黄必康译，北京：北京大学出版社，2002年，第45页。
❸ 华莱士·马丁：《当代叙事学》，伍晓明译，北京：中国人民大学出版社，2018年，第137页。

力之下作出选择时才能得到揭示——压力越大,揭示越深,该选择便越真实地表达了人物的本性。"❶ 在他看来,人物外在表象与内在真相的"两元"对立,而表现对立的性格就需要矛盾的事件,以事件的矛盾表达内心世界的冲突。而这一人物性格塑造方式,在电视剧上面则更为典型,在许多编导眼中,塑造正面人物就要展示他的"人性弱点",写反面人物就要开掘其身上的"人情味"和"人性美"❷。

于是,在电视剧《超越情感》中,面对王自力和小保姆白三改出轨被戚润物发现以后,王自力并不是像小说一样依旧夜夜莺歌燕舞,把酒言欢,生活过得潇洒风流,而是对戚润物道歉,千方百计地试图挽回家庭的破离;对白三改则是尽心尽责,不但送她去培训更是给她安排了工作;面对艾月的"别有用心",王自力可以说是坐怀不乱,举止优雅;在小说中对先天残疾的儿子不管不顾,在这里变成了对女儿的时刻关怀。除了偶尔一次"糊涂的"出轨外,王自力可以说是一个有担当、有责任的"好男人"。而在电视剧《三生三世十里桃花》中,白浅的初恋情人离镜并不是像小说一样,因为承受不住两人走在一起的重重困难,自己主动放弃了与白浅的爱情而选择了玄女,而是在一次借酒浇愁时,被玄女假冒白浅发生了关系而不得已和白浅分离。对白浅他依旧情意深重,但对妻子玄女却爱护有加,除了爱情给了玄女最好的一切,一个"始乱终弃"的男人变成一个只让人叹息"造化弄人"的"好男人"。

在电视剧中,女性的形象也被颠覆:王自力之所以投向保姆的怀抱原因在于戚润物对生活的漠不关心和刻板,忽略对孩子和丈夫应有的照顾;李开玲从头到尾都是一个被歌颂的传统善良女性,塑造了一个完美的贤妻良母形象:在默默地抚平了遭遇丈夫的背叛和抛弃,自己默默地舔舐心灵的伤痛后,还是深深地爱着和关心着自己的前夫,最后为保护丈夫卷毛而甘愿冒名顶替承受牢狱之灾;被当作是戚润物的"糖衣炮弹"、视感情为游戏的艾月在试图"引诱"和伺机报复王自力的过程中,在经历一系列事件之后,被王自力"好男人"形象

---

❶ 罗伯特·麦基:《故事——材质、结构、风格和银幕剧作的原理》,周铁东译,北京:中国电影出版社,2001年,第118页。

❷ 文祥:《"红色经典"改编剧的改编原则与审美价值取向分析》,《当代电影》,2004年第6期,第76-79页。

所打动并假戏真做爱上了他，最后在王自力的爱情点化下，放弃对男性的反叛和自我的女性意识，回归到传统的女性角色。当初三个女人为争得女性权力而成立与男性抗战的"前妻俱乐部"，为了王自力、吴为和卷毛三个并不完美的男人而分崩瓦解，她们的关系并没有小说中的牢固和彼此信任。在电视剧中，男女情感战胜了相濡以沫的姐妹情谊，"女人是男人一根肋骨"的神话依然没有被改写。同样的还有秦简的《庶女有毒》，在改编的电视剧《锦绣未央》中，哪怕宁可性命不要，也要追求"一生一世一双人"的李未央，在剧中的最终结局却成为李敏德的皇后，并主动为李敏德纳娶贤良嫔妃，在受到李敏德的一生尊重与爱戴中画上完美的句号。如果说在小说中，以女性同盟的胜利、王自力的惨败结局和李未央与李敏德的"一生一世一双人"而实现了女性的胜利，那么电视剧中的结局，则是以女性回到传统的"贤妻良母"的角色而达到了"完美"，女性偏离男性社会父权中心的裂痕最终在女性对男性的妥协与和解中达到了弥合。

我们会发现，自 20 世纪 90 年代以来，无论是传统文学还是网络文学，无论是写实还是架空，女性文本在进入到摄影机下所做出的一系列改变，表现出惊人的类似和相同，而这一系列的改变从表面上看是由于转变为编剧的男性视角，更准确地说是考虑到观众的审美而进行的改变，这显然是基于中国传统的文化心理积淀。"正如文本的意义不可能还原到构成文本的单个词或句子一样，行为也是不可还原的。行为通过结果产生意义，这些结果无论是预见到还是未预见到、有意的还是无意的，都在特定社会结构的制度和习俗中体现出来。"[1] 所以，在人们的审美意识领域中，传统的思维模式、生活经验、审美心理等往往在不自觉中渗入并占据了人们的意识和审美能力。这些传统积淀在心理上是如此之厚重，以至于人们常常没有察觉到它们的存在，然而也正是由于这些积淀在不知不觉中规范和限制着人们的意识行为、思维和审美观念，所以在面对艺术作品前，人们往往已经具有了自己的审美标准。

在中国千年的封建社会中，"妇人，从人者也"，这是妇女在社会中处于从属地位的最好总结和概括，妇女在封建社会里无论是政治还是家庭中，从来没有过自己独立的地位。在千年的漫漫道路中，对女性的美的追求、对女性的道

---

[1] 海登·怀特:《后现代历史叙事学》，北京：中国社会科学出版社，2003 年，第 159 页。

德准则建立、对女性的品德评论……从来都是以男性为中心的立场，男性视角而出发。在举止、容貌、思想上，从外在形象到内在品格的要求，都无处不在倡导、教化着传统女性的精神诉求和审美观念。所以在中国传统文化中，从来都没有放弃过对"美人"形象的追求：中国《诗经》中既有"巧笑倩兮，美目盼兮"的美人；也有"誓不与天决"的忠贞不屈的女性；更有"上山采蘼芜，下山逢故夫，长跪问故夫：'新人复何如'"的柔弱弃妇……

可以说，无论是上层高雅的中国经典古籍还是下层的民间故事、传奇，男性文化一直主宰着女性。男性对"美人"的欣赏、赞叹和追逐与对"祸水"的厌恶和灾难情节两者同时并存，于是，"美人"和"祸水"这两种女性形象便在中国传统文化中随着历史的长河流传至今。

所以我们会发现，当女性形象从文学文本走向影视屏幕的同时，也就不自觉地走入了女性的传统审美形象的模式中去，当女性在屏幕中形象得到生活中的播放时，显而易见是得到观众的自觉的无意识心理认同，无论是男性还是女性，存在的"声音"在这里却又被"变异"而得以存在。

第四节　本章小结

文学不但具有"公共性"，也具有"个人性"，文学的"公共性"和"个人性"之间一直存在着一种平衡的关系，"在公共性与个人性之间，存在着一种潜意识的对立，公共性要求小说贴近日常世界（生活），要求叙述者成为大众文化的'转述人'，并由此产生再现、模拟等一系列小说理论；个人化则强调作家的主体情致，并对此世界作出个人性的解释，要求将小说单纯的叙事陈述转化为一种个人性的表意过程。"❶ 文学的公共性倾向或是个人性倾向，其影响因素有二：一是创作主体的个人选择，二是其所处文化语境的制衡。20世纪90年代中国的市场化转型改变了中国的公共生活空间，生产机制和社会机制的改造在市场制度的规约下继续推进，在新媒介的大力传播和影响下，商业化、消费主义等

---

❶ 蔡翔：《日常生活的诗情消解》，上海：学林出版社，1994年，第10页。

观念深入人心，从而使人的心理认知和行为举止发生了很大的改变。伴随着20世纪90年代的市场经济规划，个人的地位和权利得以彰显突出，从某种程度上来说，私人权利是和一个社会的自由民主程度和文明程度联系起来的，"现代民主制度的意义就在于，它保护作为一个人的个人自由"❶，每个人既是公民的同时，也是私人。由此可见，随着市场经济和国家体制的改革，整体社会文化语境也随之改变，对文学公共性要求的大大降低，从而打破了旧有的宏大叙事理念，逐步建立起一种新的平衡关系，在这种新的平衡关系中，文学向"个人性"倾斜。

从20世纪80年代的个人主义、人道主义的启蒙思想和现代化意识形态到20世纪90年代的"个人化"写作，就文学背后的社会逻辑上来看，"去政治化"运动在经济、文化领域的展开具有深远的普遍性意义，从个体到社会、从外部到内在、从生理到心理，"个人""私人性"成为社会文化的主要特征之一。女性文学作为"个人化"写作的一种，与其他的"个人化"写作构成了20世纪90年代文学创作的多种尝试的局面。在20世纪90年代的整个社会语境下，拒绝和疏离宏大叙事，表现个体生命的价值和选择，使当代文学向文学的个体性、本真性转化，从这个角度上看，"个人化"写作在文学姿态和文化立场上具有一定的意义。学术界对"个人化写作"的认识主要包括三个方面：一是创作表现出强烈的个性化、风格化；二是立足于个人视角对主流、权威的解构；三是专指女性写作的私密性、自传性。❷女性文学的"私人性"写作虽然只是"个人化写作"的一种类型，但相对于前两者而言，"私人写作"的写作个性更强，对于强权的反抗意识更具有自觉性和主动性。

女性主义（feminist literary theory）是兴于20世纪60年代末欧美知识界的新型话语，相对于传统把"男性为理性，女性为感性"僵化二元对立的意识，它不再以"女性价值"为单一的目的，而是力图突破过去旧有的格局，展现一种既非纯粹女性化、非男性化的存在方式和话语方式的"第三态"思维。它的产生不但受到了社会历史的影响，也有受到了精神分析、解构主义和新马克思

---

❶ 萨托利：《民主新论》，冯克利译，北京：东方出版社，1993年，第191页。
❷ 刘小新：《个人化写作》，见南帆主编的《20世纪中国文学批评99个词》，杭州：浙江文艺出版社，2003年，第28—32页。

主义的影响，同时具有意识形态和实践性双重结合的特征。时至今日，女性主义相关理论主义分为两大支——英美学派和法国学派。前者注重社会历史研究，着力于揭示潜在文本内部的两性对立和女性被压被迫的真实状况；后者则更多地把注意力放在了具体的文学文本上去，通过对写作中语言的结合组织的研究来抗拒并颠覆旧有的社会秩序。

无论是英美学派对社会历史和制度现实的关心，还是法国学派对于具体的文学文本的分析和对女性概念的思考，都是对女性经验的肯定，反对将女性创作引向所谓"中性"的普遍美学，女性的经验决定着女性对待和把握世界的方式，她们身处的语境使她们的文本具有异于男性心理的文化价值和意义。波伏娃认为，一个人之为女人，与其说是"天生的"，不如说是"形成的"。人类文化的整体，产生出这居间于男性和无性中的所谓"女性"❶。

改革开放以来，中国女性文学受西方女性主义文学理论的影响，在林白、陈染等女性作家的作品中，"女性躯体"成为拒斥男性话语的武器和可以进行自由言说的场所，用很强的性别意向和隐喻来传达女性独有的感觉、思想、情感和欲望，在非常私人化的领域中，把女性个体生命过程中非常隐私甚至被视为文化禁忌的私人经验带入文本。女性文学作为"个人化"写作的一种，与其他"个人化"写作如晚生代写作、新市民写作等构成了20世纪90年代文学创作多种化的局面。

在20世纪90年代的整个社会语境下，拒绝和疏离宏大叙事，表现个体生命的价值和选择，在新媒介语境下的女作家们从性别视点出发，把男性社会作为外在的"他者"和女性的"自我"区别开来，以"躯体写作"为其进行抗争的场所，聚焦于女性"自我"的私人经验之上，在一定程度上实现了对以往男权话语和公共话语的反拨。通过对镜子的"自我"发现，对自我及同性之间的自恋自爱，把一种女性的自我经验和生命存在以文本形式推到世人面前。然而，女性追求"自我"的"声音"在新媒介的形势下，却发生了"变异"。女性在新媒介下的"声音"被曲解，而"身体"却被彰显。然而当女性试图对这"身体"进行"反抗"从而进入到一条写实的"外向书写"之路时，是否又进入到了另一

---

❶ 西蒙娜·波伏娃：《第二性——女人》，桑竹影译，长沙：湖南文艺出版社，1986年，第23页。

个"中性"的"刚性话语"圈套之中?

我们会发现,在文本中"镜子"成为女性自我追寻和自我发现的意象,而在摄影镜下,"女性声音"在一定程度上又成为"他者""镜子"中的形象消费符号。戴锦华曾用"镜城"这一词语,用来指涉男权传统构建的文化堡垒,并认为只有打破"镜子",才能在女性自身体验的忠实写作中实现女性自身。❶ 在戴锦华这里,女性始终处于在镜城的围困中,在不停地进行突破的过程中,女性只有打破"镜子"这一幻境才能破镜而出。在新世纪,女性如何在巨大的新媒介作用下实现真正的自我意识,思考新形势下如何构建起真实而广阔的女性文学世界,避免如何落入"镜城"中的幻象成为被消费的"符号",依旧是一个遥远而漫长的道路。

在新媒介越来越多地承载起文学生命形式的今天,女性文学在新媒介下"声音"的"不自由",恰恰一定程度上反映了文学在摆脱了政治的束缚得到了自由之后,却又困顿于新媒介这一领域的商业化、消费性、大众化的无形之手。在赫勒的理论中,主要强调的是社会的变革离不开人自身的改变,而认为只有通过个体的再生产由"自在存在"向"自为存在"提升,"自在存在"和"自为存在"是并不互为条件的关系,从而才能改变日常生活的格局,实现人的类本质的存在。然而在笔者看来,她忽略了个体意义上的"自在存在"和"自为存在"是与较大历史尺度上的社会变革(政治经济变革)相互关联的。所以当文学越来越多地依赖于新媒介这一外在的媒介时,文学自身的"自为存在"就不得不受制于新媒介化的日常生活这一"自在存在",在这里,文学生命的"自在存在"成为"自为存在"的不可避免的前提和条件,无论影视、网络等电子媒介给予了文学多大程度的自由文化程度,但在大众媒介的笼罩下,文学"写什么""怎么写"都不可避免地有着大众媒介的积极参与和呼应。

---

❶ 戴锦华:《镜城突围——女性·电影·文学》,北京:作家出版社,1995年,第1—3页。

第五章　新媒介下的文学受众之存在

中国研究学者陈崇山对"受众"的注释为:"受众,是一个集合概念,是指一切通过大众传媒接收信息的人。无论国家元首、政党领袖、社会名流,还是工人、农民、知识分子等普通劳动者,只要是从大众传媒接受信息的人,都统称为受众。"❶ 简而言之,"受众"就是大众传播接受者的总称,包括报刊和书籍的读者、广播的听众、影视的观众等。受众是随着媒介的发展而不断丰富自己的内涵,它是作为媒介的信息接收者而存在。

本雅明认为,"大众乃是母体,今日一切的习惯行为都新生般地浮现出来。"❷ 在他的眼中,正是由于艺术作品的大规模生产与传播,人们才能够意识到自己也是处于一个相互认知的过程中的中介因素。由此可以看出其包含着两层意思:第一,受众是传播活动的产物,离开了传播过程,受众也无从谈起。第二,受众是一定社会、文化和历史的产物,离开了受众,艺术作品也失去了其存在的价值和意义。约翰·费斯克也认为,受众不仅是大众传播效果的核心概念和考察传播效果的立足点,也是研究分析由媒介、社会与人建构起来的复杂关系的问题交界点。❸

东方的戏曲、西方的戏剧历史源远流长,尽管不同时期的人们都曾把"受众"作为一个学术问题进行分析与探究,然而,直到电影的产生,才"创造了第一个真正意义上的'受众'"❹,即数以百万计的人们一起分享相同的、经媒介

---

❶ 葛进平:《受众调查与收视分析》,杭州:浙江大学出版社,2011年,第6页。
❷ 林赛·沃特斯:《代译序:机器做主》,引自瓦尔特·本雅明:《技术复制时代的艺术作品》,胡不适译,杭州:浙江文艺出版社,2005年,第15页。
❸ 约翰·费斯克:《关键概念:传播与文化研究辞典》(第二版),李彬译注,北京:新华出版社,2004年,第18页。
❹ 李法宝:《影视受众学》,广州:中山大学出版社,2008年,第5页。

传播的情感和体验。这些批量生产的影像作品，取代了过去那种活生生的现场表演和互动性的受众。到了20世纪，科技的发展尤其是电视、网络的发明，受众与技术手段更为紧密地联系在一起，不但使传播的范围更广、影响力更大、共享的受众数量更多，同时也使受众自身发生了新的变化。这一变化，不仅使美学家、文艺理论家讨论受众，社会学家、心理学家、文化学家、传播学家等其他领域的学者对受众也分别从不同的角度、专业层次进行研究和探讨，使受众研究成为一个融合了社会学、传播学、心理学、经济学等多个专业的综合领域。

伴随着经济的快速发展和科技的突飞猛进，人类社会正在进入一个信息化的时代，新媒介成为新型文化结构的中心，这也引发了文学接受的新现象，文学接受者也发生了新的变化，有些学者甚至认为所谓的"受众"称谓显得有些名实不符。在丹尼斯·麦奎尔看来，"用受众（audience）这个常用术语来思考传播方式的变革与扩张形式，似乎仍然是有益的。受众被用于指称那些被某一传播媒介（commnunication medium）所达到的（reached）人们，或与之联系的人们，不论他们对媒介卷入的实际程度如何。"[1]也就是说，"受众"的概念和范围被拓展，无论接受者的面貌发生了多大的变化，都可以置于"受众"这一宽泛性的范围之内。从某种意义上说，以往传统受众研究的理论成果依旧可以为我们从事当下的受众研究提供借鉴和参考。

20世纪六七十年代兴盛的接受美学，分别从文本结构、文本意义、不同读者的区别等方面确立了读者的本体地位，在相关研究者这里，始终把读者作为文学的一个与作者、作品并行的领域来研究。姚斯认为，"在作者、作品和大众的三角形之中，大众并不是被动的部分，并不仅仅作为一种反应，相反，它自身就是历史的一个能动的构成。"[2]这里在强调读者的重要性与能动性的同时，还需要注意到几点：第一，强调了受众研究的社会历史性。也就是说，对文学受众的研究要把受众与社会历史的发展及其语境结合起来。第二，姚斯在这里

---

[1] 丹尼斯·麦奎尔：《受众分析》，刘燕南、李颖、杨振荣译，北京：中国人民大学出版社，2006年，第180页。

[2] H.R.姚斯、R.C.霍拉勃：《接受美学与接受理论》，周宁、金元浦译，沈阳：辽宁人民出版社，1987年，第24页。

用"大众"一词取代了"读者"一词，其实在某种程度上也承认了"大众"与"读者"之间的某种互通性。"读者"首先是作为一名"大众"中的一员，其次才是作为"文学的接受者——读者"身份而出现。第三，"大众"一词体现了受众的一些基本特征，即人数众多、分布广泛等。"读者"和"受众"原本属于不同的话语范畴，一个是文学的，一个是传播学的。然而，当"读者"和"受众"进行勾连时，则在一定程度上反映了历史和社会发展的内在逻辑，放置在"新媒介"这一社会环境中考察文学的接受时，"文学受众"显而比"读者"更具有客观性和现实性。原因在于以下几点：第一，"文学受众"体现了文学接受者与社会历史的联系紧密性；第二，"文学受众"首先是具有"受众"的特征，属于"受众"的一部分，其次才是"文学的受众"；第三，"文学受众"更能够包括新媒介下的文学所采取的新方式，更能够概括一切从视觉、听觉、触觉等感官渠道中获取信息意义的过程，而不再仅仅关乎于"看"这一行为动作。

当媒介从纸质媒介时代走向了电子媒介时代时，媒介的变化也带来了新的环境，从而造成了由传统纸质阅读衍生而来的读者的审美观念、自我认知、阅读习惯、社会行为等范式的改变。

第一节 新媒介下的受众接受机制

美国社会学家赫伯特·布卢默认为受众是现代社会各种因素相互作用的结果，是一种新型集合体。他称这种集合体为大众（mass），区别于传统的社会集合体，特别是群体（group）、群集（crowd）和公众（public）。❶对新媒介下的文学受众进行研究，从某种程度上可以看作是对新媒介下的受众研究，只有研究了在新媒介及其带来的新环境下受众的审美观念、自我认知、阅读习惯、社会行为等发生了哪些变化，才能够了解这些变化和新特征的出现对文学接受产生了怎样的影响，而这也决定了我们要把新媒介如何利用自身特征来吸引受众的问题放在首位。

---

❶ 葛进平：《受众调查与收视分析》，杭州：浙江大学出版社，2011年，第6页。

一、陌生化的表现

高尔基曾用"惊心动魄"来形容他首次观看电影的印象,爱迪生则在看完第一场电影后,认为是"不可思议的""令人兴奋的"❶。百年前电影所带来的喜悦和强烈的惊骇令观众狂呼和着迷,同样也让今天的大众深有同感。在中国电影演员、导演姜文的眼中,"一个个难以记忆的方块字竟然变成了生机勃勃的画面,你怎能不感叹电影的魔力。"❷ 在姜文这里,电影是具有"魔力"的存在。巴拉兹在《电影美学》中指出"陌生化处理"已经成为电影的一个特征,"电影在它最初的几年里就已经有了另外一个特征,它在变戏法这方面要比任何一位登台表演的魔术师都高明。乔治·梅里爱原来就是一个职业魔术家,他很快就发现,在电影技术的帮助下,可以造成多么惊人的奇迹:人和物件可以突然消失,飞入空中,或者人变物件,物件变人。"❸

俄国形式主义理论家什克罗夫斯基曾在《作为手法的艺术》一文中,提出"陌生化"这个概念,他说:

"那种被称为艺术的东西的存在,正是为了唤回人们对生活的感受,使人感受到事物,使石头更成其为石头。艺术的目的是使你对事物的感觉如同你所见的视象那样,而不是如同你所认知的那样;艺术的手法是事物"陌生化"的手法,是复杂化形式的手法,它增加了感受的难度和时间长度,既然艺术中的领悟过程是以自身为目的的,它就理应延长;艺术是一种体验事物之制作的方式,而被创作物在艺术中已无足轻重。"❹

在日常生活中,由于对对象过于熟悉,使人们司空见惯、习以为常,往往会导致心理功能的弱化,造成兴奋神经的钝化,从而产生情绪、情感上的疲倦。

---

❶ 许文郁:《解构影视幻境——兼及与文学、历史、性、时尚、网络的关系》,北京:中国社会科学出版社,2004年,第3-4页。
❷ 张凤铸:《影视艺术前沿》,北京:中国广播电视出版社,1999年,第37页。
❸ 贝拉·巴拉兹:《电影美学》,北京:中国电影出版社,1986年版,第14页。
❹ 什克罗夫斯基:《作为手法的艺术》,见《俄国形式主义文论选》,王薇生译,郑州:郑州大学出版社,2005年,第216页。

而陌生化是一种新的艺术手法，主要是通过新的艺术表现形式来更新受众的接受意识，从而打破了受众先前的接受定式，增加了受众对艺术表现方式的新鲜感，让人们充分地感受和体验影视作品的每一个细节。所以新媒介的表现方式自身就包含着新的接受方式，要让人们关注新媒介，就必须首先改变旧有的口头传播媒介和纸质媒介的艺术表现方式。

唐朝文学家韩愈曾经在《答刘正夫书》中这样写道："夫百物朝夕所见者，人皆不注视也，及睹其异者，则共观而言之。……足下家中百物，皆赖而用也，然其所珍爱者，必非常物。"❶ 在韩愈的眼里，众所周知的东西恰恰因为其被众人所知，所以才不会被人们所认识。也正因为如此，当人们一旦接触到新鲜而富有刺激性的对象时，打破了人们自身心理上的"先在结构"，从而使人们会立即兴奋起来，得到精神上的愉悦和满足。所以，"让观众感到陌生"，这成为许多电影人的策略。陌生产生新鲜感，陌生使人对那些非逻辑、非理性变得宽容，自然地沉入其中。所以当美国好莱坞携带着各种大片踏上中国的土地之时，各种斑斓炫目的景观、奇形怪状的天外来客、西方独特的文化气息……撞击着人们的心灵，也正是西方的魔幻、战争、探险、科幻、灾难等具有陌生化的题材内容，使受众产生了情感上的震撼力，激发了受众的喜怒哀乐，从而使受众在情感上完全与剧中人的情感融为一体。新媒介正是通过对这种日常生活中不常见的陌生题材加以艺术的、技术的处理，使受众产生新鲜感，对这些非逻辑、非现实、非理性变得宽容，并自觉地沉醉其中。

然而"陌生化"的表现方式不仅仅存在于不同的国家、民族之中，也同样存在于不同的地域之中。"百里不同风，千里不同俗。"不同的地域，不同的文化风俗，赋予了影视文本文化内涵的多样性和丰富性。"气候山川之特征，影响于住民之性质，性质累代之蓄积发挥，衍为遗传。此特征又影响于对外交通，及其他一切物质上生活；物质上生活，还直接间接影响于习惯及思想。故同在一国，同在一时，而文化之度相去悬绝，或其度不甚相远，其质及其类不相蒙，则环境之分限使然也。环境对于'当时此地'之支配力，其伟大乃不可思议。"❷

---

❶ 韩愈：《答刘正夫书》，见徐柏荣、郑法清主编，《韩愈散文选集》，百花文艺出版社，2009年，第144页。

❷ 梁启超：《近代学风之地理的分布》，《清华学报》，1924年第一卷第一期，第2-37页。

正是由于不同的地域环境，导致了人们物质和精神文明的多样化，人们的衣食住行各方面，都打上了特定的地域环境的烙印。而且，也恰恰由于地域环境不同所造成的历史内涵和文化形态的差异，最终会满足受众独特的心理需求和思维方式，从而获得受众广泛的认同和喜爱。所以在20世纪80年代，无论是陈凯歌的《黄土地》还是张艺谋的《红高粱》，都以黄土、窑洞、黄河等浓厚的陕北风情令人耳目一新。20世纪90年代以来《大宅门》《四世同堂》《没事偷着乐》《甲方乙方》等影视作品，都具有浓厚的北京特色，在当时社会中引起了极大的反响。在这些富有北京韵味的作品中，城墙、天桥、故宫、钟楼、四合院等北京特有的建筑频频展现在观众面前，充满风趣、幽默的北京方言，北京特有的市民文化都表现得淋漓尽致。这些具有浓厚地域色彩的作品，对人们来说无疑具有很强的吸引力，能够引起他们产生相当程度的认可。

新媒介创作的目的在于更新人们对生活的经验和感觉，有意识地创造与现实生活的差异和距离，从而激起受众的新鲜感和好奇心，延长陌生化的过程。所以，故事内容的陌生化和角色的陌生化成为新媒介表现内容的另一个主要方式。电影《大话西游》无疑是其中的典型代表。在这部电影中，孙悟空、八戒、沙和尚、唐僧都打破了人们对《西游记》中西天取经的四个人的形象：孙悟空成为一个贪财好色的小人；八戒成为一个保护娘子的好男人；沙和尚不再只是老老实实地挑行李；唐僧则由一位得道高僧变成了唠唠叨叨的凡夫俗子。可以说，在这里打破了单向的神与英雄的形象，从而赋予了在义务与情欲之间痛苦挣扎、在神圣与世俗之间生存的有血有肉的人的精神。在这种不和谐的人格分裂与冲突中，人们获得欢笑之余，又能对这一改变产生一些理性的思考。还需要注意的是，在这部影片中，设置了一个非常重要的道具，即"月光宝盒"。在这里，它可以带着人穿梭到过去与现在，不同的时空交替出现，使时间历史化，并以一种陌生的、奇异的面貌出现在受众面前。通过时空结构的转换，影片可以进行随意和自由地拼贴，给人们一种梦幻式的感受。这样的时空穿越处理，同样体现在2011年电视剧《宫》中。《宫》讲述的是少女洛晴川跌入时空隧道穿越到清朝，并引发了与几位阿哥之间的爱恨纠缠，开启了在清朝的奇妙之旅的故事。在这部电视剧中，过去与现在、真实与虚幻彼此交叉，满足了受众对于古代生活的想象和好奇，获得了很大的反响，也因此带动了一大批穿越剧的出现。

由此可以看出，新媒介正是通过自身民族陌生化、地域陌生化、内容陌生化、时空陌生化等方面，突破了受众心理上的"先在结构"，从而使受众得到了精神上的愉悦和满足。

二、感官的盛宴

孟繁华在《众神狂欢》一书中曾说道："幻觉文化是商业社会的一大表征，它以虚构的方式带给人们一个不真实的世界，从而诱发人们的占有欲望和追随倾向……这些与所指不相联系的庞杂能指，以非现实的幻觉性，无所不在地向人们发出诚恳的允诺。特别是夜晚，五颜六色的霓虹灯构成了广告的世界，每个大城市都像在发着高烧。"❶影视、手机、网络等新媒介依靠着声光电化的科技手段，把声、光、色、线、形、态的感官形式发挥到极致，相比影视出现之前的各种艺术门类，如书籍、戏曲、诗歌等，更注重视线的色彩追求效果。

影视等新媒介对声、光、色的追求，使之对时空的选择显得十分重要。因为特定的环境能够给人物以最好、最充分的展示和表现，所以导演们都特别重视环境和人物的关系，这一观念在美国的影视片中尤为凸显。例如《复仇者联盟》《生死时速》《蜘蛛侠》《星球大战》《变形金刚》《龙卷风》等，在空间上、动感上运用3D效果，利用空间的动作来营造一个个高潮点，以简单的故事线索串联起来，从而给人们带来了以光影色彩所搭配形成的影片所具有的视觉震撼力。

就电子媒介的本身特点而言，镜头所展现的色彩效果不同于固定的绘画色彩，它是具有流动性的，在相对比较稳定的场景或环境中，流动性的色彩更容易被视觉所注意。所以，虽然中国影人在拍摄电影的风格和西方人不同，然而却在审美方面对色彩的追求不谋而合。比如陈凯歌的《黄土地》中，"黄土地"成为影片的核心意象：画面构图始终以大面积的黄土高坡为主，沟壑与土垣连绵不绝，经过岁月的侵蚀，大起大落，高原一片荒凉，没有一点生命迹象，给人传达出陌生的视觉效果的同时，也给人一种压抑的感觉。而在祈雨的画面中，

---

❶ 孟繁华：《众神狂欢——当代中国的文化冲突问题》，北京：中央编译出版社，2003年，第116-117页。

上百名青年农民兴高采烈地打起了腰鼓，在一望无际的黄土地上尽情释放着欢乐的情绪和无穷的力气，黄色的土地、黑色的棉袄、艳红的腰鼓、白色的羊肚子毛巾……颜色在跳跃的运动中进入人眼睛的同时，是对生命的无限歌颂。"红色"充斥在张艺谋的早期作品《红高粱》《菊豆》《大红灯笼高高挂》中。在《红高粱》九儿嫁娶的情节中，火红的轿子、火红的嫁衣，在体现了喜庆和吉祥的同时，张扬的是一种生命力的跳跃。

在法国文艺评论家丹纳看来，"色彩之于形象有如伴奏之于歌词；不但如此，有时色彩竟是歌词而形象只是伴奏；色彩从附属地位一变而为主体"❶。随着科学技术的发展，新媒介越来越倾向于向一种质感华丽色彩的表面形象发展，益发注重对于画面感的强调，与此同时，故事的所指则趋向于平面化和浅平化。从张艺谋的后期电影作品中我们就可以看到，在《十面埋伏》《满城尽带黄金甲》《英雄》等影片中，在视听艺术上达到了登峰造极。张艺谋认为看过这些影片的人一定会对一些镜头留下长久的印象。比如在《英雄》中，画面优美华丽，音效震撼逼人，那漫天黄叶翻飞中红衣女子的打斗，那从水底仰视的点水而去的靴子，那扑面而来的如蝗飞箭，大黑大红大蓝大绿大白的强色彩，刺激而震撼。从筹备到上映各个阶段可谓是精益求精，巨额的投资、演员的精挑细选、逼真的战争特效、精致的服装等都是其吸引眼球的卖点，并且从摄影到美工，从表演到编导，影片运作的方方面面都在向好莱坞A级巨制靠拢，看起来活脱像是美国大片。这一创作理念依然延续在电影《长城》中，电影《长城》讲述了在古代，一支中国精英部队为保卫人类，在举世闻名的长城上与怪兽饕餮进行生死决战的故事。大量3D效果的运用，三军队伍以黑色、红色、蓝色颜色鲜明对比的服装给人留下了深刻的印象，在集科幻与打斗于一体的整部电影中，充满了鲜艳而驳杂的色彩。同样的还有陈凯歌的电影《妖猫传》，这部电影通过癫狂诗人白乐天与仰慕大唐风采的僧人空海，讲述了盛唐时期一段奇幻的凄美史诗。通过白乐天与空海的不同场景的置换：热闹非凡的大街，灯红酒绿的妓院，巍峨高耸的城墙，庄严肃穆的宫殿，美不胜收的后宫庭院……展现了丰富而细腻的唐城景观。最令人念念不忘的是近十分钟的"极乐之宴"：这场给

---

❶ 丹纳:《艺术哲学》，傅雷译，北京：生活·读书·新知三联书店，，2016年，第441页。

杨贵妃庆生的奢华宴会殿堂，宾客如云、华服倩影，以一汪池水为中心，营造出宛如仙境的五彩斑斓的效果，再加上"秘术"呈现出千变万化的奇幻景观和珍禽异兽，就更显得如梦似幻、不似凡间。整个场景所呈现的浓墨重彩使极尽奢华、美轮美奂的视觉体验营造到极致。

需要注意的是，在伴随着华丽、精美、奢侈的画面和色彩追求的同时，与之呈鲜明对比的是：苍白单薄的情节、不严谨的拍摄手法、内涵深度的消退。《十面埋伏》比《英雄》在画面意境更进一步、风格化意图更加明显，同时，《十面埋伏》的剧情不仅和《英雄》一样的苍白单薄，而且还存在逻辑错误、漏洞百出等问题。面对集高科技与打斗于一体的《长城》，观众也显得并不是那么买账。在一些观众的眼中，尽管剧情逻辑上面有漏洞，但也不可否认这是一部合格的好莱坞传统工业体系下的大片，带有"爆米花性质"是难以避免的，远远低于自己的期望值。而一些则更为直白地认为"对《长城》毫无预期，对张艺谋也不期待"。面对陈凯歌六年打造的一个"真实的大唐盛世"，观众也是喜忧参半：一部分人认为是充满着对美学、对细节的完美追求和精益求精，但也有一部分人认为，尽管道具精美，也弥补不了故事叙事性生硬的弊端，看完完全没有心动的感觉，除了画面、服装、色彩，不知道还有什么？

我们发现，影视等新媒介凭借着声光电化的科技手段，无论是写实还是写意的艺术创造，都越来越注重画面的质感追求以谋取人们的眼球。然而对画面的一味追求，为现代人提供感官盛宴是否需要抛却影片人文内涵的深度，则是另一个需要深刻探讨的话题。

三、意识形态的渗透

美国学者费斯克对以影视为代表的大众文化进行研究和分析，认为研究受众的接受特征，一方面是研究大众如何利用与现代的制度打交道，如何阅读它所提供的文本。另一方面，也分析了影视文本是如何通过语言、文字、画面等符号来表现意识形态的。[1]以影视为代表的新媒介的意识形态与其说是"反映"或"再现"了现实的真实存在，不如说其生产与制作就是意识形态的产生和渗

---

[1] 约翰·费斯克：《理解大众文化》，王晓珏、宋伟杰译，北京：中央编译出版社，2001年，第214页。

透过程。

　　意识形态原本是18世纪西方哲学中的概念，特指人的内心世界中与感觉经验无关的统一体。❶《现代汉语词典》把意识形态解释为："在一定的经济基础上形成的，人对世界和社会的有系统的看法和见解。艺术、宗教、哲学、道德等是它的具体表现。在阶级社会中意识形态一定具有阶级性，并能积极地影响它的基础。"在法国学者阿尔图塞看来，意识形态是一种思想构架，通过它，人们可以阐释、感知、经验和生活于他们置身其中的物质条件里面。因此，意识形态是一种"表象"。在这种表象中，个体与其实际生存状态的关系是一种想象关系，❷意识形态建构和塑造了人们对社会现实的认知。但在马克思主义哲学体系中，意识形态则指一种思想文化占统治地位，特别是权势者所持有的一种价值观。这也就是说，统治阶级创造了占有主导地位的思想意识或是认识世界的方法，然后把它强加给他人。

　　意识形态要求影视作品反映现存社会权力之间的关系，并且能够为意识形态服务。影视等新媒介在不同的历史时期，可以根据受众不同的社会政治需求，制作出不同的作品来实现其意识形态的智能。因此，电影学者巴拉兹·贝拉认为，"电影产业为了追求最大的利润，就必须尊重最广泛的群众的意识形态。但是为了提高收入，它转向'更底层'的平民阶级，只是转向那些电影能满足自己的精神和感官需要的人们，而又不会危害统治阶级的利益。"❸

　　然而，影视作品是如何体现意识形态的呢？影视作品由图像、声音等符码所构成，所谓的符码，就是指符号有规则和有系统的组合。符码是社会所共享的，它成为制作者、文本和受众之间的一种联系。在美国学者费斯克看来，影视作品通过三个层面来实现意义的产生：第一层，即"自我的满足"。在这一层，图像仅仅是图像，均通过技术符码被电子化制码。第二层，即"表意阶段"。当一组画面组合在一起的时候，按照有序的排列，则产生了画面之外的意义延伸。从而指向了人们文化认同中的认可，上升到一种表意的阶段。而这

---

❶ 顾上飞:《意识形态这一概念的由来和演变》,《文艺理论与批评》, 1988年第5期。
❷ 路易·阿尔图塞:《意识形态和意识形态国家机器》, 李迅译, 见林少雄、吴小丽主编:《影视文献理论导论》(电影分册), 上海: 上海大学出版社, 2005年, 第332页。
❸ 巴拉兹·贝拉:《可见的人(电影精神)》, 安利译, 北京: 中国电影出版社, 2003年, 第267页。

种表现,法国著名的符号学家罗兰·巴尔特把它称为"迷思"。巴尔特认为,当符号的意义从具体性质提升到文化意义时,它即进入了第二层次的表意阶段,即"迷思"。第三层,即"意识形态"。在第二层所延伸出来的"迷思"的基础上,隐性叙事者的深层叙事意图能被观众所发现和接受,并达到了主观性之间的互相沟通和一致。这种主观感受的相互沟通和一致,菲斯克和哈特利把它称为"相互主观性"。由此可见,这种"相互主观性"为我们文化中所有的成员大量共享,使我们对许多符号所代表的意义产生一致的领会,而它也是深受文化左右的,文化影响着个人,因而文化的成员属性也由此而生。只有当现实、再现和意识形态融合成一种连贯的、看起来是自然的统一体的时候,意义才能产生。"在相互主观性上具有组织作用的迷思本身,彼此之间也必须具有联合性和组织性,否则它们所代表的意义就会大打折扣。"❶ 因此,看似自然的符码其实是被意识形态所建构。

自1997年引进韩国电视剧《爱情是什么》后,中央电视台及各地方电视台相继推出了《星梦情缘》《天桥风云》《蓝色生死恋》《明成皇后》《大长今》《我叫金三顺》《真情永恒》《浪漫满屋》等大批韩国电视剧,取得了深夜11点以后10%的收视份额,超过很多黄金时段的电视剧。为什么唯独韩国电视剧在中国引起这么大的反响呢?之所以会产生这样的现象,最主要的原因在于中国和韩国都受到儒家思想的影响较为明显。而且韩剧中所体现的家族场景与中国家庭团体也极为相近。韩剧不仅借鉴了民族传统、依托儒家文化,也在于在韩剧中同时包含了爱情、道德、忠诚、人性等人类共同的意识形态,从而更容易引起受众的广泛共鸣。

由于作为意识形态错综复杂的产物,建立独特意识形态的"共鸣叙事"是影视艺术作品常用的表现方法,比如家庭、爱情、婚姻、亲情、友情等共同的精神体现了人类共同的情感,所以影视作品中的意识形态往往是充分关注到人类集体认同的价值观、道德标准和审美观念的,也正因为影视作品与受众有着相同的意识形态,所以在影视作品中受众更容易得到精神欲望的满足。

---

❶ 约翰·菲斯克、约翰·哈特利:《电视的符号和符码》,郑明椿译,见林少雄、吴小丽主编:《影视文献理论导论》(电视分册),上海:上海大学出版社,2006年,第187页。

第二节 新媒介下的受众心理机制

1997年法国《读书》杂志针对"20世纪最重大的文学事件是什么"的问题，刊登了40位法语作家的回答，在这些回答中，电影和电视占的比例最高。❶ 如果往后推迟20年再来提出这个问题的话，恐怕答案就不仅仅有电影和电视，应该还有网络。但无论是影视还是网络，都是集文字、声音、影像于一体的媒介。毫无疑问，影像的产生，是人类文化从语言文字和印刷术产生以来一次具有跨时代意义的革命。所以在美国学者丹尼尔·贝尔的眼中，"目前居'统治'地位的是视觉观念。声音和影像，尤其是后者组织了美学，统率了观众"❷。随着新媒介的快速发展，整个文化逐步从以语言为中心转向以视觉为中心，而这一转变，也改变了人们的感受、经验方式和思维方式。新媒介及其自身的特性给受众带来了哪些心理转变也成了需要研究的问题。

一、"框"中的幻境

戴锦华在《镜与世俗神话》中借助古希腊哲人柏拉图讲述的洞穴人的故事，❸ 形象地讲明了影视亦真亦幻的本性。柏拉图这则寓言与两千年后问世的电影和影视空间有着高度的契合，柏拉图本意是用这则寓言来说明在真理和现实之间，存在着一种表象和幻象之间的关系。正是在这则寓言中，柏拉图认为，

---

❶ 李法宝：《影视受众学》，广州：中山大学出版社，2008年，第43页。
❷ 丹尼尔·贝尔：《资本主义文化矛盾》，赵一凡、蒲隆、任晓晋译，北京：生活·读书·新知三联书店，1989年，第154页。
❸ 在柏拉图这则寓言中，他假设有一群人居住在一个洞穴之中，有一条长长的甬道通向外面，它跟洞穴内部一样宽。他们从孩提时代就在这里，双腿和脖子都被锁住，所以总是在同一地点。因为被锁链锁住，也不能回头，只能看到眼前的事物。跟他们隔有一段距离的后上方，有一堆火在燃烧。在火和囚徒之间，有一条高过两者的路，沿着这条路有一道矮墙，就像演木偶戏的面前横着的那条幕布。外面"沿墙走过的人们带着各种各样高过墙头的工具，用木头、石头及各类材料制成的动物或人的雕像，扛东西的人有的在说话，有的人在沉默"。"由于他们终身不能行动或回头，因此外部世界投射在他们面前的影子，成为他们所能看到的唯一的真实。当路过的人们谈话时，洞穴里人们会误认为声音正是从他们面前移动的阴影发出的"。(见戴锦华：《镜与世俗神话》，北京：中国人民大学出版社，2005年，第1页。)

假设这些洞穴中的一个人挣脱了枷锁，在剧痛中学着向外迈步，他首先会被熊熊燃烧的火光刺痛了眼睛；如果他真的来到了洞口，那么，灿烂的阳光会使他眩晕和痛苦而近于盲目。在这个光明的世界中，他首先看到并认出的是形形色色的阴影，然后是水中的种种倒影；慢慢地，他几乎是艰难地开始用自己的眼睛分辨、认识真实的事物；直到他有一天终于可以举头直视太阳。从某种意义上，我们同样可以把这则寓言的后半段来视为新媒介的社会存在，以及如何发现其真正的含义。

虽然人们持有各种各样不同的观念，对影视方面进行美学的探究，但是在银幕电子化的时代，这个新媒介世界无限趋近于生活然而却永远不可能达到。常人面对的，永远是一个"画框"：无论是影视，还是手机、电脑，这些电子媒介都呈现给人们的是一个有"框"的世界，画框并不如窗框一样，屏幕也并非和透明无色的窗玻璃一样，而是具有折射变形功能的镜子，这是一个人们无法超越的选择。屏幕框是由四边框架所构成的，而现实生活是没有框的，在这里，"框"是呈现出的一个空间概念，它具有单向性（画面正前方）、虚幻性（二度平面造成的三维幻觉）和封闭性（定位、刻度、画框分割）的特点。"框"在对画面中的影像空间范围进行限制的同时，也使人把眼睛注意力、观赏面投入到"框"的身上。在"框"中，灵活多样的移动镜头、特技镜头等的运用，改变了人们的正常视线，使空间的自然属性、时间的自然呈现、人物和事物的状况和面貌，都处于一种非真状态，借助于新媒介的独特技术，呈现出多姿多彩的艺术世界和内心世界，以此来满足人们的幻想。比如在影视作品中，摄影机不仅向受众提供画面、影像、人物等各种内容，而且它还把自身隐藏在银幕之后，通过文本的叙事符码来消解受众的自我意识，从而引导受众进入"梦幻"状态。所以电影成为一种进入梦幻的写实主义，它能够提供最有力的消费品就是梦幻，而这种梦幻是能用金钱买到的。

无论是电影、电视机或者是手机、网络等，都给人们呈现的是一个"框"的空间世界，但同时，在其自身所带有的"框"之内，却像柏拉图所举例的那个"洞穴"的故事一样，人自身处于"洞穴"之中，面对"框"中的世界，满足于自身窥视欲的好奇之心。比如网络中的博客、他人手机中的微信能时刻让我们知道周围的人身边都发生了什么事情，而电视剧和电影则将故事分为"别人"

的故事和"我"的故事，在形形色色的故事中发现我们自己。

在空前注重隐私和个人独立性的当下，人们彼此之间产生的隔阂刺激了人类原有的"偷窥"他人的本能、窥视和刺探他人私密生活的欲望。一方面，人们着迷于他人的故事，他人的喜怒哀乐成为自我观赏的对象，在通过他人与自我的比较中产生了距离而有了美感，由此，"他人"的生活，"他人"的故事应运而生。另一方面，"偷窥"他人最终还是为了自己，为了理解、比较进而沟通甚至是内窥自我的需要。在这些人物及其冲突的深处，人们找到了自己的"存在"。那些初看起来似乎并不同于我们，但其内心却和我们息息相通的另外一个人的生活，成为一个巨大的隐喻，给我们的心灵带来了强烈的震撼感。比如电视剧《我的丑娘》《激情燃烧的岁月》等受到了很多人的喜爱，尤其对于中老年人来说，从那个年代走过来的人对此感同身受，很多人认为在石光荣、楚琴的身上看到了自己，而他们的家庭生活方式和自己的家庭生活方式有很多相似之处。对于在21世纪长大的青少年而言，《盗墓笔记》等受到了欢迎，正是因为在吴邪的身上看到了自我的冒险精神和反叛的心理。

二、时滞性

时滞性原本是物理学上的一个现象。物理学家詹姆士·阿尔弗莱德·尤因在电磁的实验中发现，当一根电线绕在一根铁棒上，让电流通过电线，铁棒就会带有磁性。即使电源被切断，铁棒上仍有一部分磁性。实际上，不仅自然界存在着时滞现象，整个人类社会系统也会存在这种现象，即当一个冲突已经消失，但这个冲突的影响仍然会保留在体系当中。相关科学研究表面，人类对于影像的识别也存在着时滞现象。受众对媒介在某种程度上也存在着这种依赖关系。学者鲍列夫将这种现象称为"接受定向"。在他看来，"接受定向"是艺术欣赏的重要心理因素。这种心理机制依靠着凝聚在我们头脑中的整个历史文化体系，依靠着所有前人的经验。接受定向是一种欣赏者预先就有的趣味方向，这种趣味方向在整个艺术感受过程中一直在发挥作用。[1]也就是说，这种接受定向不仅体现在个人的心理中，也同样体在整个艺术感受的过程中。

---

[1] 鲍列夫:《美学》，乔修业、常谢枫译，北京：中国文联出版社，1986年，第314页。

就个人心理而言，受众在长期欣赏影视艺术的实践活动中，形成了特定的欣赏习惯和欣赏方式，当影视文本和受众进行接触时，就会产生相应的正面或负面情感，因此，接受定向也是一种习惯性倾向，它是一种经过受众个体进行选择后在自身心理结构上的体现。然而需要注意的是，由于这种习惯心理力量自身的稳定性，使受众形成一种相对稳定的心理趋向。也正是这种稳定的心理趋向，受众总会以自己的方式和角度去理解和体会一部作品，一旦影视作品符合了这种心理趋向，则受众立马会表示认同。从某种程度上来看，这也意味着观众自我理性意识的消解，这种消解会造成影视作品对观众控制能力的增强。

所以，为了最大化地获得受众的数量和获取较高的经济效益，影视作品的类型化文本的建构与消费的常规化、模式化也得以形成。这种模式化方式虽然便于操作，为人们提供方便，然而却限定了思维，使人们不由自主地走进了习惯，这样，模式便成为一种无形力量，让人不敢逾越，也懒得逾越。于是我们能够在动作片中经常看到打斗、飙车等行为，是为了展现英雄气概，这本身就是一种内容或情节上的成规和模式化。另外在爱情片中，往往加入的音乐是温柔宁静的，旨在引起受众的共鸣，这也是一种形式上的成规和模式化。由此可以看出，成规和模式化更方便操控受众对文本的理解，从而成为文本的"卖点"。然而，我们还应该看到，当成规和模式化成为卖点进入市场进行推广时，往往会造成影视作品整体创作的相似性和模式化。比如著名的《加勒比海盗》、"007"系列电影、"黄飞鸿系列"以及2008年后出现的"穿越剧"等，续集的存在恰恰是由于受众自身存在的审美惰性，而影视作品呈现出的模式化和相似性，反过来进一步加深了受众的审美惰性，从而使人们对于新媒介的依赖性日益增长，甚至许多人戏称：离开网络我无法生存。在这里，受众更类似于是马林诺夫斯基所说的"信徒"。马林诺斯基认为，公共性质的集会和仪式，往往和宗教具有相同之处，即在密室之内，一致地进行祈祷、行祭、谢恩等。在这里，人们可以尽情欢乐，达到协和一致皆大欢喜的程度。❶ 在新媒介的科技下，人人可以参与其中，人人都可以寻求到自己情感需求的"影子"，从而形成一个群体。

---

❶ 马林诺夫斯基：《巫术 科学 宗教与神话》，李安宅译，上海：上海社会科学院出版社，2016年，第51—52页。

三、回归传统性

鲁迅在《致陈烟桥》中说过:"现在的文学也一样,有地方色彩的,倒容易成为世界的,即为别国所注意的。"❶ 一个民族或国家的影视艺术,只有根植于本土文化之中,反映本民族的生活特点,表现本民族的特色,才容易在全球范围内得到共识。受众作为审美主体,既是个体存在,也是社会中的一员。虽然受众总是以个体的、感性的方式出现,但这些形式各异的个体方式却都有着共同的社会基础。有的学者认为,观赏电影的心理结构是由民族文化发展的各个时期的精神积淀所构成,也就是所谓的"集体无意识"。❷ 这一概念是由著名心理学家荣格提出的,他认为集体无意识就是指由各种遗传力量形成的一定的心理倾向。❸ 也就是说,在受众心理中,既包含着各种社会心理的积淀,也包含着社会审美心理因素。因此,探究新媒介下的受众心理机制,不但要探索个体的深层心理,也要注意到受众心理中社会性的"集体无意识"内容。

学者费孝通指出,"血缘是稳定的力量。在稳定的社会中,地缘不过是血缘的投影,不分离的。'生于斯,死于斯'把人和地的因缘固定了。生,也就是血,决定了他的地。"❹ 在中国,自给自足、自我封闭性的农村社会组织一直是整个社会的构成基础。这种社会组织是以血缘关系为基础的,生活在小农经济家庭中的成员社会关系比较简单,家庭关系也相对地比较单纯,"血缘社会是稳定的,缺乏变动;变动大的社会,也就不易成为血缘社会。"❺ 所以中国人的性格一般喜欢和谐,不喜动荡;喜欢圆满,不喜残缺;喜欢井然有序,不喜零散紊乱。另外,中国受儒释道传统文化影响较深。儒家讲究"中庸",这就决定了中国人安贫乐道、乐天知命的人生处世方式,而且处处讲究"以和为贵"。佛教则讲究的是"因果循环"。这种文化意识沉淀在中国人的心理结构中,形成了中国人独有的"中和"审美观念,即,和谐、均衡、有序。在这种审美观念

---

❶ 鲁迅:《致陈烟桥》,见《鲁迅全集》(第12卷),北京:人民文学出版社,1982年版,第391页。
❷ 章柏青、张卫:《电影观众学》,北京:中国电影出版社,1994年,第365-368页。
❸ 荣格:《心理学与文学》,北京:生活·读书·新知三联书店,1987年版,第137页。
❹ 费孝通:《血缘和地缘》,引自《乡土中国 生育制度 乡土重建》,北京:商务印书馆,2017年,第73页。
❺ 费孝通:《血缘和地缘》,引自《乡土中国 生育制度 乡土重建》,北京:商务印书馆,2017年,第72页。

的带领下,受众能够接受的文本往往是具有善有善报、恶有恶报、美满团圆的结局。也正是在这种文化意识影响下,中国小说戏曲等样式逐步形成了首尾完整、情节曲折、大团圆结尾这一叙事结构,甚至在悲剧中也往往以幻想式的圆满作为结尾。比如在《孔雀东南飞》中的刘兰芝、焦仲卿合葬之后,树中腾起双飞鸟,《牡丹亭》中杜丽娘死而复生,《长生殿》中唐明皇与杨贵妃月中相见,由此可见,"中国人底心理,是很喜欢团圆的,所以必至于如此,大概人生现实底缺陷,中国人也很知道,但不愿意说出来,因为一说出来,就要发生'怎样补救这缺点'的问题,或者免不了要烦闷,要改良,事情就麻烦了。而中国人不大喜欢麻烦和烦闷,现在倘在小说里叙了人生底缺陷,便要使读者感着不快,所以凡是历史上不团圆的,在小说里往往给他团圆;没有报应的,给他报应。"❶

在市场经济条件下,制片人只有尽可能地拓宽作品的观众面,才能够获得较高的经济效益。所以受众的接受心理成为首要考虑因素,受大众欢迎的故事、人物、主题、演员等会反复出现在荧屏上。这也就决定了在影视作品中的结尾,往往是以大团圆的戏剧或者想象中的圆满画句号的。我们也能够理解,为什么在童年的童话剧中,邪恶总是被正义所战胜,强大总是被弱小所战胜,黑暗总是被光明所取代,纯情的少女、英俊潇洒的青年、神勇的超人……使人躲入童话般的幻境之中,从而实现对社会的拒绝和逃避以及对人世险恶的恐惧;甜蜜温馨的家庭伦理剧中,给人们躁动的心灵以亲切的抚慰,在亲情和爱情之中,灵魂完全放松而无须设防。这种渴望不仅来自日益技术化和产业化的现代社会中生存的人们的需要,更深一层原因则是来自人们始终是受到自己国家文化的影响。血缘的亲情和两性之间的爱情成为现实人永远无法拒绝的诱惑,所以表现家庭伦理的故事剧和两性之间的爱情故事剧能够长盛不衰。

也正是在这个意义上,我们也就能够明白,为什么具有先锋意识的小说在进行影视改编时,往往最后抹去了其自身的"先锋"意识,而回归于传统文化之中。所以戴锦华感叹,女性的解放之路依旧漫长而艰难。从某种程度上来说,这种传统文化心理的回归,也未尝不是一种对个体意识的桎梏。

---

❶ 鲁迅:《中国小说的历史的变迁》,见《鲁迅全集》(第9卷),北京:人民文学出版社,1982年,第316页。

在新媒介及其所带来的新媒介环境中，受众的心理机制也发生了相应的改变，使受众体现出了一些大众的特征，比如在新媒介的作用下缺乏任何组织性，独立的自我认知意识薄弱，很容易被外在的观念影响，容易受到外部力量的驱使等。在学者郭庆光看来，新媒介下的受众无疑就是大众本身，受众具备着大众的一切特点。❶ 而这，也必然造成新媒介下文学受众的阅读方式发生转变。

第三节 文学受众阅读方式的转变

文学阅读是作品呈现的过程，也是作品与读者之间相互唤醒的过程，更是读者之所以能存在的呈现。在文学阅读中，一个又一个的意象呈现于人的眼睛之中，又立刻退出，但却不会立刻从人的视野中消失，而是以一种特殊的方式进入到人的精神世界，成为不断呈现的"现在"背景。由于印刷媒介的静态特征，使人能够不断地进行停留、回味和反复思考，频率越多，所获得的内涵也就越丰富，从而对意义的深度挖掘也就越深刻。一旦主体对某个意象印象深刻，作品中的意象成为主体精神世界中的中心地位，那么主体预先深处的潜在精神存在则有可能被唤醒，从而使主体的精神世界固有的空间被时间化。在某个意象中的不断回顾、体味中，主体的精神内涵得到了丰富和拓展，从而主体的存在价值也得到了确认。比如在《红楼梦》第三十二回中写到林黛玉听到女孩唱戏的戏词时的心理活动形象地说明了这一点：当听到"如花美眷，似水流年"时，不觉心动神摇，又听到"你在幽闺自怜"时，更是如痴如醉，站立不住，坐在山石上，细嚼戏文的滋味，又联想起其他诗句，不觉心痛神痴，眼中落泪。林黛玉在听到戏文所进行的想象和联想，扩展了她自身的精神世界，也挖掘了她自身的情感深度。而同样，当香菱学诗念到王维的"日落江湖白，潮来天地青"时，细品"白"与"青"时，所感受到的是念到嘴里倒是"像有几千重的一个橄榄似的"。这产生"几千重的橄榄"般的生命的充实和绵延是新媒介的视听形象带来不了的。

---

❶ 郭庆光：《传播学教程》，北京：人民大学出版社，1999年，第172页。

卢卡奇认为，小说是把时间作为其基本原则之一的唯一一种艺术形式。在他看来，"只有当与先验家园的联系终止的时候，时间才能成为根本性的。"他认为，唯有在个体与先验的"精神家园"之间的联系中断后，小说的时间才真正成为建构意义的基本维度。在他眼中，只有当主体把以往生活中整个生活的有机统一体看作其活生生的当代现实状态时，内心和外部才能真正融合为一体，从而成为真正的体验。基于此，文学阅读不仅是情节的把握过程，更是一种时间性的重构与内化体验。在阅读中，读者通过对时间的主动参与，激发对"本质存在"的理解与追问。这种体验促使人们在具体的历史语境中寻求精神上的超越与价值认同，从而重申对人的尊严、意义与未来可能性的信念。可以说，在文学的阅读过程中，人因为获得时间性而得以进入本质性存在，人也由此而获得对人本身的信仰和超越现实生存的精神力量。小说也因此通过其时间性结构，唤醒个体对理想自我与人文关怀的重新认识。

文学的内视性想象使人进入了时间性的存在之中，从而摆脱了物质性空间生存的制约。从存在的本质来看，真正的时间性只能被意识所把握，因此其表现形态也只能是在意识中展开的纯粹的精神状态，文学就是只能以精神状态存在于意识之中的内视世界。比如叶燮评杜甫的《船下夔州郭宿雨湿不得上岸别王十二判官》中"晨钟云外湿"时，说道："云外之物，何啻以万万计，且钟必于寺观，即寺观中，钟之外，物亦无算，何独湿钟乎？"如果以正常理解，钟在寺观之中，又怎么能够被晨雨所湿呢？显然是不符合正常的空间状况呈现，但是如果能够走进诗人的整体生命体验，把其放置于自身的精神世界之中，和内心的记忆连接起来，诗的意义也就显而易见了，诚如叶燮在后面的评论："然为此语者，因闻钟声有触而云然也。声无形，安能湿？钟声入耳而有闻，闻在耳，止能辨其声，安能辨其湿？曰'云外'，是又以目始见云，不见钟，故云'云外'。然此诗为雨湿而作，有云然后有雨，钟为雨湿，则钟在云内，不应云'外'也。斯语也，吾不知其为耳闻耶？为目见耶？为意揣耶？俗儒于此，必曰：'晨钟云外度。'又必曰：'晨钟云外发。'决无下'湿'字者。不知其于隔云见钟，声中闻湿，妙悟天开，从至理实事中领悟，乃得此境界也。"❶ 声为听觉

---

❶ 叶燮：《原诗》，见郭绍虞：《中国历代文论选》（四卷本），第三册，上海：上海古籍出版社，2001年，第353页。

所捕捉，湿为肤觉所感触，在这一境界中物理所呈现的时空已经消失，而人则进入到了与物相融的生命时间的体验中，从而使所见、所闻、所感等感官和意揣合为而一，使人进入到了宏阔的境界。

由此可见，在文学阅读中，内视时间是一种生命体验的表征方式，在体验中感受到主体的价值，从而体现自身的存在意义。在杜夫海纳看来，在日常时间中流逝的外部世界，只有主体呈现其中，主体的价值在其中才得以确认，从而进入正题的精神世界才具有意义。❶ 只有外在的世界被置于人所体验到的整体精神世界的存在中去，也就是文学阅读的时间性和内视性，主体才能确认自身价值，同时又能进入到更高层次。

以影视为代表的新媒介以陌生化的方式、感官的盛宴来满足人好奇的眼球，以满足人的窥视心理和审美需求来迎合人的好奇之心，从而形成了一个类似于宗教祭祀仪式般的群体信仰活动。所谓的公众文化、公共参与以及公共话语空间，这些公共化社会场域在社会中的拓展和开发，都离不开以影视、互联网等为代表的电子媒介的功劳。

以影视为代表的电子媒介打破了形象复制与现实观看之间的心理距离，使图像能够真实地展现在人的眼球之前，然而其自身的虚构性却恰恰可能与真实的世界存在相反，图像在客观实在性所指上的无条件锁定，使现代图像文化否定了古典图像文化的能指本性，从而使观看者毫无设防地成为单一表层现实性的俘虏。在新媒介时代下，一个视像文化主导的时代崛起并被倡导，在对视觉接受方式长时间和高频率的作用下，人们会对观看形成一种接收的惰性依赖。无疑，这种接受的懒惰性具有消极的意味。不仅如此，视像文化还创造了一种慵懒的阅读方式：观看甚至成了观看者最好的休息方式，以至于有了"我从不阅读，只是看看图画而已"❷之说。在这种情况下，谁还会去阅读文学呢？

电子媒介不但助长了人的惰性，也使人的经验和生命体验在图像的挤压下日益贫乏，使人的内视性想象和内在时间出现了断隔。电子媒介依靠着观众与剧中人物的合一，在镜头的作用下，运用照相的复制功能和可变的距离、可变

---

❶ 杜夫海纳：《审美经验现象学》，北京：文化艺术出版社，1992年，第439-440页。
❷ 阿莱斯·艾尔雅维克：《图像时代》，胡菊兰、张云鹏译，长春：吉林人民出版社，2003年，第1页。

的拍摄角度,利用各种特写、剪接、蒙太奇等影视手法使观众获得一种新的心理效果:以虚为实,以假作真,误以为参与到整个事件中去,忘却了"我"是谁。巴拉兹曾经进行过详细的阐释:"虽然我们是坐在花了票价的席位上,但我们并不是从那里去看罗密欧和朱丽叶,而是用罗密欧的眼睛去看朱丽叶的阳台,并且用朱丽叶的眼睛去俯视罗密欧的。我们的眼睛跟剧中人物的眼睛合二为一,于是双方的思想感情也就合二为一了。我们完全用他们的眼睛去看世界,我们没有自己的视角。我们跟着影片主人公一起在人群中走来走去,骑马、飞行或降落。当某个人物和另外一些人物相对而视时,他便仿佛在银幕上和我们相对而视,因为我们的眼睛与摄影机的镜头是一致的。所以我们的视线和另外一些人物的视线是合一的——他们用我们的眼睛去看一切东西。这就是所谓的'合一'的心理行为。"❶ 人在长期的新媒介的活动中,形成了固定的欣赏习惯和欣赏方式,经过多次重复后就成为直觉性情感,从而产生了相应的肯定情感和否定情感,使人形成了"期待视野"的惯性心理力量,形成了一种内化为心理机制的文化习惯。按照电影心理学上来看,正是这种惯性,形成了一种稳定的、惰性的力量,成为观众一种相对稳定的心理趋向。这种稳定的心理趋向,使影视等文本一旦符合,人们就会立刻向银幕形象认同,包括"移情""卷入""同化""忘我"……总之,它意味着文本对观众控制与观众自我意识的消解。

与文学的阅读所获得的内视美感相比,影像的观看使人们存在着一种倾向,这种倾向使人们被动地在感观诱导中得到满足,在与审美对象之间的关系并不稳固的同时,也使人们内心隔离于人们自身。因此,直接、便捷、更易获得感性的愉悦是以深刻性、丰富性和恒久性的代价来进行交换的,画面一闪而过的瞬间流动特征使人们不得不迅速而感性地接收它的每一个画面,从而使阅读的内视时间大大减少甚至可以忽略不计,深入体验对象美感底蕴的可能性降低到最大程度。无疑,长期这样被动的浅层次观看会使人形成一种惰性的信息接纳方式,从而使人们逐步丧失了深度的审美感悟能力和丰富的内心生活。内视性形象的缺乏和内视时间的断隔,使主体在新媒介时代下呈现于海德格尔所说的非本真状态,更类似于海德尔格所说的"常人"的日常生活的"沉沦"。也可以说,在新媒介的时代下,人更呈现出一种新媒介的"沉沦":欲望的释放、助长

---

❶ 贝拉·巴拉兹:《电影美学》,何力译,北京:中国电影出版社,1986年,第33页。

的惰性以及内视时间的断隔和内视性形象的缺乏。电子媒介的干扰，使人也越来越难以进入虚静的读书状态中去，不再在书籍面前进行独自的反思和思索，品味个人的生命体验和隐秘，而是在公开的影像下进行集体的狂欢，忘却了孤独的自我，从而达到了貌似真实存在于世的"非本真"自我状态。

然而尽管人在世界中的存在呈现出一种被新媒介所捕获的被动性接受的"常人"的"沉沦"状态，但主体依然可以在哈贝马斯所说的媒介传输的裂隙中对媒介做出主动性、创造性的阅读，在新媒介和文学之中找到契合点，从而丰富自己的生命体验。在瑞士心理学家皮亚杰提出的"认识发生论"中认为：认识活动不仅仅是单向的主体对客体刺激的消极接受或被动反应，而是主体既有的认识结构与客体刺激的交互作用，因此，突破了单向的由生物学家拉马克所提出的、由行为主义心理学所加以发挥的"刺激→反应"（S→R），而提出了"S←→R"的双向作用公式，进而又进一步提出了"S→AT→R"的公式（S：客体的刺激；T：主体的认知结构；A：同化作用；即主体将客体刺激纳入自身认知结构之内以扩展认知，然后才能做出对客体的反应R）。[1] 虽然新媒介造成了人们内视形象的弱化、内视时间的断隔、审美的惰性，但是却不能否认主体自身所具备的主动性的可能存在。如何在新媒介和文学阅读之间找到契合点，谋求新的阅读方式成为阅读主体在当下新媒介高速发展的时代下，能够不失真并得以存在的根本。

希利斯·米勒提供了两种阅读方法，一种是快板阅读，天真地、孩子般地投到阅读中去，没有怀疑、保留或者质疑，以某种速度快速阅读，眼睛像是在书页上跳舞；另一种是尼采所谓的"缓板"阅读，缓慢地、批判地阅读，努力使文本中的一切在身上有所回应，他不仅关注作品打开了怎样的世界，而且要知道这个世界是如何打开的。其实这两种方法是不能完全分开的，真正的文学阅读应该是两者的结合，正如尼采所说的，"一个完美的读者既是一个具有勇气和好奇心的怪物，又是一个灵活、狡猾、谨慎的冒险家和发现者。"[2] 在面对新媒介下的文学阅读时，他提倡一种比较合理的引导方式："文学系的课程应该

---

[1] 让·皮亚杰：《皮亚杰学说及其发展》，陈孝禅等译，长沙：湖南教育出版社，1983年，第16-24页。
[2] 希利斯·米勒：《文学死了吗?》，秦立彦译，桂林：广西师范大学出版社，2007年，第178页。

主要是对阅读和写作的训练，当然是阅读伟大的文学作品，但经典的概念需要大大拓宽，而且还应该训练阅读所有的符号：绘画、电影、电视、报纸、历史资料、物质文化资料。当今一个有教养的人，一个有知识的选民，应该是能够阅读一切符号的人，而这可不是轻而易举的事。"❶ 在这里可以看出，传统的文学阅读和新媒介之间互相渗透的主张和趋势：一方面传统的文学阅读向新媒介的渗入和汲取；另一方面，新媒介的接受模式对于传统的文学阅读的渗透。

在麦奎尔看来，即使在新媒介传播的渠道大大增加的今天，大量的新媒介载体仍然是开足马力将受众最大化，技术发展所提供的潜能更多地表现在拓展而不是取代旧的阅读范式。❷ 所以，当在新媒介及其所带来的新环境中，传统的阅读范式被解构，受众和作者的权威地位被瓦解，新的价值观和道德标准得以产生，公共的话语空间从昔日的文化英雄手中被夺到大众的手中……面对此所产生的种种忧虑和质疑，我们大可以坦然面对："权威"的陨落并非真理的丧失、理性的沦陷，相反，新媒介对传统阅读的冲击与瓦解是为了能够平等、公正、自由地进行信息的交流。新媒介的进化演变，恰恰是对以往纸质媒介本质属性劣势的弥补和对优势的发扬，所以在新媒介的时代中，新媒介依然是和传统的纸质媒介及其阅读范式互为补充的，从而能够在平等的对话与交流中，使更多的人得到真理和理性。

第四节　本章小结

随着高科技的飞速发展，除了电视、电影、计算机等电子产品，智能手机、平板电脑、电子阅读器等早已不知不觉地渗透到我们日常生活中的各个方面。2013年12月4日，随着无线通信与国际互联网等多媒体通信结合的第4代移动通信技术（简称4G）在中国的被允许和通过，移动阅读已经成为越来越多的人进行阅读和获取知识的主要渠道之一。2018年1月31日中国互联网络信息中

---

❶ 金惠敏：《趋零距离与文学的当前危机——"第二媒介时代"的文学和文学研究》，《文学评论》，2004年第2期，第55—64页。

❷ 丹尼尔·麦奎尔：《中文版前言》，见《受众分析》，刘燕南、李颖、杨振荣译，北京：中国人民大学出版社，2009年，第2页。

心（CNNIC）在北京发布第 41 次《中国互联网络发展状况统计报告》，数据显示，截至 2017 年 12 月，我国网民规模达 7.72 亿，普及率达到 55.8%，超过全球平均水平（51.7%）4.1 个百分点，超过亚洲平均水平（46.7%）9.1 个百分点。❶ 而发布的《2016 年中国网民搜索行为调查报告》则显示，用户搜索行为向移动端进一步迁移。这也就说明，在网民中存在着相当多的手机网络人数。手机早已脱离了"电话机"范畴，从而成为集通信、娱乐、阅读等多媒体于一体的高科技电子产物。

阅读渠道的改变使常态下人们的阅读方式也发生了变化。人们利用上班的路途时间、等车的时间、休息的时间……生活中点点滴滴的闲暇时间来进行阅读，从而使阅读呈现出一种时间的"碎片化"。刘庆庆、杨守鸿、陈科的《新媒介对青年休闲娱乐的影响研究》❷，对青年新媒介接触行为进行了调查和个案访谈。在其数据统计中，网络娱乐和手机娱乐占据了人们绝大部分的闲暇时间，构成了其休闲生活的主导方式。也就是说，手机和网络的阅读成为受众的主要阅读方式，而报纸杂志的阅读仅占 10%，位列倒数第三。伴随着阅读媒介的转移，使阅读环境和阅读时间也呈现出碎片化。人们往往利用等公交车、坐地铁等空余时间进行阅读，环境变得嘈杂而多样化，不再是固定一成不变，时间的碎片化和空间的碎片化使传统的阅读模式被打破。阅读时间的碎片化和以往的媒介载体相比，信息量更大、浏览更为便捷、内容更为通俗和简洁短小，从而出现了所谓的"微阅读"时代。❸ 在这个"微阅读"大行其道的当下，人们也变得越来越"沉不住气"，内视的时间也越来越短，内视性的形象也越来越匮乏……

海德格尔认为，"此在的常态不是指持续的现成存在，而是指此在作为共在的存在方式。在日常生活中，本己此在的自我以及他人的自我都还没有发现自身或者是已经失去了自身。常人的存在是非自立非本真的存在"❹。内视时间极大程度地缩短、内视想象的丰富性大大地降低，使深入体验对象的美感底

---

❶ 《第 41 次中国互联网络发展状况统计报告》，http://www.cnnic.net.cn。
❷ 刘庆庆、杨守鸿、陈科：《新媒介对青年休闲娱乐的影响研究》，《重庆大学学报（社会科学版）》，2012 年第 1 期，第 143—147 页。
❸ 陈奎良：《云阅读、文献查询、内容为王、社会化阅读——4G 移动阅读来了！》，《中华读书报》，2014 年 6 月 18 日。
❹ 陈嘉映：《存在与时间读本》，北京：生活·读书·新知三联书店，1999 年，第 89 页。

蕴的可能性降低到最大程度。无疑，这样的长期被动的浅层次观看会使人形成一种惰性的信息接纳方式，人们还没有发现自身就已经失去了自身，从而成为"非自立非本真的存在"。

在阿多诺看来，当今绝大多数电视节目都旨在生产……那种自鸣得意、心智的消极被动以及愚昧轻信……重复性、雷同性和无处不在的特点，倾向于产生自动反应并削弱个体的抵抗力量。❶新媒介控制了主体自由思想的能力和空间，控制了主体的主观能动性和创造力。面对新媒介，受众是一个受操纵的傀儡吗？

在互联网络信息中心（CNNIC）发布的第41次《中国互联网络发展状况统计报告》中指出，我国互联网普及率达59.6%。其中10~39岁群体占整体网民的73.0%，其中20~29岁年龄段的网民占比最高，达30.0%，中老年年龄段的网民都比去年略有提高。学者童清艳认为，受众透过大众传媒所呈现的"媒介真实"，通过自身认知结构的转换，形成"心里真实"，从而完成了解和发现客观现实世界这一过程。她指出，受众的主体意识加强、受众的"意见领袖"的欲求加强、受众的对话意识加强，使受众能够和新媒介进行积极的双向互动。❷第41次的《中国互联网络发展状况统计报告》所展示的数据，恰恰说明知识和信息的积累，使人们自身认知结构不断地进行调整，受众认知水平不断得到提高，对新媒介信息的选择能力也就越强。

但还应该认识到的是，新媒介凭借着自身高超的3D技术和驳杂鲜明的色彩，使人们眼球中充满了立体感与色彩，满足了"常人"的好奇心和传统文化心理。然而"常人"在获得满足的同时，却常常在无意识中失去自身，被新媒介所控制，从而造成了一种快阅读、轻阅读、浅阅读的习惯，源于其中的文学读者也当然不例外。然而在新媒介时代下的主体并非单纯一成不变地被动接受，其自身的精神诉求依然存在，这就造成了新媒介时代下的文学受众的复杂存在。这一复杂的存在，直接体现在文学文本上的两个方面：一方面，从文学文本的内在具体内容来看，文本的时间叙事逐步让位于空间叙事，文本的时空方式发生了重置；另一方面，从文本的外在表现形式来看，文本中加入"图画"，"以画入文"甚至是"以画代文"。

---

❶ 马克波斯特：《第二媒介时代》，范静晔译，南京：南京大学出版社，2000年，第4-6页。
❷ 童清艳：《超越传媒——揭开媒介影响受众的面纱》，北京：中国广播电视出版社，2002年，第51-56页。

第六章　新媒介·文学·诗意家园

　　文学和新媒介的关系，是一个历久而弥新的话题。随着新媒介的兴起，以及消费社会的逐步形成，文学的自身存在方式发生了很大的变化：作者身份的多向化、创作形式的多元化、文本呈现的多样化……文学性已经挣脱了传统的文字限制而在其他感官如听觉、视觉、触觉等的伴随下走向了日常生活中的方方面面。"什么是我们这个时代的文学""新媒介下的文学如何存在"成为当下文坛上不容忽视的问题。

　　随着高科技的发展，新媒介及其权力的日益扩张和中心地位的日益巩固，新媒介成为全社会、全地球、全人类生活中不可缺少的主角。其自身所具有的特性：速度的快捷、传播能力的巨大、内容的丰富性、容量的海纳性，使新媒介占据了人们日常生活信息来源的主要渠道，人们收集信息、保持与外部的联系和人与人之间彼此的交流都几乎离不开电视、网络、手机等电子媒介。其所代表的新型文化——大众文化，则改变了旧有的传统文化格局，建立起"新媒介核心——多中心"的新文化格局，新媒介和市场经济的相结合，使新媒介摒除了以往自身的传统媒介含义，身兼商品化、消费性等社会属性。

　　而作为人类情感最主要的表达形式之一的文学，在新媒介的霸权下也呈现出了一种"大众化"倾向，而这种倾向主要表现为"日常生活"的转移和热衷。阿格妮丝·赫勒的有关日常生活的理论给了笔者很大的启发，在她的理论中，"日常生活"是由世界自然状态的"自在存在"和个体再生产的"自为存在"所构成，这种个体的再生产是同政治、科学、艺术、哲学等社会活动及其对象化结合在一起的。然而如果只在社会领域内部考察的话，可以说，个体的再生产（日常生活）只是"自在的"类本质对象化，因为日常生活的主体尚未像从事科学、艺术、哲学等"自为的"类本质活动的个体那样，形成与类本质的自觉关系。如果从新媒介的角度来看文学的当下存在形式的话，确实存在着一种"日常生活"化的"大众化"趋势，这在新媒介下的文学存在也呈现出"自在"和"自为"两种方式。当下文学日常生活的"自然存在"在于，作家在新媒介及其所结合为一体的消费、经济等各种社会因素下的转变，这一对象构成了当下文学结构存在的前提和条件。当人开始创造自己的环境、自己的世界的同时，也就使社会从自然中"创造出其本身"，因此一个由人引入的虽然是分层次的但却统一的"自在的"对象化结构就产生了，显而易见，这种"自在的"类本质的对象化也是人活动的结果。如果说，"自为"的类本质对象化，是指向它们的人的自觉意向所进行的行使功能，那么，在当下的文学具体"日常生活"的"存在形式"中，文学自身按照自己的特殊规律而进行发展和"日常生活"的转向则在某种程度上是与人类的"自身存在"这种类本质上有着一种自觉的关系，这是文学自身得以存在的根本，也是文学作为"生命的形式"存在的灵魂和核心。在"自为存在"这里，代表着的是人的意识和自我意识，是人们对于生活在世界之中的表达。

然而赫勒又进一步进行了说明，她指出"如果我们探讨自然和社会的关系，由此可以把整个实践领域视作'自为存在'。然而，接下来我们关涉到的只是社会复合体，我们只是在这个领域中考察这两个范畴。因此，我们完全有理由把某些领域、整体和对象化当做是'自在的'加以探讨，尽管它们在与自然的关联中表现为'自为的'。"[1] 也就是说，"自在"和"自为"这两个范畴并不是绝对的，而是相对而言的，根据涉及的领域不同而所指不同，"自在"的可以是"自为"的，而"自为"的也可以是"自在"的，两者之间并不相互独立而存在着。

人是不可能脱离社会而独立存在的，人的唯一性和不可重复性是一个本体论的事实，而这种唯一性和不可重复性只有在对象化的世界中才能实现，在实践中事物才对人获得了意义。从文学的角度来看，在这里包含着两个意思：一是"文学"作为一种实践活动，人通过文学而获得了自身存在价值的可能；二是人脱离不了社会中的"日常生活"而存在。那么从"文学""生命"这样一个整体的高度上来进行宏观把握的话，可以把文学的"日常生活"看作是"生命

---

[1] 阿格妮丝·赫勒：《日常生活》，衣俊卿译，重庆：重庆出版社，1990年，第125-126页。

的自在"，因为这是由人和自然世界、自然社会紧密结合在一起的，尽管这种"日常生活"属于再生产性的社会活动；而把文学自身的精神诉求看作是"生命的自为"，因为在文学这个社会活动中，个人的再生产是和他的对象结合在一起的，并通过个人的这种活动，自然的和人的类本质存在联系着，无论是作家还是读者，都是通过作品这一个劳动生产品和世界紧密结合，从而在，无数个"你""我""他"中，形成了"我们"这一个与人类本质自身相关的范畴。

新媒介对日常生活的书写，彰显了当代社会中价值观念的生产和传播蕴含着的复杂张力。一方面，过度理性化、技术化的社会使日常生活失去了以往的意义，信仰失落、价值失范是新媒介时代突出的问题，我们处于一个信息越来越多而意义越来越少的世界之中；另一方面，新媒介将消费意义植入日常生活中，用感性满足来填补人们精神空虚的领地，通过乌托邦式的叙述培养人们新的认同感，在文本与日常生活之间的相关性中创造出快感和价值。新媒介面对的是个体，通过他们和某些产品、形象与行为产生认同，通过消费来实现日常生活中的奇迹，从价值建构的角度来看，新媒介提供了类似于"神话"的功能，使在新媒介时代中的人们建立了新的审美观念和对世界的感知。

作为人的精神自由追求的重要表现方式之一的文学，在随着影视、网络等电子媒介在文化领域中的地位和影响力越来越大，也不得不从承担着读者和社会精神领引人的导师地位变成依靠影视媒介才能立足于市场的边缘位置。国家政体机构的改革、市场经济的建设使作家从类似于国家公务员的干部角色转换为"自由撰稿人"的角色，而网络文学的逐渐形成、发展、繁荣的过程，则更进一步地剥夺了作为"作家"这一社会身份所赋予的文化权利，在网络文学中，"作家"和"读者"之间的界限被消弭，从而使作家真正成为普普通通的大众一员。

而从文学本身的日常生活"自为存在"来看，无论是新写实小说，还是市民小说、先锋小说、底层文学……都呈现出一种个人化的"日常生活"写作延续或是转型，其中固然表现的是对底层普通大众在当下社会中生存状态的深深思索，是对人类的精神空虚的批判，然而却不能否认的是，在新媒介作用下对市场做出的调整和适应。

然而文学自身所作出的相应的适应和调整，使文学在某种程度上表现出对新媒介的迎合态度。过度的文学"日常生活"的大众化发展，使文学和影视等电子媒介结合在一起，影视作品培养了作家的市场意识，但是当进入影视剧这一市场消费特征明显的"文化生产链条"机制中，作家市场意识过度生长、进行文学创作时过于向影视方向靠拢的时候，文学作品从某方面来看也如同进入了"机械化生产"一样，内容、情节、叙事手法等的重复和复制，题材的单一化，作家的创作取向受到了限制，从而造成作家创作力的丧失，独立个性的消失。

当新媒介下的"日常生活"成为当下文学的表征时，"欲望"这一人作为主体的"元"情态，成为主体所展示的场所，不同于以往传统社会中个人是为了满足日常需求而消费，在这里的"欲望"似乎更为"纯粹"，"为欲望而欲望"。无论是都市下烦琐的鸡毛蒜皮之事，或是人们对商品的渴求，还是朱文、韩东那里赤裸裸的性欲和"物质"的交换，在这里，"物质"的欲望燃烧了人们的灵魂，爱情、婚姻、亲情、友情……一切都与物质之间画上了等号。然而"欲望"不仅仅是生理的欲求，还包含着更多精神上的欲求，当新媒介投合了现代人欲望扩张的心理并使其话语指向了与人类物质欲望相对应时，也有的作家把眼光投放在了"民间"，希图以民族的力量甚至是宗教的神圣来弥补日益苍白的精神空洞，使当下的人们知道，原来还有人曾经或者这样地"活着"，彰显出强大的生命活力。在此，"欲望"成为关系到人的本质存在的价值问题。

需要提及的是，随着时代的发展，新媒介下的"日常生活"自身也发生了改变：不再是单面性的"物"的套路上的一路追求，不再是寄寓精神的某些面向，这些所谓的日常生活叙事其实都是指向了它们的反面，即非日常生活，从而实现了话语权。如何实现新媒介下的日常生活叙事？我们会发现，从整体上来看，20世纪90年代以来的文学比以往任何一个时代的文学都更为"务实"，"实写"的"日常生活"几乎存在于整个当下的小说文本中。恰如张炜所认为的那样，在当下，往实里写，写得越实才越有虚构感、越有象征意义。作家无论是从经验出发，还是把握现实，都要尽可能写实，这样弥散出来的神秘力量，有时反而更强。❶ 然而这种"实写"相对于精彩的日常生活自身来说，却似乎缺乏具有原创性的发掘与揭示。在孟繁华看来，"当下文学有点无情无义，没有

---

❶ 张炜：《把神秘的东西写实一些，神秘的力量反而更强》，金涛整理，《中国艺术报》副刊，2016年7月1日。

人物，没有青春，没有情怀，也缺少浪漫气质"。从"去历史化"到"实写"，这一去魅的本身客观上是否也落入了另一种"魅"的圈套？

当代女性文学在回应新媒介所带来的社会文化结构转型的过程中，不仅面临与其他文学形态相似的文化消费挑战，还因其性别属性的独特性，呈现出复杂的文化境遇。以林白、陈染等代表性作家的创作为例，其早期作品中通过身体书写对性别不平等和父权话语进行了有力回应与批判。然而，随着新媒介的深度与市场机制的介入，身体叙事逐渐被符号化、消费化，部分女性作家的写作目的也在无形中被引导至迎合视听期待与流量逻辑的方向，导致女性主体性表达的复杂性与多义性被简化甚至误读。

值得注意的是，这一现象也促使越来越多的女性作者开始反思身体叙事的局限，尝试摆脱对感官经验的过度依赖，转向更加理性、内敛乃至"刚性"的叙述方式。这一变化虽带来了身份表达的某种模糊性，却也体现出女性文学在表达策略上的主动调整与深化。在新媒介构建的消费文化语境中，女性文学的主体性并未被消解，而是在反思与重构中寻求更具持续性与批判性的表达路径。如何在新媒介语境下实现女性文学的自我超越与价值重塑，仍是当代文学研究的关注焦点之一。

新媒介自身所带来的感官刺激和情感协同性，运用艺术的手段将商品市场、时尚观念、消费理念转化为受众的内心世界，在满足人们好奇心的同时也使人们心理得到了满足，但同时也产生了对新媒介依赖的惰性，使人们越来越没有耐心去进行书籍的自我心灵内视。

我们会发现，无论是作为作家的主体，还是作为人物作品的主体，或是作为特殊性别的主体，以及作为读者的主体，都在新媒介这一范畴之下呈现出一种以"日常生活"为表征的欲望化的生命存在。在笔者看来，这种"日常生活"是新媒介权力渗透下的日常生活，各种新媒介中的影像、符号、代码不断地重构人们日常生活的世界，导致了"超现实"对原初生活的取代。在这里，媒体运作、商业力量及其代表的大众文化使当代的日常世界具有了全新的维度。

2018年4月22日，首届数字中国建设峰会在福州召开，在会上，对"宽带中国"、"互联网+"、大数据、云计算、人工智能、新型智慧城市、数字乡村等新时代下的新战略进行了讨论。在"大数据"时代的背景下，文学也不可避免地走进了数字时代。光明日报社总编辑张政认为,在思想文化大数据的建设中,数据促进了文化价值的挖掘和放大。❶随着科技的越来越发达,文学的开放范围也越来越广阔,文学的表达方式也越来越多样化,作为个性"自为存在"散发的某种"光辉"也愈是丰富。在赫勒看来,这种包含有内在价值的个体的"光辉"散发的光芒愈是强烈,产生的影响愈是持久。❷

但需要注意的是,文学在看似追求个性化和独立性的精神自由时,却被束缚在新媒介性的"日常生活"这一"生命自在存在"之内。马尔库塞对发达资本主义的批判对当下中国文学仍具有启示意义。他认为,当代工业社会是物质上富裕的社会,同时又是"最病态的社会",人们摆脱了物质的贫困,却陷入了人性的被压抑,人变成了单面性。人的精神世界变得只能同现存世界一体化,变得只会追求物质,丧失了追求精神自由的能力,丧失了对现存社会进行批判的能力,这是人性的摧残。而造成这种社会病态的根本原因在于,人的本能结构被毁坏。按照弗洛伊德的本能理论,人有两种本能欲望:生的本能——性爱、团结、正义等;死的本能——攻击、贪婪、残忍、利己等。生的本能被过分压抑,死的本能被扩张开来,这就是当代人的心理结构状况。当人们在奔向高科技所带来的物质富裕和便利性的道路上时,人性的空间被压抑得越来越小。

如果说在20世纪80年代中期以前,文学虽然处于社会文化的中心,然而却在国家政权下附属于政治目的的服务而不自由,那么在新媒介越来越多地承载起文学生命形式的今天,却又被困顿于新媒介这一领域的商业化、消费性、大众化的无形之手中。在赫勒的理论中,主要强调的是社会的变革离不开人自身的改变,而认为只有通过个体的再生产由"自在存在"向"自为存在"提升,"自在存在"和"自为存在"是并不互为条件的关系,从而才能改变日常生活的格局,实现人类本质的存在。然而在笔者看来,她忽略了个体意义上的"自在存在"和"自为存在"是与较大历史尺度上的社会变革(政治经济变革)相互关联的。所以当文学越来越多地依赖于新媒介这一外在的媒介时,文学自身的"自为存在"就不得不受制于新媒介化的日常生活这一"自在存在",在这里,文学生命的"自在存在"成为"自为存在"不可避免的前提和条件,无论影视、

---

❶ 张玉玲、孙小婷:《文化赋予数据以思想和灵魂》,《光明日报》,2018年4月24日。
❷ 阿格妮丝·赫勒:《日常生活》,衣俊卿译,重庆:重庆出版社,1990年,第285页。

网络等电子媒介给予了文学多大程度的自由文化程度，但在大众传媒的笼罩下，文学"写什么""怎么写"都不可避免地有着大众传媒的积极参与和呼应。

也正是因为文学这样的"不自由"，在詹姆逊和本雅明看来，艺术的商品化损害了艺术的创造性，甚至使艺术成为模仿的"类像"。应该看到的是，电子媒介为代表的现代机械复制艺术使文化成为大众的东西，文学真正成为大众的文学，从而导致了文学的功能、价值和接受都发生了根本性的改变，并且由于新媒介和经济利益的结合，使文学中存在着"工业生产化"的文学生产存在，但是否就这样否定了文学本身的"自为存在"及其类本质对象，而称为"文学之死"？在笔者看来，时代不同，文学也已有所不同，但不管怎样变化，文学是人学，关注人、研究人、研究人与社会、人与人之间关系的精神生产是其永固不变的核心。如何保持文学在新媒介时代的自身独立性，成为文学存在的首要问题。

依笔者之见，早在千年前的庄子就已经给出了答案。在《秋水》篇中，他指出："无以人灭天，无以故灭命，无以得殉名。"❶只有"谨守而勿失"，才能"是谓反其真"。在他看来，"落马首""穿牛鼻"这些人为的举动造成了人的天然和自然本性的遗失，他劝告人们不要用人为去毁灭天然、不要用有意的作为去毁灭自然的秉性、不要不遗余力地去获取虚名，并指出只有谨慎地持守自然的禀性而不丧失，才能归返人的本真。这里的"真"是"受于天"，是自然的呈现，所谓"真者，所以受于天者，自然不可易也。"❷"真"是在"性"之内的，"真在内"说明"真"为内在的自然本性，是"不可易"的。而在现实中，"见利而忘其真"❸，使人在世之中存在着一种失真状态："以人灭天""以故灭命""以得殉名"，只有做到"三无一守"才能使人"反其真"。应该说庄子提倡人在精神上和天地合一，与万物同体，提倡的"无为"思想具有消极、避世的颓废一面，然而在涉及精神的自由与人在世界之间的关系存在时，在千年后新媒介时代下的今天，显然具有了新的意义。

文学作为一种特殊的"有意味的生命形式"，正是依赖于文学作为人的精

---

❶ 庄周:《秋水》，见《庄子》，纪琴译注，北京：中国纺织出版社，2007年，第187页。
❷ 庄周:《渔夫》，见《庄子》，纪琴译注，北京：中国纺织出版社，2007年，第370页。
❸ 庄周:《山木》，见《庄子》，纪琴译注，北京：中国纺织出版社，2007年，第229页。

神诉求而存在，只有保持作家、读者作为生命存在的精神自由和独立，文学才能保持自身在电子传媒时代下的存在。刘庆邦在《答舒晋瑜问》中认为，作家依靠记忆力、理解力、想象力而存在。带着想象的翅膀，穿过高山，越过平原，穿过池塘，穿过庭院，进入人们心灵最隐蔽的角落，而社会生活提供的只是"因"，呈现出来的假象只有靠着想象才能露出人世的本来面目，才是"果"。❶ 而《大家》的主编陈鹏为了推动当下文学的"先锋性"，自掏腰包举行了马原的云南师范大学见面会，按照他的原话来说，"可以为了文学发疯"❷，在日益注重物质的今天，陈鹏的这种行为，确实可以称得上是"疯狂"。然而，这种想象、这种为文学而"疯"的"疯子"举动，其背后不正是生命对精神自由的诉求吗？只有保持这种文学的"自为存在"，文学才能在新媒介下的日常生活"自在存在"中不被"异化"成为"生产化的机械产品"，文学依然具有自己的"生命力"并探索着人与世界之间生命的奥秘。

也许有的人会认为自20世纪现代主义文学产生以来，文学似乎表现得对人类、社会绝望的成分多，但正如阿多诺所言，人们正是从卡夫卡式的绝望之中看到了希望，从批判中得到拯救，从绝望中走向希望，这也正是文学的人文关怀。赫勒最终的愿望是建立日常生活的"为我们存在"，在她看来，现实借以成为"为我们存在"的过程也包含着不幸，有着对幸福表现出否定的意义。❸ 她认为，"在有意义的生活中，生活的自觉引导的作用则不断扩展，引导个体面对新的挑战，不断地重新创造生活和个性，并且伴随着对那一个性和选择的价值等级体系的统一体的保存。正是通过对生活的引导，自我更新为'为我们存在'的日常生活得以发生。"❹ 由此可见，在赫勒这里的"为我们存在"实质上是承认"我们存在"内部的差异性和矛盾性，只有在充满着冲突的"日常生活"中不断超越，才可以使自己的日常生活变成"为他们自己的存在"，把地球变为所有人的真正家园。那么，在当下的新媒介时代中，文学作为一个特殊的"有意味的生命形式"，只有在新媒介"日常生活"的"自在存在"中互相共融，求同

---

❶ 刘庆邦：《答舒晋瑜问》，见刘庆邦：《到城里去》，广州：花城出版社，2010年，第129页。
❷ 陈鹏、姚霏：《〈大家〉断奶，文学继续……——〈大家〉杂志主编陈鹏访谈录》，《小说林》，2015年第1期，第105-112页。
❸ 阿格妮丝·赫勒：《日常生活》，衣俊卿译，重庆：重庆出版社，1990年，第289-290页。
❹ 阿格妮丝·赫勒：《日常生活》，衣俊卿译，重庆：重庆出版社，1990年，第291-292页。

存异，才能真正实现"为我们存在"这一"诗意的家园"。

　　需要说明的是，本书只是在新媒介视域下对20世纪90年代以来30多年的中国文学发展进行一个整体高度上的初步把握和阐述，从中不难看出20世纪90年代以来中国文学所发生的一系列重要的变化，事实上，文学的具体生存状态远比此要复杂得多。特别是限于篇幅和阅读视野以及个人精力，很多作家的作品和文本没有进入到本论文的批评视域中。也正是如此，恰恰赋予了本文的开放性，同时，也说明了本文只是一个起点，前方的道路依旧是崎岖而漫长的。

参考文献

[1] 马丁·海德格尔. 存在与时间（修订译本）[M]. 陈嘉映，王庆节，等，译. 北京：三联书店，1987.

[2] 马林诺夫斯基. 巫术 科学宗教与神话 [M]. 李安宅，译. 上海：上海社会科学院出版社，2016.

[3] 马塞尔·马尔丹. 电影语言 [M]. 何振淦，译. 北京：中国电影出版社，1980.

[4] 马修·阿诺德. "甘甜"与"光明"——马修·阿诺德新译8种及其他 [M]. 贺淯滨，译. 郑州：河南大学出版社，2011.

[5] 马小淘. 章某某 [M]. 合肥：安徽文艺出版社，2016.

[6] 王志敏. 电影美学 [M]. 北京：中国电影出版社，2002.

[7] 王朔. 无知者无畏 [M]. 沈阳：春风文艺出版社，2000.

[8] 王宁. 文艺理论前沿（第二辑）[M]. 北京：北京大学出版社，2005.

[9] 方方. 涂自强的个人悲伤 [M]. 北京：人民文学出版社，2015.

[10] 牛文元. 中国新型城市化报告2012[M]. 北京：科学出版社，2012.

[11] 瓦尔特·本雅明. 发达资本主义时代的抒情诗人 [M]. 张旭东，译. 北京：三联书店，2012.

[12] 卢卡奇. 历史与阶级意识 [M]. 杜章智，任立，燕宏远，译. 北京：商务印书馆，1999.

[13] 让·鲍德里亚. 消费社会 [M]. 刘成富，全志钢，译. 南京：南京大学出版社，2014.

[14] 尼克·史蒂文森. 认识媒介文化 [M]. 王文斌，译. 北京：商务印书馆，2001.

[15] 弗雷德里克·詹姆逊. 快感：文化与政治 [M]. 王逢振，译. 北京：中国社会科学出版社，1998.

[16] 皮埃尔·布迪厄. 艺术的法则：文学场的生产和结构 [M]. 刘晖，译. 北京：中央编译出版社，2001.

[17] 弗吉尼亚·伍尔夫. 一间自己的房间 [M]. 吴晓雷，译. 西安：陕西师范大学出版社，2014.

[18] 米兰·昆德拉.被背叛的遗嘱[M].余中先,译.上海:上海译文出版社,2003.

[19] 西蒙娜·波伏娃.第二性——女人[M].桑竹影,译.北京:湖南文艺出版社,1986.

[20] 列文森.儒教中国及其现代命运[M].郑家栋,译.桂林:广西师范大学出版社,2009.

[21] 乔纳森·卡勒.当代学术入门:文学理论[M].李平,译.沈阳:辽宁教育出版社,1998.

[22] 刘建军.单位中国[M].天津:天津人民出版社,2000.

[23] 朱文.弯腰吃草[M].北京:华艺出版社,1996.

[24] 许文郁.解构影视幻境——兼及与文学、历史、性、时尚、网络的关系[M].北京:中国社会科学出版社,2004.

[25] 安东尼·吉登斯.现代性与自我认同:晚期现代中的自我与社会[M].夏璐,译.北京:中国人民大学出版社,2016.

[26] 孙立平.失衡——断裂社会的运作逻辑[M].北京:社会科学文献出版社,2004.

[27] 约翰·霍华德·劳逊.戏剧与电影的剧作与技巧[M].邵牧君,译.北京:中国电影出版社,1989.

[28] 余虹,杨恒达,杨慧林.问题(第一辑)[M].北京:中央编译出版社,2003.

[29] 苏姗·S.兰瑟.虚构的权威——女性作家与叙述声音[M].黄必康,译.北京:北京大学出版社,2002.

[30] 吴锐.中国当代文学批判[M].上海:学林出版社,2001.

[31] 旷新年.写在当代文学边上[M].上海:上海教育出版社,2005.

[32] 沈卫星.受众视野中的文化多样性[M].北京:北京师范大学出版社,2010.

[33] 张旭东.晚期资本主义的文化逻辑[M].陈清侨,等,译.北京:生活·读书·新知三联书店,1997.

[34] 张京媛.当代女性主义文学批评[M].北京:北京大学出版社,1992.

[35] 张承志.无缘的思想[M].长沙:湖南文艺出版社,1999.

[36] 张嘉佳.从你的全世界路过[M].长沙:湖南文艺出版社,2013.

[37] 陈永国,马海良.本雅明文选[M].北京:中国社会科学出版社,1999.

[38] 陈孝禅.皮亚杰学说及其发展[M].长沙:湖南教育出版社,1983.

[39] 陈染.私人生活[M].北京:经济日报出版社,2000.

[40] 陈嘉映.存在与时间读本[M],北京:生活·读书·新知三联书店,1999.

[41] 陈霖.文学空间的裂变与转型——大众传播与20世纪90年代中国大陆文

学[M].合肥：安徽大学出版社，2004.

[42] 邵燕君.倾斜的文学场——当代文学生产机制的市场转化型[M].南京：江苏人民出版社，2003.

[43] 杨庆祥.80后，怎么办？[M].北京：北京十月文艺出版社，2015.

[44] 范小青.人群里有没有王元木[M].武汉：长江文艺出版社，2015.

[45] 林舟.生命的摆渡——中国当代作家访谈录[M].深圳：海天出版社，1998.

[46] 林银河.妇女：最漫长的革命[M].北京：生活·读书·新知三联书店，1997.

[47] 叔本华.作为意志和表象的世界[M].北京：商务印书馆，2010.

[48] 罗钢，刘象愚.文化研究读本[M].北京：中国社会科学出版社，2000.

[49] 金惠敏.媒介的后果——文学终结点上的批判理论[M].北京：人民出版社，2005.

[50] 南帆.二十世纪中国文学批评99个词[M].杭州：浙江文艺出版社，2003.

[51] 爱德华·茂莱.电影化的想象——作家和电影[M].邵牧君，译.北京：中国电影出版社，1989.

[52] 高建平.中国中外文艺理论研究2013[M].北京：中国社会科学出版社，2014.

[53] 涂纪亮，陈波.米德文选[M].丁东红，霍桂恒，李小科，等，译.北京：社会科学文献出版社，2009.

[54] 黄会林.当代中国大众文化研究[M].北京：北京师范大学出版社，1998.

[55] 梅洛·庞蒂.眼与心[M].刘韵涵，译.北京：中国社会科学院出版社，1992.

[56] 崔保国.2004~2005：中国传媒产业发展报告[M].北京：社会科学文献出版社，2005.

[57] 萧相风.词典：南方工业生活[M].广州：花城出版社，2011.

[58] 梁鸿.中国在梁庄[M].北京：中信出版社，2015.

[59] 梁鸿.出梁庄记[M].广州：花城出版社，2015.

[60] 梁鸿.历史与我的瞬间[M].上海：上海文艺出版社，2015.

[61] 葛进平.受众调查与收视分析[M].杭州：浙江大学出版社，2012.

[62] 蒋子龙.农民帝国[M].北京：人民文学出版社，2008.

[63] 韩毓海.20世纪的中国学术和社会（文学卷）[M].北京：山东人民出版社，2001.

[64] 蔡翔.何为文学本身[M].沈阳：春风文艺出版，2006.

[65] 潘向黎.穿心莲[M].北京：人民文学出版社，2010.

[66] 戴锦华. 镜城突围——女性·电影·文学 [M]. 北京：作家出版社，1997.

[67] 丁扬. 作家"触电"跨界入商海已成寻常事 [N]. 中华读书报，2005-09-20.

[68] 马季. 网络学：与传统逐渐融合，生产消费机制形成 [J]. 文艺争鸣，2010(1)：128-136.

[69] 王元骧. 文艺理论中的"文化主义"与"审美主义" [J]. 文艺研究，2005(4)：45-51,159.

[70] 王尧，林建法. 中国当代文学批评的生成、发展与转型——《中国当代文学批评大系(1949—2009)》导言 [J]. 文艺理论研究，2010(5)：8-17,22.

[71] 王光东.《个人化文学话语的开放性》——由林白的《万物花开》说起 [N]. 文学报，2004-04-29.

[72] 王晓华. 身体，生活世界与文学理论的重建 [J]. 文学理论研究，2016(4)：6-14.

[73] 王晓明. 面对新的文学生产机制 [J]. 文艺理论研究，2003(2)：9-11.

[74] 王晖. 由"深入"到"深刻"——今年女性非虚构文学写作观察 [N]. 光明日报，2011-07-18.

[75] 王德胜，李雷."日常生活审美化"在中国 [J]. 文艺理论研究，2012(1)：10-16.

[76] 毛莉. 当代文论重建路径：由"强制阐释"到"本体阐释"——访中国社会科学院教授张江 [N]. 中国社会科学报，2014-6-16.

[77] 长子中. 当前新生代农民工价值观念透视 [J]. 北方经济，2009(5)：7-11.

[78] 方晓达. 新生代打工作家的理想与声音 [N]. 南方日报，2010-12-07.

[79] 龙其林，杨义. 大文学观下的中国文学 [N]. 中华读书报，2008-06-11.

[80] 龙迪勇. 空间叙事学：叙事学研究的新领域(续) [J]. 天津师范大学学报(社会科学版)，2009(1)：58-63.

[81] 冯骥才. 一个时代结束了 [J]. 文学自由谈，1993(3)：23-24.

[82] 毕素珍. 文学阐释过程中前置立场与前见的区别 [J]. 文学评论，2015(3)：16-19.

[83] 朱立元. 关于"强制阐释"的几点补充意见：答张江先生 [J]. 文艺研究，2015(1)：48-51.

[84] 朱伟峰. 海岩小说走红原因分析 [J]. 南昌高专学报，2007(2)：23-24,43.

[85] 朱自奋. 新世纪文学呼唤更多的先锋精神 [N]. 文汇报，2017-12-11.

[86] 朱燕玲. 新媒体时代纯文学期刊转型探索——以《花城》杂志为例 [J]. 扬子江评论，2016(4)：69-74.

[87] 乔国强. 试谈文论的"场外征用" [J]. 文学理论研究，2015(5)：67-76.

[88] 向云驹.传播正能量网络作家不能例外[N].光明日报,2014-10-24.

[89] 刘莹.论新世纪文学期刊的网络传播[J].当代文坛,2017(3):58-62.

[90] 兴安.真实,让文学回到原点——关于非虚构写作的思考[N].文学报,2014-01-16.

[91] 阮直.作家"驻校"互戴的高帽[N].中华读书报,2012-11-14.

[92] 孙燕.理论之后:如何重建文学研究——以伊格尔顿《文学事件》为中心[J].文学理论研究,2016(4):103-110.

[93] 苏宏斌.文化研究的兴起于文学理论的未来[J].文艺研究,2005(9):37-44,158-159.

[94] 李春青."强制阐释"与理论的"有限合理性"[J].文学评论,2015(3):5-8.

[95] 杨矗.文学性新释[J].上海师范大学学报(哲学社会科学版),2010(2):107-118.

[96] 肖明华.走向"大文学理论"——大众文化语境中的当代文学理论转型[J].江西社会科学,2011(9):90-94.

[97] 吴月玲.四大因素带动国产电影产量创新高[N].中国艺术报,2005-01-07.

[98] 吴虹飞.朱文:我与火热的社会生活严重脱节[N].南方人物周刊,2007-02-08.

[99] 吴俊.先锋文学续航的可能性——从吕新《下弦月》、北村《安慰书》说开去[J].文艺研究,2016(6):74-84.

[100] 何天骄.粉丝经济热度不减 影视改编围抢网络小说[N].第一财经日报,2015-04-07.

[101] 何瑞涓.《人民文学》"醒客"的野心与壮志:带传统文学作者向网络进军[N].中国艺术报,2015-03-11.

[102] 汪晖.当代中国的思想状况与现代性问题[J].天涯,1997(5):16.

[103] 宋玉雪,胡疆锋.文化研究:众声喧哗中的冷静坚守——2014年度中国内地文化研究类著译盘点[J].中国图书评论,2015(2):37-44.

[104] 宏治纲.唤醒生命的灵性与艺术的智性[J].文艺争鸣,2007(2):125-130.

[105] 张江.强制阐释论[J].文学评论,2014(6):5-18.

[106] 张贺."IP热"为何如此流行[N].人民日报,2015-05-21.

[107] 张鸿生,王晓云.中国电影与文学的关系[N].文艺报,2010-07-07.

[108] 张淼.大数据反映国民十年阅读变迁[N].光明日报,2016-04-19.

[109] 张翔.当代文学叙事中的个人主义意识危机——从近两年数部作品谈起[J].文学评论,2015(1):53-62.

[110] 张颐武.论"后乌托邦"话语——90年代中国文学的一种趋向[J].文艺争

鸣，1993(2)：23-29.

[111] 张霖. 日常生活：90年代文学的想象空间 [J]. 文艺评论，2004(6)：30-34.

[112] 陆扬. 评强制阐释论 [J]. 文学理论研究，2015(5)：77-84,105.

[113] 陆贵山. 社会的现代化与文学的现代性 [J]. 江苏行政学院学报，2009(1)：133-136.

[114] 陈太胜. 文学经典与文化研究的身份政治 [J]. 文艺研究，2005(10)：49-57,167.

[115] 陈思和. 现代都市社会的"欲望"文本 [J]. 小说界，2000(3)：99.

[116] 陈洁. 文学期刊改版后的生存状态 [N]. 中华图书报，2000-11-29.

[117] 陈晓宇. 高校尝试驻校作家制度，大学里作家老师多了 [N]. 人民日报，2013-10-09.

[118] 陈超. "代际"差异与打工文学的审美突围及叙事转向——论"80后"新生代打工文学的文学史意义 [J]. 小说评论，2015(5)：139-143.

[119] 金元浦. 重构一种陈述——关于当下文艺学的学科检讨 [J]. 文艺研究.2005(7)：38-46,158-159.

[120] 金涛. 我的故事追求惊险、陌生化，但不是007——作家龙一谈文学创作与影视改编 [N]. 中国艺术报，2016-10-24.

[121] 金涛. 新媒体，从"拦路虎"到"助推器"——全国文学名报名刊主编谈新媒体环境下文学报刊的发展 [N]. 中国艺术报，2016-08-08.

[122] 金理. 当代青年遭遇都市——青春文学与城市书写的一个现象考察 [J]. 当代作家评论，2014(4)：69-74.

[123] 周宪. 审美文化的历史形态及其变异 [J]. 文学评论，1995(1)：8.

[124] 周宪. 视觉文化的转向 [J]. 学术研究，2004(2)：110-115.

[125] 周景雷. 一个文学的"李约瑟问题"——论我们为什么缺少或遗忘文学性 [J]. 文艺研究，2010(4)：23-32.

[126] 郑小驴. 一眼望不到尽头（创作谈）[J]. 西湖，2009(3)：19-20.

[127] 郑国友. 欲望叙事泛滥：当前文学亟待破解的文化难题 [J]. 湖南第一师范学报，2007(2)：108-110.

[128] 单小曦. 媒介文艺学对语言论文论的改造 [J]. 文学理论研究，2016(5)：6-20.

[129] 孟隋. 挖掘网络文学IP价值的难度 [N]. 文学报，2015-03-19.

[130] 孟繁华. 建构时期的中国城市文学——当下中国文学状况的一个方面 [J]. 文艺研究，2014(2)：5-14.

[131] 赵文薇. 女性文学的发展走向 [J]. 名作欣赏，2013(3)：21-23.

[132] 赵勇. 批判精神的沉沦——中国当代文化批评病因之我见 [J]. 文艺研究, 2005(12): 5-12,166.

[133] 赵勇. 纯文学将成伪问题 [N]. 新京报, 2010-12-11.

[134] 赵勇. 视觉文化时代的文学状况——2008年文化研究学术前沿报告 [J]. 贵州社会科学, 2009(3): 29-38.

[135] 胡友峰. 媒介与近代以来中国文学的"自主性"问题 [J]. 文学评论, 2016(4): 157-164.

[136] 南帆. 文学、革命与性 [J]. 文艺争鸣, 2000(5): 22-33.

[137] 南帆. 论"纯文学"——在常熟理工学院"东吴讲堂"上的讲演 [J]. 东吴学术, 2010(3): 2,5-16,161.

[138] 残雪. 究竟什么是纯文学? [J]. 大家, 2002(4): 91.

[139] 钟丽茜. 新媒体时代文学的跨界异变及未来走势 [J]. 文学评论, 2016(4): 148-156.

[140] 贺绍俊. 小说中的视觉思维 [N]. 人民日报, 2004-01-06.

[141] 高楠. 理论的批判与西方理论强制阐释的病源性探视 [J]. 文学评论, 2015(3): 12-16.

[142] 郭艺. 国内纯文学首次"触电"电视媒体 [N]. 中华读书报, 2014-06-18.

[143] 陶东风. 论文学公共领域与文学的公共性 [J]. 文艺争鸣, 2009(7): 28-34.

[144] 黄永健. 从纯文学到大文学 [J]. 晋阳学刊, 2012(1): 115-123.

[145] 黄发有. 浅阅读语境中的浅写作 [J]. 文艺研究, 2011(4): 13-22.

[146] 康宇. 陈染姿态与立场 [J]. 艺术广角, 2001(2): 15-20.

[147] 葛红兵, 许峰. 文化产业振兴、新媒介热升温与马克思主义文论中国化进程 [J]. 当代文坛, 2010(1): 22-26.

[148] 童庆炳. "日常生活审美化"与文艺学 [N]. 中华读书报, 2005-01-26.

[149] 赖大仁. 当代文论: 危机及其应对 [J]. 学术月刊, 2007(9): 82-88.

[150] 翟文铖. 大众文化影响的焦虑——"70后"作家创作的"通俗化"倾向探讨 [J]. 文学评论, 2015(4): 107-116.

[151] 霍艳. 我如何认识我自己 [J]. 十月, 2013(4): 180-181.

附录

2007—2024年网络小说改编的影视剧统计表

序号	网络小说	改编的影视剧	作者	时间	类型
1	《会有天使替我爱你》	《会有天使替我爱你》	明晓溪	2007	电视剧
2	《未央·沉浮》	《美人心计》	瞬间倾城	2009	电视剧
3	《和空姐同居的日子》	《恋爱前规则》	三十	2009	电影
4	《碧愁沉》	《来不及说我爱你》	匪我思存	2010	电视剧
5	《和空姐同居的日子》	《和空姐一起的日子》	三十	2010	电视剧
6	《泡沫之夏》	《泡沫之夏》	明晓溪	2010	电视剧
7	《步步惊心》	《步步惊心》	桐华	2011	电视剧
8	《失恋33天》	《失恋33天》	鲍鲸鲸	2011	电影
9	《裸婚——80后的新结婚时代》	《裸婚时代》	唐欣恬	2011	电视剧
10	《最后一颗子弹留给我》	《我是特种兵》	刘猛	2011	电视剧
11	《倾世皇妃》	《倾世皇妃》	慕容湮儿	2011	电视剧
12	《千山暮雪》	《千山暮雪》	匪我思存	2011	电视剧
13	《后宫·甄嬛传》	《甄嬛传》	流潋紫	2012	电视剧
14	《那些年，我们一起追的女孩》	《那些年，我们一起追的女孩》	九把刀	2012	电影
15	《搜索》	《请你原谅我》	文雨	2012	电影
16	《凶间雪山》	《相信谁》	不详	2012	电影

续表

序号	网络小说	改编的影视剧	作者	时间	类型
17	《金箍棒传奇》	《嘻游记》	王冰	2012	电影
18	《被时光掩埋的秘密》	《最美的时光》	桐华	2012	电视剧
19	《致我们终将逝去的青春》	《致我们终将逝去的青春》	辛夷坞	2013	电影
20	《失恋33天》	《失恋33天》	鲍鲸鲸	2013	电视剧
21	《重生豪门千金》	《千金归来》	十三春	2013	电视剧
22	《战长沙》	《战长沙》	却却	2013	电视剧
23	《盛夏晚晴天》	《盛夏晚晴天》	柳晨枫	2013	电视剧
24	《小儿难养》	《小儿难养》	宗昊	2013	网络剧
25	《唐朝好男人》	《唐朝好男人》	多一半	2013	网络剧
26	《门·第》	《门·第》	连谏	2013	网络剧
27	《匆匆那年》	《匆匆那年》	九夜茴	2013	电影
28	《密道追踪之阴兵虎符》	《密道追踪》	蛇从革	2014	电影
29	《天空向左，深圳向右》	《相爱十年》	慕容雪村	2014	电视剧
30	《杉杉来吃》	《杉杉来了》	顾漫	2014	电视剧
31	《大漠谣》	《风中奇缘》	桐华	2014	电视剧
32	《古剑奇谭·琴心剑魄》	《古剑奇谭》	某树，宁昼	2014	电视剧
33	《格子间女人》	《格子间女人》	舒仪	2014	电视剧
34	《匆匆那年》	《匆匆那年》	王晓迪	2014	网络剧
35	《拐个皇帝回现代》	《拐个皇帝回现代改造》	月斜影清	2014	网络剧
36	《STB超级教师》	《超级教师》	张君宝	2014	网络剧
37	《鬼吹灯之寻龙诀》	《鬼吹灯》	天下霸唱	2015	电影
38	《鬼吹灯传说之精绝古城》	《鬼吹灯》	天下霸唱	2015	电影
39	《东宫》	《东宫》	匪我思存	2015	电影
40	《何以笙箫默》	《何以笙箫默》	顾漫	2015	电影
41	《微微一笑很倾城》	《微微一笑很倾城》	顾漫	2015	电影

续表

序号	网络小说	改编的影视剧	作者	时间	类型
42	《从你的全世界路过》	《从你的全世界路过》	张嘉佳	2015	电影
43	《芈月传》(《大秦皇太后》)	《芈月传》	蒋胜男	2015	电视剧
44	《致我们终将逝去的青春》	《致我们终将逝去的青春》	辛夷坞	2015	电视剧
45	《诛仙》	《诛仙青云志》	萧鼎	2015	电视剧
46	《秀丽江山》	《秀丽江山之长歌行》	李歆	2015	电视剧
47	《琅琊榜》	《琅琊榜》	海晏	2015	电视剧
48	《仙侠奇缘花千骨》	《花千骨》	Fresh 果果	2015	电视剧
49	《岁月是朵两生花》	《两生花》	唐七公子	2015	电视剧
50	《杜拉拉升职记》第四部	《杜拉拉大结局》	李可	2015	电视剧
51	《锦绣缘》	《锦绣缘华丽冒险》	念一	2015	电视剧
52	《何以笙箫默》	《何以笙箫默》	顾漫	2015	电视剧
53	《明若晓溪》	《明若晓溪》	明晓溪	2015	电视剧
54	《寂寞空庭春欲晚》	《寂寞空庭春欲晚》	匪我思存	2015	电视剧
55	《长相思》	《长相思》	桐华	2015	电视剧
56	《云中歌》	《大汉情缘之云中歌》	桐华	2015	电视剧
57	《华胥引》	《华胥引之绝爱之城》	唐七公子	2015	电视剧
58	《终极教师》	《终极教师》	柳下挥	2015	网络剧
59	《九星天辰诀》	《九星天辰诀》	发飙的蜗牛	2015	网络剧
60	《他来了,请闭眼》	《他来了,请闭眼》	丁墨	2015	网络剧
61	《盗墓笔记》	《盗墓笔记》	南派三叔	2015	网络剧
62	《无心法师》	《无心法师》	尼罗	2015	网络剧
63	《示铃录》	《怨气撞铃》	尾鱼	2015	网络剧
64	《心理罪》	《心理罪》	不是何阳	2015	网络剧
65	《仙侠奇缘之花千骨》	《花千骨番外篇》	Fresh 果果	2015	网络剧
66	《长大》	《长大》	zhuzhu6p	2015	网络剧

续表

序号	网络小说	改编的影视剧	作者	时间	类型
67	《我的美女老师》	《我的美女老师》	黑夜 de 白羊	2015	网络剧
68	《纳妾记》	《纳妾记》	沐轶	2015	网络剧
69	《涩世纪传说》	《涩世纪传说》	于佳	2015	网络剧
70	《校园的贴身高手》	《校园的贴身高手》	鱼人二代	2015	网络剧
71	《调皮王妃》	《调皮王妃》	琳听	2015	网络剧
72	《会痛的17岁》	《我不是坏女生》	饶雪漫	2015	网络剧
73	《天才在左,疯子在右》	《天才在左,疯子在右》	高铭	2015	网络剧
74	《太子妃升职记》	《太子妃升职记》	鲜橙	2015	网络剧
75	《活着再见》	《活着再见》	邵雪城	2015	网络剧
76	《盗墓笔记》	《盗墓笔记》	南派三叔	2016	电影
77	《华胥引》	《华胥引》	唐七公子	2016	电影
78	《美人谋律》	《美人谋律》	柳岸花溪	2016	电视剧
79	《昆仑》	《昆仑》	凤歌	2016	电视剧
80	《锦衣夜行》	《锦衣夜行》	月关	2016	电视剧
81	《三生三世十里桃花》	《三生三世十里桃花》	唐七公子	2016	电视剧
82	《亲爱的翻译官》	《亲爱的翻译官》	缪娟	2016	电视剧
83	《爱情的开关》	《爱情的开关》	匪我思存	2016	电视剧
84	《后宫·如懿传》	《如懿传》	流潋紫	2016	电视剧
85	《满堂娇》	《满堂娇》	扫雪煮酒	2016	电视剧
86	《苏染染追夫记》	《苏染染追夫记》	云葭	2016	网络剧
87	《上瘾》	《你丫上瘾了》	柴鸡蛋同志	2016	网络剧
88	《重生之名流巨星》	《重生之名流巨星》	青萝扇子	2016	网络剧
89	《最好的我们》	《最好的我们》	八月长安	2016	网络剧
90	《沥川往事》	《遇见王沥川》	施定柔	2016	网络剧
91	《鬼吹灯》	《鬼吹灯》	天下霸唱	2016	网络剧

续表

序号	网络小说	改编的影视剧	作者	时间	类型
92	《皇恩浩荡》	《皇恩浩荡》	随侯珠	2016	网络剧
93	《女总裁的贴身高手》	《女总裁的贴身高手》	笑笑星儿	2016	网络剧
94	《余罪》	《余罪》	常书欣	2016	网络剧
95	《烟袋的斜街十号》	《烟袋的斜街十号》	剑走偏锋	2016	网络剧
96	《我的朋友陈白露小姐》	《我的朋友陈白露小姐》	海棠	2016	网络剧
97	《怒江之战》	《怒江之战》	南派三叔	2016	网络剧
98	《贴身校花》	《贴身校花》	带玉	2016	网络剧
99	《校园篮球风云》	《校园篮球风云》	大秦炳炳	2016	网络剧
100	《半妖倾城》	《半妖倾城》	墨白千九	2016	网络剧
101	《命运规则》	《命运规则》	风起忧伤	2016	网络剧
102	《老九门》	《老九门》	南派三叔	2016	网络剧
103	《逆光源》	《不一样》	赵铭	2016	网络剧
104	《十宗罪》	《十宗罪》	蜘蛛	2016	网络剧
105	《女娲成长记》	《女娲成长记》	凌舞水袖	2016	网络剧
106	《错生》	《错生》	红色月亮	2016	网络剧
107	《识汝不识丁》	《识汝不识丁》	酥油饼	2016	网络剧
108	《别那么骄傲》	《别那么骄傲》	随侯珠	2016	网络剧
109	《艺术学院那些事儿》	《艺术学院那些事儿》	漫漫阳光	2016	网络剧
110	《兰陵王妃》	《兰陵王妃》	杨千紫	2016	网络剧
111	《我喜欢你，你知道吗?》	《我喜欢你，你知道吗?》	我和你	2016	网络剧
112	《我不是妖怪》	《我不是妖怪》	黄堂燕	2016	网络剧
113	《陈二狗的妖孽人生》	《陈二狗的妖孽人生》	烽火戏诸侯	2016	网络剧
114	《法医秦明》	《第十一根手指》	秦明	2016	网络剧
115	《11处特工皇妃》	《特工皇妃楚乔传》	潇湘冬儿	2017	电视剧
116	《择天记》	《择天记》	猫腻	2017	电视剧

· 207 ·

续表

序号	网络小说	改编的影视剧	作者	时间	类型
117	《醉玲珑》	《醉玲珑》	十四夜	2017	电视剧
118	《凉生，我们可不可以不忧伤》	《凉生，我们可不可以不忧伤》	乐小米	2017	电视剧
119	《武动乾坤》	《武动乾坤》	天蚕土豆	2017	电视剧
120	《迷雾围城》	《人生若如初相见》	匪我思存	2017	电视剧
121	《一路繁花相送》	《一路繁花相送》	青衫落拓	2017	电视剧
122	《如懿传》	《后宫·如懿传》	流潋紫	2017	电视剧
123	《孤芳不自赏》	《孤芳不自赏》	风弄	2017	电视剧
124	《忽而今夏》	《忽而今夏》	明前雨后	2018	电视剧
125	《寒武再临》	《寒武再临》	水千丞	2018	电视剧
126	《凤囚凰》	《凤囚凰》	天衣有风	2018	电视剧
127	《温暖的弦》	《温暖的弦》	安宁	2018	电视剧
128	《扶摇皇后》	《扶摇》	天下归元	2018	电视剧
129	《大唐魔盗团》	《大唐魔盗团》	罐头	2018	电视剧
130	《独孤皇后伽罗传》	《独孤皇后》	良择木	2018	电视剧
131	《知否知否应是绿肥红瘦》	《知否知否应是绿肥红瘦》	关心则乱	2018	电视剧
132	《大主宰》	《北灵少年志之大主宰》	天蚕土豆	2018	电视剧
133	《锦衣夜行》	《锦衣夜行》	月关	2018	电视剧
134	《许你浮生若梦》	《许你浮生若梦》	橘子宸	2018	电视剧
135	《天坑鹰猎》	《天坑鹰猎》	天下霸唱	2018	电视剧
136	《沙海》	《沙海》	南派三叔	2018	电视剧
137	《七月与安生》	《七月与安生》	安妮宝贝	2018	电视剧
138	《天盛长歌》	《天盛长歌》	天下归元	2018	电视剧
139	《大江大河》	《大江大河》	阿耐	2018	电视剧
140	《九州缥缈录》	《九州缥缈录》	江南	2018	电视剧

续表

序号	网络小说	改编的影视剧	作者	时间	类型
141	《烈火如歌》	《烈火如歌》	明晓溪	2018	电视剧
142	《香蜜沉沉烬如霜》	《香蜜沉沉烬如霜》	电线	2018	电视剧
143	《你和我的倾城时光》	《你和我的倾城时光》	丁墨	2018	电视剧
144	《如若巴黎不快乐》	《如若巴黎不快乐》	白槿湖	2018	电视剧
145	《惹上妖孽冷殿下》	《惹上冷殿下》	晨光熹微	2018	网络剧
146	《夜天子》	《夜天子》	月关	2018	网络剧
147	《将夜》	《将夜》	猫腻	2018	网络剧
148	《唐砖》	《唐砖》	孑与	2018	网络剧
149	《斗破苍穹》	《斗破苍穹》	天蚕土豆	2018	网络剧
150	《武动乾坤》	《武动乾坤之冰心在玉壶》	天蚕土豆	2018	网络剧
151	《回到明朝当王爷》	《回到明朝当王爷》	月关	2018	网络剧
152	《莽荒纪》	《莽荒纪》	我吃西红柿	2018	网络剧
153	《天坑鹰猎》	《天坑鹰猎》	天下霸唱	2018	网络剧
154	《盗墓笔记少年篇·沙海》	《沙海》	南派三叔	2018	网络剧
155	《火王之破晓之战》	《火王之破晓之战》	游素兰	2018	网络剧
156	《倾世妖颜》	《倾世妖颜》	天下归元	2018	网络剧
157	《等到烟暖雨收》	《等到烟暖雨收》	筱笑	2018	网络剧
158	《萌妻食神》	《萌妻食神》	紫伊281	2018	网络剧
159	《我在大理寺当宠物》	《我在大理寺当宠物》	花花了	2018	网络剧
160	《盛唐幻夜》	《盛唐幻夜》	缪娟	2018	网络剧
161	《我们的千阙歌》	《我们的千阙歌》	青衫落拓	2018	网络剧
162	《茧镇奇缘》	《茧镇奇缘》	章苒苒	2018	网络剧
163	《最强男神》	《最强男神》	蝶之灵	2018	网络剧
164	《炮灰攻略》	《炮灰攻略》	莞尔	2018	网络剧
165	《同学两亿岁》	《同学两亿岁》	疯丢子	2018	网络剧

续表

序号	网络小说	改编的影视剧	作者	时间	类型
166	《为了你我愿意热爱整个世界》	《为了你我愿意热爱整个世界》	唐家三少	2018	网络剧
167	《我的恶魔少爷》	《我的恶魔少爷》	傻嘉欣	2018	网络剧
168	《南方有乔木》	《南方有乔木》	小狐濡尾	2018	网络剧
169	《我站在桥上看风景》	《我站在桥上看风景》	顾西爵	2018	网络剧
170	《许你浮生若梦》	《许你浮生若梦》	橘子宸	2018	网络剧
171	《大约是爱》	《大约是爱》	李李翔	2018	网络剧
172	《时间都知道》	《时间都知道》	随侯珠	2018	网络剧
173	《惹上妖孽冷殿下》	《惹上冷殿下》	晨光熹微	2018	网络剧
174	《夜天子》	《夜天子》	月关	2018	网络剧
175	《将夜》	《将夜》	猫腻	2018	网络剧
176	《东宫》	《东宫》	匪我思存	2019	电视剧
177	《庆余年》	《庆余年》第一季	猫腻	2019	电视剧
178	《全职高手》	《全职高手》	蝴蝶蓝	2019	电视剧
179	《我在未来等你》	《我在未来等你》	刘同	2019	电视剧
180	《三千鸦杀》	《三千鸦杀》	十四郎	2019	电视剧
181	《白发皇妃》	《白发》	莫言殇	2019	电视剧
182	《沥川往事》	《遇见王沥川》	施定柔	2019	电视剧
183	《食味记》	《人间烟火花小厨》	熙禾	2019	电视剧
184	《我不喜欢这世界，我只喜欢你》	《我只喜欢你》	乔一	2019	电视剧
185	《天涯客》	《山河令》	Priest	2019	电视剧
186	《流浪地球》	《流浪地球》	刘慈欣	2019	电影
187	《上海堡垒》	《上海堡垒》	江南	2019	电影
188	《鬼吹灯之巫峡棺山》	《鬼吹灯之巫峡棺山》	天下霸唱	2019	电影
189	《诛仙》	《诛仙》	萧鼎	2019	电影

续表

序号	网络小说	改编的影视剧	作者	时间	类型
190	《少年的你，如此美丽》	《少年的你》	玖月晞	2019	电影
191	《只在此刻的拥抱》	《亲爱的新年好》	丁丁张	2019	电影
192	《全职高手》番外《巅峰荣耀》	《全职高手之巅峰荣耀》	蝴蝶蓝	2019	电影
193	《明月曾照江东寒》	《明月曾照江东寒》	丁墨	2019	网络剧
194	《张公案》	《张公案》	大风刮过	2019	网络剧
195	《魔道祖师》	《陈情令》	墨香铜臭	2019	网络剧
196	《盗墓笔记》之《七星鲁王宫》	《怒海潜沙·秦岭神树》	南派三叔	2019	网络剧
197	《鬼吹灯之怒晴湘西》	《鬼吹灯之怒晴湘西》	天下霸唱	2019	网络剧
198	《半是蜜糖半是伤》	《半是蜜糖半是伤》	棋子和松子	2020	电视剧
199	《三生三世枕上书》	《三生三世枕上书》	唐七公子	2020	电视剧
200	《韫色过浓》	《韫色过浓》	六盲星	2020	电视剧
201	《摩天大楼》	《摩天大楼》	陈雪	2020	电视剧
202	《掌中之物》	《阳光之下》	贝昕	2020	电视剧
203	《怪你过分美丽》	《怪你过分美丽》	未再	2020	电视剧
204	《三叉戟》	《三叉戟》	吕铮	2020	电视剧
205	《半是蜜糖半是伤》	《半是蜜糖半是伤》	棋子和松子	2020	电视剧
206	《隐秘而伟大》	《隐秘而伟大》	蒲维和黄探	2020	电视剧
207	《鬓边不是海棠红》	《鬓边不是海棠红》	水如天儿	2020	电视剧
208	《冰糖炖雪梨》	《冰糖炖雪梨》	酒小七	2020	电视剧
209	《疯犬少年的天空》	《风犬少年的天空》	里则林	2020	电视剧
210	《一寸相思》	《少年游之一寸相思》	紫微流年	2020	电视剧
211	《琉璃美人煞》	《琉璃》	十四郎	2020	电视剧
212	《装台》	《装台》	陈彦	2020	电视剧
213	坏小孩》	《隐秘的角落》	紫金陈	2020	网络剧

续表

序号	网络小说	改编的影视剧	作者	时间	类型
214	《绑架游戏》	《十日游戏》	东野圭吾	2020	网络剧
215	《坏小孩》	《隐秘的角落》	紫金陈	2020	网络剧
216	《绑架游戏》	《十日游戏》	东野圭吾	2020	网络剧
217	《长夜难明》	《沉默的真相》	紫金陈	2020	网络剧
218	《鬼吹灯之龙岭迷窟》	《鬼吹灯之龙岭迷窟》	天下霸唱	2020	网络剧
219	《你是我的荣耀》	《你是我的荣耀》	顾漫	2021	电视剧
220	《斛珠夫人》	《斛珠夫人》	萧如瑟	2021	电视剧
221	《情人》	《春色寄情人》	舍目斯	2021	电视剧
222	《拜金罗曼史》	《吃饭跑步和恋爱》	陈之遥	2021	电视剧
223	《明枪易躲，暗恋难防》	《良辰美景好时光》	翘摇	2021	电视剧
224	《鬼吹灯之牧野诡事》	《牧野诡事之观山太保》	天下霸唱	2021	电影
225	《八品乡官》	《青云之梦》	刘心明	2021	电影
226	《十月蛇胎》	《长白灵蛇传》	黑岩	2021	电影
227	《天涯客》	《山河令》	Priest	2021	网络剧
228	《一生一世美人骨》	《周生如故》	墨宝非宝	2021	网络剧
229	《春来枕星河》	《春来枕星河》	程饭饭	2021	网络剧
230	《你是我的城池营垒》	《你是我的城池营垒》	沐清雨	2021	网络剧
231	《斛珠夫人》	《斛珠夫人》	萧如瑟	2021	网络剧
232	《开封志怪》	《玉昭令、第一季、第二季》	尾鱼	2021	网络剧
233	《十二谭》	《十二谭》	尼罗	2021	网络剧
234	《一不小心捡到个总裁》	《一不小心捡到爱》	纯风一度	2021	网络剧
235	《灵域》	《灵域》	逆苍天	2021	网络剧
236	《帝王业》	《上阳赋》	寐语者	2021	网络剧
237	《我凭本事进冷宫》	《拜托了！别宠我》	叫我小婷吧	2022	网络剧

续表

序号	网络小说	改编的影视剧	作者	时间	类型
238	《开端》	《开端》	祈祷君	2022	电视剧
239	《余生，请多指教》	《余生，请多指教》	柏林石匠	2022	电视剧
240	《星汉灿烂，幸甚至哉》	《星汉灿烂·月升沧海》	关心则乱	2022	电视剧
241	《影帝的公主》	《影帝的公主》	笑佳人	2022	电视剧
242	《反转人生》	《反转人生》	缘何故	2022	电视剧
243	《覆流年》	《覆流年》	闻檀	2022	电视剧
244	《天才基本法》	《天才基本法》	长洱	2022	电视剧
245	《魔尊》	《苍兰诀》	九鹭非香	2022	电视剧
246	《乌云遇皎月》	《乌云遇皎月》	丁墨	2022	电视剧
247	《点燃我，温暖你》	《点燃我，温暖你》	Twentine	2022	电视剧
248	《清穿日常》	《卿卿日常》	多木木多	2022	电视剧
249	《不得往生》	《风吹半夏》	阿耐	2022	电视剧
250	《奔月》	《月歌行》	蜀客	2022	电视剧
251	《仙女腾天图》	《你是人间理想》	万万、葛林、李江会	2022	网络剧
252	《偷偷藏不住》	《偷偷藏不住》)	竹已	2022	电视剧
253	《装腔启示录》	《装腔启示录》	柳翠虎	2022	电视剧
254	《错撩》	《以爱为营》	翘摇	2022	电视剧
255	《长安第一美人》	《永安梦》	发达的泪腺	2022	电视剧
256	《少年歌行》	《少年歌行》	周木楠	2022	电视剧
257	《米小圈上学记》	《米小圈上学记》	北猫	2022	电视剧
258	《老子是癞蛤蟆》	《我叫赵甲第》	烽火戏诸侯	2022	网络剧
259	《蚀骨危情》	《蚀骨危情》	淇老游	2022	网络剧
260	《穿成反派丞相的小逃妻》	《保护我方城主大人》	闻檀	2022	网络剧
261	《嫡长女她又美又飒》	《嫡长女她又美又飒》	千桦尽落	2022	网络剧

续表

序号	网络小说	改编的影视剧	作者	时间	类型
262	《我有一座冒险屋》	《我有一座冒险屋》	我会修空调	2022	网络剧
263	《王府宠妾》	《虚颜》	笑佳人	2022	网络剧
264	《白色橄榄树》	《特战荣耀》	玖月晞	2022	网络剧
265	《无罪谋杀》	《消失的孩子》	宇尘	2022	网络剧
266	《心毒》	《心毒》	初禾	2022	网络剧
267	《那些回不去的年少时光》	《那些回不去的年少时光》	桐华	2023	电视剧
268	《一座城，在等你》	《我的人间烟火》	玖月晞	2023	电视剧
269	《显微镜下的大明》	《显微镜下的大明之丝绢案》	马伯庸	2023	电视剧
270	《春闺梦里人》	《春闺梦里人》	白鹭成双	2023	电视剧
271	《三体》	《三体》	刘慈欣	2023	电视剧
272	《错撩》	《以爱为营》	翘摇	2023	电视剧
273	《只因暮色难寻》	《暮色心约》	御井烹香	2023	电视剧
274	《星落凝成糖》	《星落凝成糖》	一度君华	2023	电视剧
275	《梦中的那片海》	《梦中的那片海》	宜兰居士	2023	电视剧
276	《尘缘》	《尘缘》	烟雨江南	2023	电视剧
277	《繁城之下》	《繁城之下》	三弦	2023	电视剧
278	《仿生人间》	《仿生人间》	陈楸帆	2023	电视剧
279	《夜旅人》	《夜旅人》	赵熙之	2023	电视剧
280	《很想很想你》	《很想很想你》	墨宝非宝	2023	电视剧
281	《长风渡》	《长风渡》	墨书白	2023	电视剧
282	《长相思》	《长相思》	桐华	2023	电视剧
283	《关于近畿地方的某个地方》	《关于近畿地方的某个地方》	背筋	2023	电影
284	《清河公主洙宛传》	《少年江湖》	沧海镜	2023	网络剧
285	《我才不要当盟主》	《少年江湖》	沧海镜	2023	网络剧

续表

序号	网络小说	改编的影视剧	作者	时间	类型
286	《异人之下》	《异人之下》	米二	2023	网络剧
287	《乌云遇皎月》	《乌云遇皎月》	丁墨	2023	网络剧
288	《难哄》	《难哄》	竹已	2023	网络剧
289	《装腔启示录》	《装腔启示录》	柳翠虎	2023	网络剧
290	《吉祥纹莲花楼》	《莲花楼》	藤萍	2023	网络剧
291	《妖颜天下》	《倾城天下》	未提及	2023	网络剧
292	《萧医生的两副面孔》	《不一样的萧先生》	小香颂	2023	网络剧
293	《黑月光拿稳BE剧本》	《长月烬明》	藤萝为枝	2023	网络剧
294	《护心》	《护心》	九鹭非香	2023	网络剧
295	《一时冲动，七世不祥》	《七时吉祥》	九鹭非香	2023	网络剧
296	《重紫》	《重紫》	蜀客	2023	网络剧
297	《洗铅华》	《为有暗香来》	七月荔	2023	网络剧
298	《曾少年》	《曾少年》	九夜茴	2023	网络剧
299	《我的人间烟火》	《我的人间烟火》	玖月晞	2023	网络剧
300	《听说你喜欢我》	《听说你喜欢我》	吉祥夜	2023	网络剧
301	《三分野》	《三分野》	耳东兔子	2023	网络剧
302	《错撩》	《以爱为营》	翘摇	2023	网络剧
303	《装腔启示录》	《装腔启示录》	柳翠虎	2023	网络剧
304	《吉祥纹莲花楼》	《莲花楼》	藤萍	2023	网络剧
305	《妖颜天下》	《倾城天下》	夏小微凉	2023	网络剧
306	《九鼎记》	《九鼎记之禹皇宝藏》	我吃西红柿	2023	网络剧
307	《贼娘子》	《柳叶摘星辰》	烟秋	2024	电视剧
308	《紫川》	《紫川》	老猪	2024	电视剧
309	《娇藏》	《柳舟记》	狂上加狂	2024	电视剧

续表

序号	网络小说	改编的影视剧	作者	时间	类型
310	《大奉打更人》	《大奉打更人》	卖报小郎君	2024	电视剧
311	《长公主》	《度华年》	墨书白	2024	电视剧
312	《情人》	《春色寄情人》	舍目斯	2024	电视剧
313	《她和她的群岛》	《烟火人家》	易难	2024	电视剧
314	《九重紫》	《九重紫》	吱吱	2024	电视剧
315	《承欢记》	《承欢记》	亦舒	2024	电视剧
316	《在暴雪时分》	《在暴雪时分》	墨宝非宝	2024	电视剧
317	《你也有今天》	《你也有今天》	叶斐然	2024	电视剧
318	《大江大河之岁月如歌》	《大江大河之岁月如歌》	阿耐	2024	电视剧
319	《欢乐颂》	《欢乐颂》	阿耐	2024	电视剧
320	《唐朝诡事录之西行》	《唐朝诡事录之西行》	魏风华	2024	电视剧
321	《长乐曲》	《长乐铜雀鸣》	凤凰栖	2024	电视剧
322	《锦绣安宁》	《首辅养成手册》	闻檀	2024	电视剧
323	《蜀锦人家》	《蜀锦人家》	桩桩	2024	电视剧
324	《夜未央》	《双世长思》	热辣猪扒包	2024	电视剧
325	《清明上河图密码》	《清明上河图密码》	冶文彪	2024	电视剧
326	《嫡嫁千金》	《墨雨云间》	千山茶客	2024	网络剧
327	《九重紫》	《九重紫》	吱吱	2024	网络剧
328	《黑莲花攻略手册》	《永夜星河》	白羽摘雕弓	2024	网络剧
329	《这里没有善男信女》	《半熟男女》	柳翠虎	2024	网络剧
330	《少年白马醉春风》	《少年白马醉春风》	周木楠	2024	网络剧
331	《拂玉鞍》	《拂玉鞍》	阿辞	2024	网络剧
332	《四海重明》	《四海重明》	衣带雪	2024	网络剧
333	《流光引》	《毒宠佣兵王妃》	猫小猫	2024	网络剧
334	《春花焰》	《春花厌》	黑颜	2024	网络剧

续表

序号	网络小说	改编的影视剧	作者	时间	类型
335	《饕餮记》	《饕餮记》	殷羽	2024	网络剧
336	《重生之将门毒后》	《将门独后》	千山茶客	2024	网络剧
337	《爱你，是我做过最好的事》	《爱你》	笙离	2024	网络剧
338	《白烁上神》	《白月梵星》	星零	2024	网络剧
339	《借命而生》	《借命而生》	石一枫	2024	网络剧
340	《千朵桃花一世开》	《千朵桃花一世开》	随宇而安	2024	网络剧
341	《怎敌她千娇百媚》	《怎敌她千娇百媚》	伊人睽睽	2024	网络剧
342	《我和婚姻的战斗》	《婚内婚外》	姬流觞	2024	网络剧

后记

转眼间，母亲离开我已经有四年了。

犹记得母亲刚离开的日子——嗷嗷待哺的女儿、借酒浇愁的父亲、夜不能寐的痛彻心扉使我的日子过得混沌、不知阴阳……失去了母亲的肩膀，生活就这样"真实"地展现在我的面前，送给我一个大大的措手不及。尽管日子对我而言过得艰难而漫长，但所幸，一路幸遇各位师长，感谢他们不弃我这个愚笨驽钝的学生，感谢他们对我的鼓励和支撑使我得以完成学业之路，感谢他们对我的言传身教和精心指导。

有幸忝列张门，特别感谢恩师张云鹏教授！在学业上，张老师对我论文的研究方向做出了指导性的意见和推荐，在论文撰写过程中及时对我遇到的困难和疑惑给予悉心指点，提出了许多有益的改善性意见。在生活上，张老师和胡师母对我的诸多关照与关怀，使我如沐春风。犹记得刚入门时，刘增杰教授给我们上课所讲的第一句话："要珍惜你们现在的时间，能够安静地坐下来读书是一件多么幸福的事。"经过了生活的"洗礼"，现在回想起来，方体味出其中的意味深长。非常感谢刘增杰教授、刘思谦教授、梁工教授、李伟昉教授、孙先科教授、耿占春教授、胡山林教授还有文学院的其他老师们，老师们渊博的学识、深厚的涵养和儒雅的人格魅力使我获益匪浅。非常感谢诸位同门学友，在我困难的时候给了我真诚的帮助！感谢我的爱人和我的女儿，给我的生活增添了色彩！

窗外，又是一年桃花笑春风的季节，我知道，远方的母亲，她还在静静地看着我……

再次感谢所有关爱我的老师们！

2025 年 3 月于开封